冯其庸评点《红楼梦》六

曹雪芹 著
无名氏 续

冯其庸 评点

青岛出版社

第一百一回　　大观园月夜感幽魂
　　　　　　　　散花寺神签惊异兆

　　却说凤姐回至房中，见贾琏尚未回来，便分派那管办探春行装奁事的一干人。那天已有黄昏以后，因忽然想起探春来，要瞧瞧他去，便叫丰儿与两个丫头跟着，头里一个丫头打着灯笼。走出门来，见月光已上，照耀如水。凤姐便命打灯笼的："回去罢。"因而走至茶房窗下，听见里面有人喊喊喳喳的，又似哭，又似笑，又似议论什么的。凤姐知道不过是家下婆子们又不知搬什么是非，心内大不受用，便命小红进去，装做无心的样子，细细打听着，用话套出原委来。小红答应着去了。

　　凤姐只带着丰儿，来至园门前，门尚未关，只虚虚的掩着。于是主仆二人方推门进去，只见园中月色比着外面更觉明朗，满地下重重树影，杳无人声，甚是凄凉寂静。刚欲往秋爽斋这条路来，只听"唿"的一声风过，吹的那树枝上落叶满园中唰喇喇的作响，

大观园凄凉景况。

枝梢上吱喽喽发哨,将那些寒鸦宿鸟都惊飞起来。凤姐吃了酒,被风一吹,只觉身上发噤起来。那丰儿也把头一缩,说:"好冷!"凤姐也撑不住,便叫丰儿:"快回去,把那件银鼠坎肩儿拿来,我在三姑娘那里等着。"丰儿巴不得一声,也要回去穿衣裳来,答应了一声,回头就跑了。

> 写得阴森可怕。

凤姐刚举步走了不远,只觉身后咈咈哧哧,似有闻嗅之声,不觉头发森然竖了起来。由不得回头一看,只见黑油油一个东西,在后面伸着鼻子闻他呢,那两只眼睛恰似灯光一般。凤姐吓的魂不附体,不觉失声的咳了一声,却是一只大狗。那狗抽头回身,拖着一个扫帚尾巴,一气跑上大土山上,方站住了,回身犹向凤姐拱爪儿。

> 狗乎妖乎,令人疑思。

凤姐儿此时心跳神移,急急的向秋爽斋来。已将来至门口,方转过山子,只见迎面有一个人影儿一恍。凤姐心中疑惑,心里想着必是那一房里的丫头,便问:"是谁?"问了两声,并没有人出来,已经吓得神魂飘荡。恍恍忽忽的似乎背后有人说道:"婶娘连我也不认得了!"凤姐忙回头一看,只见这人形容俊俏,衣履风流,十分眼熟,只是想不起是那房那屋里的媳妇来。只听那人又说道:"婶娘只管享荣华、受富贵的心盛,把我那年说的立万年永远之基都付于东洋大海了。"凤姐听说,低头寻思,总想不起。那人冷笑道:"婶

> 大观园忽来秦氏鬼魂,刚过狗妖,又来鬼魂。恐怖至极!欲摹前八十回,总有仙凡之别。

第一百一回　大观园月夜感幽魂　散花寺神签惊异兆

娘那时怎样疼我了，如今就忘在九霄云外了？"凤姐听了，此时方想起来是贾蓉的先妻秦氏，便说道："嗳呀，你是死了的人哪，怎么跑到这里来了呢？"啐了一口，方转回身，脚下不防，一块石头绊了一跤，犹如梦醒一般，浑身汗如雨下。虽然毛发悚然，心中却也明白。

只见小红、丰儿影影绰绰的来了。凤姐恐怕落人的褒贬，连忙爬起来，说道："你们做什么呢，去了这半天？快拿来，我穿上罢。"一面丰儿走至跟前，服侍穿上，小红过来搀扶。凤姐道："我才到那里，他们都睡了。咱们回去罢。"一面说，一面带了两个丫头，急急忙忙回到家中。贾琏已回来了，只是见凤姐儿脸上神色更变，不似往常，待要问他，又知他素日性格，不敢突然相问，只得睡了。

至次日五更，贾琏就起来，要往总理内庭都检点太监裘世安家来打听事务。因太早了，见桌上有昨日送来的抄报，便拿起来闲看。第一件，是云南节度使王忠一本，新获了一起私带神枪火药出边事，共有十八名人犯，头一名鲍音，口称系太师镇国公贾化家人。第二件，苏州刺史李孝一本，参劾纵放家奴，倚势凌辱军民，以致因奸不遂，杀死节妇一家人命三口事。凶犯姓时名福，自称系世袭三等职衔贾范家人。贾琏看见这两件，心中早又不自在起来，待要看第三件,又恐迟了,不能见裘世安的面,因此急急的穿了衣服,也等不得吃东西。恰好平儿端上茶来,喝了两口,便出来骑马走了。

平儿在房内收拾换下的衣服。此时,凤姐尚未起来,平儿因说道:"今儿夜里,我听着奶奶没睡什么觉。我这会子替奶奶捶着,好生打个盹儿罢。"凤姐半日不言语,平儿料着这意思是了,便爬上炕来,坐在身边,轻轻的捶着。才捶了几拳,那凤姐刚有要睡之意,只听那边大姐儿哭了。

凤姐又将眼睁开,平儿连向那边叫道:"李妈,你到底是怎么着?姐儿哭了,你到底拍着他些。你也忒好睡了。"那边李妈从梦中惊醒,听得平儿如此说,心中没好气,只得狠命拍了几下,口里嘟嘟哝哝的骂道:"真真的小短命鬼儿,放着尸不挺,三更半夜嚎你娘的丧!"一面说,一面咬牙便向那孩子身上拧了一把。那孩子哇的一声大哭起来了。

下人何敢如此骂主人的孩子,何况是凤姐的孩子,令人不解。

"拧了一把",更是不可理解。

凤姐听见,说:"了不得!你听听,他该挫磨孩子了。你过去把那黑心的养汉老婆下死劲的打他几下子,把妞妞抱过来。"平儿笑道:"奶奶别生气,他那里敢挫磨姐儿。只怕是不堤防,错碰了一下子,也是有的。这会子打他几下子没要紧,明儿叫他们背地里嚼舌根,倒说三更半夜打人。"

凤姐听了,半日不言语,长叹一声,说道:"你

第一百一回　大观园月夜感幽魂　散花寺神签惊异兆

瞧瞧，这会子不是我十旺八旺的呢！明儿我要是死了，剩下这小孽障，还不知怎么样呢！"平儿笑道："奶奶这怎么说。大五更的，何苦来呢！"凤姐冷笑道："你那里知道，我是早已明白了，我也不久了。虽然活了二十五岁，人家没见的也见了，没吃的也吃了，也算全了。所有世上有的，也都有了。气也算赌尽了，强也算争足了，就是寿字儿上头缺一点儿，也罢了。"平儿听说，由不的滚下泪来。

<small>凤姐才二十五岁，便作末路之思，可见其恶事做绝矣。续书作者，总是草草收束情节。</small>

凤姐笑道："你这会子不用假慈悲。我死了，你们只有欢喜的。你们一心一计，和和气气的，省得我是你们眼里的刺似的。只有一件，你们知好歹，只疼我那孩子就是了。"平儿听说这话，越发哭的泪人似的。凤姐笑道："别扯你娘的臊了，那里就死了呢。哭的那么痛！我不死，还叫你哭死了呢。"平儿听说，连忙止住哭，道："奶奶说得这么伤心。"一面说，一面又捶，半日不言语，凤姐又朦胧睡去。

<small>观前八十回平儿于凤姐如此尽心，凤姐何至于对平儿作如此想，总是令人感到前后脉络不贯。</small>

平儿方下炕来要去，只听外面脚步响。谁知贾琏去迟了，那裘世安已经上朝去了，不遇而回，心中正没好气，进来就问平儿道："那些人还没起来呢么？"平儿回说："没有呢。"贾琏一路摔帘子进来，冷笑道："好，好，这会子还都不起来，安心打擂台打撒手儿！"一叠声又要吃茶，平儿忙倒了一碗茶来。原来那些丫头、老婆见贾琏出了门，又复睡了，不打谅这会子回

来，原不曾预备。平儿便把温过的拿了来。贾琏生气，举起碗来，"哗啷"一声摔了个粉碎。

凤姐惊醒，唬了一身冷汗，嗳哟一声，睁开眼，只见贾琏气狠狠的坐在旁边，平儿弯着腰拾碗片子呢。凤姐道："你怎么就回来了？"问了一声，半日不答应，只得又问一声。贾琏嚷道："你不要我回来，叫我死在外头罢！"凤姐笑道："这又是何苦来呢！常时我见你不像今儿回来的快，问你一声，也没什么生气的。"贾琏又嚷道："又没遇见，怎么不快回来呢？"凤姐笑道："没有遇见，少不得奈烦些，明儿再去早些儿，自然遇见了。"

> 贾琏如此声口，总令人感到突变。

贾琏嚷道："我可不吃着自己的饭，替人家赶獐子呢。我这里一大堆的事，没个动秤儿的，没来由为人家的事，瞎闹了这些日子，当什么呢！正经那有事的人还在家里受用，死活不知，还听见说，要锣鼓喧天的摆酒唱戏做生日呢。我可瞎跑他娘的腿子！"一面说，一面往地下啐了一口，又骂平儿。凤姐听了，气的干咽，要和他分证，想了一想，又忍住了，勉强陪笑道："何苦来，生这么大气。大清早起，和我叫喊什么。谁叫你应了人家的事？你既应了，就得耐烦些，少不得替人家办办。也没见这个人自己有为难的事，还有心肠唱戏摆酒的闹！"贾琏道："你可说么，你明儿倒也问问他！"

> 贾琏对凤姐一变以前常态。

> 凤姐何至如此。

第一百一回　大观园月夜感幽魂　散花寺神签惊异兆

凤姐诧异道："问谁？"贾琏道："问谁？问你哥哥。"凤姐道："是他吗？"贾琏道："可不是他，还有谁呢？"凤姐忙问道："他又有什么事，叫你替他跑？"贾琏道："你还在坛子里呢。"凤姐道："真真这就奇了，我连一个字儿也不知道。"贾琏道："你怎么能知道呢？这个事，连太太和姨太太还不知道呢。头一件怕太太和姨太太不放心，二则你身上又常嚷不好，所以我在外头压住了，不叫里头知道的。说起来，真真可人恼！你今儿不问我，我也不便告诉你。你打谅你哥哥行事像个人呢，你知道外头人都叫他什么？"凤姐道："叫他什么？"贾琏道："叫他什么，叫他'忘仁'！"凤姐扑哧的一笑，"他可不叫王仁，叫什么呢？"贾琏道："你打谅那个王仁吗？是忘了仁、义、礼、智、信的那个'忘仁'哪！"凤姐道："这是什么人这么刻薄嘴儿遭蹋人！"

贾琏道："不是遭蹋他吗。今儿索性告诉你，你也不知道知道你那哥哥的好处，到底知道他给他二叔做生日呵！"凤姐想了一想，道："嗳哟，可是呵。我还忘了问你，二叔不是冬天的生日吗？我记得年年都是宝玉去。前者老爷升了，二叔那边送过戏来，我还偷偷儿的说，二叔为人是最啬刻的，比不得大舅太爷。他们各自家里还乌眼鸡似的。不么，昨儿大舅太爷没了，你瞧他是个兄弟，他还出了个头儿，揽了个事儿吗?所以那一天说,赶他的生日,咱们还他一班子戏,省了亲戚跟前落亏欠。如今这么早就做生日,也不知是什么意思。"

贾琏道:"你还作梦呢。他一到京,接着舅太爷的首尾就开了一个吊。他怕咱们知道拦他,所以没告诉咱们,弄了好几千银子。后来二舅嗔着他,说他不该一网打尽。他吃不住了,变了个法子,就指着你们二叔的生日撒了个网,想着再弄几个钱,好打点二舅太爷不生气。也不管亲戚朋友冬天、夏天的,人家知道不知道,这么丢脸!你知道我起早为什么?这如今因海疆的事情,御史参了一本,说是大舅太爷的亏空,本员已故,应着落其弟王子胜、侄王仁赔补。爷儿两个急了,找了我,给他们托人情。我见他们吓的那么个样儿,再者又关系太太和你,我才应了。想着找找总理内庭都检点老裘替办办,或者前任后任挪移挪移。偏又去晚了,他进里头去了,我白起来跑了一趟。他们家里还那里定戏摆酒呢。你说说,叫人生气不生气?"

> 王子腾又有亏空遗留。

凤姐听了,才知王仁所行如此。但他素性要强护短,听贾琏如此说,便道:"凭他怎么样,到底是你的亲大舅儿。再者,这件事,死的大太爷、活的二叔都感激你。罢了,没什么说的,我们家的事,少不得我低三下四的求你了,省的带累别人受气,背地里骂

第一百一回　大观园月夜感幽魂　散花寺神签惊异兆

我。"说着,眼泪早流下来,掀开被窝,一面坐起来,一面挽头发,一面披衣裳。

贾琏道:"你倒不用这么着,是你哥哥不是人,我并没说你呀。况且我出去了,你身上又不好,我都起来了,他们还睡觉!咱们老辈子有这个规矩么?你如今作好好先生,不管事了。我说了一句,你就起来。明儿我要嫌这些人,难道你都替了他们么?好没意思啊!"凤姐听了这些话,才把泪止住了,说道:"天呢不早了,我也该起来了。你有这么说的,你替他们家在心的办办,那就是你的情分了。再者,也不光为我,就是太太听见也喜欢。"贾琏道:"是了,知道了。'大萝卜还用屎浇'。"

平儿道:"奶奶这么早起来做什么,那一天奶奶不是起来有一定的时候儿呢。爷也不知是那里的邪火,拿着我们出气。何苦来呢,奶奶也算替爷挣够了,那一点儿不是奶奶挡头阵?不是我说,爷把现成儿的也不知吃了多少,这会子替奶奶办了一点子事,又关会着好几层儿呢,就是这么拿糖作醋的起来,也不怕人家寒心。况且这也不单是奶奶的事呀。我们起迟了,原该爷生气,左右到底是奴才呀。奶奶跟前尽着身子累的成了个病包儿了,这是何苦来呢。"说着,自己的眼圈儿也红了。

以前从未见平儿敢如此数说贾琏。

那贾琏本是一肚子闷气,那里见得这一对娇妻美妾又尖利又柔情的话呢，便笑道："够了，算了罢。他一个人就够使的了，不用你帮着。左右我是外人，多早晚我死了，你们就清净了。"凤姐道："你也别说那个话，谁知道谁怎么样呢。你不死，我还死呢。早死一天，早心净。"说着，又哭起来。平儿只得又劝了一回。那时，天已大亮，日影横窗。贾琏也不便再说，站起来出去了。

<small>总是"死"字不离口，此种心理状态，总感突然。</small>

这里，凤姐自己起来，正在梳洗。忽见王夫人那边小丫头过来道："太太说了，叫问二奶奶，今日过舅太爷那边去不去。要去，说叫二奶奶同着宝二奶奶一路去呢。"凤姐因方才一段话，已经灰心丧意，恨娘家不给争气；又兼昨夜园中受了那一惊，也实在没精神。便说道："你先回太太去，我还有一两件事没办清，今日不能去。况且他们那又不是什么正经事。宝二奶奶要去，各自去罢。"小丫头答应着，回去回复了。不在话下。

且说凤姐梳了头，换了衣服，想了想，虽然自己不去，也该带个信儿。再者，宝钗还是新媳妇，出门子自然要过去照应照应的。于是见过王夫人，支吾了一件事，便过来到宝玉房中。只见宝玉穿着衣服歪在炕上，两个眼睛呆呆的看宝钗梳头。凤姐站在门口，还是宝钗一回头看见了，连忙起身让坐。宝玉也爬起来，凤姐才笑嘻嘻的坐下。宝钗因说麝月道："你们

第一百一回　大观园月夜感幽魂　散花寺神签惊异兆

瞧着二奶奶进来也不言语声儿。"麝月笑着道："二奶奶头里进来就摆手儿，不叫言语么。"

凤姐因向宝玉道："你还不走，等什么呢？没见这么大人了，还是这么小孩子气的。人家各自梳头，你爬在旁边看什么？成日家一块子在屋里，还看不够？也不怕丫头们笑话。"说着，哧的一笑，又瞅着他咂嘴儿。宝玉虽也有些不好意思，还不理会，把个宝钗直臊的满脸飞红，又不好听着，又不好说什么，只见袭人端过茶来，只得搭讪着自己递了一袋烟。

凤姐儿笑着站起来接了，道："二妹妹，你别管我们的事，你快穿衣服罢。"宝玉一面也搭讪着找这个，弄那个。凤姐道："你先去罢，那里有个爷们等着奶奶们一块儿走的理呢？"宝玉道："我只是嫌我这衣裳不大好，不如前年穿着老太太给的那件雀金呢好。"凤姐因怄他道："你为什么不穿？"宝玉道："穿着太早些。"

凤姐忽然想起，自悔失言，幸亏宝钗也和王家是内亲，只是那些丫头们跟前已经不好意思了。袭人却接着说道："二奶奶还不知道呢，就是穿得，他也不穿了。"凤姐儿道："这是什么原故？"袭人道："告诉二奶奶，真真是我们这位爷的行事，都是天外飞来的。那一年因二舅太爷的生日，老太太给了他这件衣裳，谁知那一天就烧了。我妈病重了，我没在家。那

> 大某山人评云："五十五回记晴雯闻鼻烟，此处记递烟，皆熟事点睛，一见已足。"则大某山人误以为是鼻烟矣。张新之评云："递烟乃北人新妇礼。'烟'字于书中止此一处，以见一片烟云作大了也，已到烟消火灭时。"则此"烟"非鼻烟也。按前八十回中除鼻烟外，未有吸烟类事，张新之说"乃北人新妇礼"，可参。或曰，递烟是满人习俗。旧时演京剧《四郎探母》，铁镜公主还手持长长的旱烟杆出场可证。

> 因晴雯所补也。

时候还有晴雯妹妹呢,听见说病着整给他补了一夜,第二天老太太才没瞧出来呢。去年那一天,上学天冷,我叫焙茗拿了,去给他披披。谁知这位爷见了这件衣裳,想起晴雯来了,说了总不穿了,叫我给他收一辈子呢。"

凤姐不等说完,便道:"你提晴雯,可惜了儿的,那孩子模样儿、手儿都好,就只嘴头子利害些。偏偏儿的太太不知听了那里的谣言,活活儿的把个小命儿

> 造谣言的就在你身边。

要了。还有一件事,那一天我瞧见厨房里柳家的女人他女孩儿,叫什么五儿,那丫头长的和晴雯脱了个影儿似的。我心里要叫他进来,后来我问他妈,他妈说是很愿意。我想着,宝二爷屋里的小红跟了我去,我还没还他呢,就把五儿补过来。平儿说,太太那一天

> 七十七回王夫人说:"是谁调唆宝玉要柳家的丫头五儿了?幸而那丫头短命死了。"可见柳五儿在前八十回里已死了,此处却又活过来了。前后文字不接。

说了,凡像那个样儿的,都不叫派到宝二爷屋里呢。我所以也就搁下了。这如今宝二爷也成了家了,还怕什么呢。不如我就叫他进来。可不知宝二爷愿意不愿意?要想着晴雯,只瞧着这五儿就是了。"宝玉本要走,听见这些话已呆了。袭人道:"为什么不愿意?早就要弄了来的,只是因为太太的话说的结实罢了。"凤姐道:"那么着,明儿我就叫他进来。太太的跟前,有我呢。"

宝玉听了,喜不自胜,才走到贾母那边去了。这里宝钗穿衣服。凤姐儿看他两口儿这般恩爱缠绵,想

第一百一回　大观园月夜感幽魂　散花寺神签惊异兆

起贾琏方才那种光景,好不伤心,坐不住,便起身向宝钗笑道:"我和你向太太屋里去罢。"笑着出了房门,一同来见贾母。

宝玉正在那里回贾母往舅舅家去。贾母点头说道:"去罢,只是少吃酒,早些回来。你身子才好些。"宝玉答应着出来,刚走到院内,又转身回来,向宝钗耳边,说了几句不知什么。宝钗笑道:"是了,你快去罢。"将宝玉催着去了。

这贾母和凤姐、宝钗说了没三句话,只见秋纹进来,传说:"二爷打发焙茗转来,说请二奶奶。"宝钗说道:"他又忘了什么,又叫他回来?"秋纹道:"我叫小丫头问了,焙茗说是'二爷忘了一句话,二爷叫我回来告诉二奶奶:若是去呢,快些来罢。若不去呢,别在风地里站着。'"说的贾母、凤姐并地下站着的众老婆子、丫头都笑了。

宝钗飞红了脸,把秋纹啐了一口,说道:"好个糊涂东西!这也值得这样慌慌张张跑了来说。"秋纹也笑着回去叫小丫头去骂焙茗。那焙茗一面跑着,一面回头说道:"二爷把我巴巴的叫下马来,叫回来说的。我若不说,回来对出来又骂我了。这会子说了,他们又骂我。"那丫头笑着跑回来说了。贾母向宝钗道:"你去罢,省的他这么记挂。"说的宝钗站不住,又被凤姐怄他顽笑,正没好意思,才走了。

_{此时此语,视宝钗犹如黛玉,令人深觉惨惨。续作者为宝玉易性移情矣。}

> 散花寺，以前未见。

只见散花寺的姑子大了来了，给贾母请安，见过了凤姐，坐着吃茶。贾母因问他："这一向怎么不来？"大了道："因这几日庙中作好事，有几位诰命夫人不时在庙里起坐，所以不得空儿来。今日特来回老祖宗，明儿还有一家作好事。不知老祖宗高兴不高兴。若高兴，也去随喜随喜。"贾母便问："做什么好事？"大了道："前月为王大人府里不干净，见神见鬼的，偏生那太太夜间又看见去世的老爷。因此昨日在我庙里告诉我，要在散花菩萨跟前许愿烧香，做四十九天的水陆道场，保佑家口安宁，亡者升天，生者获福。所以我不得空儿来请老太太的安。"

却说凤姐素日最厌恶这些事的，自从昨夜见鬼，心中总是疑疑惑惑的，如今听了大了这些话，不觉把素日的心性改了一半，已有三分信意，便问大了道："这散花菩萨是谁？他怎么就能避邪除鬼呢？"大了见问，便知他有些信意，便说道："奶奶今日问我，让我告诉奶奶知道。这个散花菩萨，来历根基不浅，道行非常。生在西天大树国中，父母打柴为生。养下菩萨来，头长三角，眼横四目，身长三尺，两手拖地。父母说这是妖精，便弃在冰山之后了。谁知这山上有一个得道的老猢狲，出来打食，看见菩萨顶上白气冲天，虎狼远避，知道来历非常，便抱回洞中抚养。谁知菩萨带了来的聪慧，禅也会谈，与猢狲天天谈道参

第一百一回　大观园月夜感幽魂　散花寺神签惊异兆

禅，说的天花散漫缤纷。至一千年后，飞升了。至今山上犹见谈经之处，天花散漫，所求必灵，时常显圣，救人苦厄。因此世人才盖了庙，塑了像供奉。"

凤姐道："这有什么凭据呢？"大了道："奶奶又来搬驳了。一个佛爷可有什么凭据呢？就是撒谎，也不过哄一两个人罢咧，难道古往今来多少明白人都被他哄了不成？奶奶只想，惟有佛家香火历来不绝，他到底是祝国祝民，有些灵验，人才信服。"

凤姐听了大有道理，因道："既这么，我明儿去试试。你庙里可有签？我去求一签，我心里的事，签上批的出？批的出来，我从此就信了。"大了道："我们的签最是灵的。明儿奶奶去求一签，就知道了。"贾母道："既这么着，索性等到后日初一你再去求。"说着，大了吃了茶，到王夫人各房里去请了安回去，不提。

这里，凤姐勉强扎挣着，到了初一清早，令人预备了车马，带着平儿，并许多奴仆，来至散花寺。大了带了众姑子接了进去。献茶后，便洗手，至大殿上焚香。那凤姐儿也无心瞻仰圣像，一秉虔诚，磕了头，举起签筒，默默的将那见鬼之事并身体不安等故，祝告了一回。才摇了三下，只听"唰"的一声，筒中撺出一支签来。于是叩头，拾起一看，只见写着："第三十三签，上上大吉。"大了忙查签簿看时，只见上

> 按：佛经无散花菩萨，只有散花，是法会的一种仪式。

面写着:"王熙凤衣锦还乡。"

凤姐一见这几个字,吃一大惊,惊问大了道:"古人也有叫王熙凤的么?"大了笑道:"奶奶最是通今博古的,难道汉朝的王熙凤求官的这一段事也不晓得?"周瑞家的在旁笑道:"前年李先儿还说这一回书。我们还告诉他,重着奶奶的名字,不要叫呢。"凤姐笑道:"可是呢,我倒忘了。"说着,又瞧底下的,写的是:

去国离乡二十年。于今衣锦返家园。

蜂采百花成蜜后,为谁辛苦为谁甜。

行人至,音信迟,讼宜和,婚再议。

看完,也不甚明白。

大了道:"奶奶大喜。这一签巧得很,奶奶自幼在这里长大,何曾回南京去了?如今老爷放了外任,或者接家眷来,顺便还家,奶奶可不是'衣锦还乡'了?"一面说,一面抄了个签经,交与丫头。凤姐也半疑半信的。大了摆了斋来,凤姐只动了一动,放下了要走,又给了香银。大了苦留不住,只得让他走了。

凤姐回至家中,见了贾母、王夫人等,问起签来,命人一解,都欢喜非常,"或者老爷果有此心,咱们走一趟也好。"凤姐儿见人人这么说,也就信了。不在话下。

却说宝玉这一日正睡午觉,醒来不见宝钗,正要问时,只见宝钗进来。宝玉问道:"那里去了?半日不见。"宝钗笑道:"我给凤姐姐瞧一回签。"宝玉听说,便问是怎么样的。宝钗把签帖念了一回,又道:"家中人人都说好的。据我看,这'衣锦还乡'四字里头还有原故,后来再瞧罢了。"宝玉道:"你又多疑了,妄解圣意。'衣锦还乡'四字,从古至今,都知道是好的。今儿你又偏生看出缘故来了。依你说,这'衣锦还乡'还有什么别的解说?"

宝钗正要解说,只见王夫人那边打发丫头过来请二奶奶,宝钗立刻过去。未知何事,下回分解。

【回后评】

  大观园月夜凄凉萧索，一派衰落景况，狗妖惊人，秦魂重现，种种皆暗示凤姐之运败气衰，已然走向末路也。

  贾琏于凤姐一改以往态度，凤姐反向贾琏陪小心、说软话。亦写凤姐气尽势衰耳。

  宝玉与宝钗柔情蜜意，一如以往之待黛玉，此续作者大违雪芹之意，读者当能察之。

  散花寺凤姐求签，签语预示凤姐末路之哀，但故作反语，让人不识耳。总之，此回整个是为凤姐末路作预兆，回目上下联均是一意也。

第一百二回　　宁国府骨肉病灾祲
　　　　　　　　大观园符水驱妖孽

话说王夫人打发人来唤宝钗，宝钗连忙过来，请了安。王夫人道："你三妹妹如今要出嫁了，只得你们作嫂子的大家开导开导他，也是你们姊妹之情。况且他也是个明白孩子，我看你们两个也很合的来。只是我听见说，宝玉听见他三妹妹出门子，哭的了不的，你也该劝劝他。如今我的身子是十病九痛的，你二嫂子也是三日好、两日不好。你还心地明白些，诸事也别说只管吞着，不肯得罪人。将来这一番家事，都是你的担子。"宝钗答应着。

王夫人又说道："还有一件事。你二嫂子昨儿带了柳家媳妇的丫头来，说补在你们屋里。"宝钗道："今日平儿才带过来，说是太太和二奶奶的主意。"王夫人道："是呦。你二嫂子和我说，我想也没要紧，不便驳他的回。只是一件，我见那孩子眉眼儿上头，也不是个很安顿的。起先为宝玉房里的丫头狐狸似的，我撙了几个,那时候,你也知道。不然,你怎么搬回家去了呢?如今有你,自然不比先前了。我告诉你,不过留点神儿就是了。你们屋里,就是袭人那孩子还可以使得。"宝钗答应了,又说了几句话,便过来了。饭后到了探春那边,自有一番殷勤劝慰之言,不必细说。

次日,探春将要起身,又来辞宝玉。宝玉自然难割难分。探春便将纲常大体的话,说的宝玉始而低头不语,后来转悲作喜,似有醒悟之意。于是探春放心,辞别众人,竟上轿登程,水舟车陆而去。

> 探春远嫁,写得何其草草。

先前,众姊妹们都住在大观园中。后来,贾妃薨后,也不修葺。到了宝玉娶亲,林黛玉一死,史湘云回去,宝琴在家住着,园中人少,况兼天气寒冷,李纨姊妹、探春、惜春等俱挪回旧所。到了花朝月夕,依旧相约玩耍。如今探春一去,宝玉病后不出屋门,益发没有高兴的人了。所以园中寂寞,只有几家看园的人住着。

那日,尤氏过来送探春起身,因天晚,省得套车,便从前年在园里开通宁府的那个便门里走过去了。觉得凄凉满目,台榭依然,女墙一带,都种作园地一般,心中怅然如有所失。因到家中,便有些身上发热,扎挣一两天,竟躺倒了。日间的发烧犹可,夜里身热异常,便谵语绵绵。贾珍连忙请了大夫看视,说感冒起

> 荒园寥落。

第一百二回　宁国府骨肉病灾祲　大观园符水驱妖孽

的,如今缠经,入了足阳明胃经,所以谵语未清,如有所见,有了大秽即可身安。尤氏服了两剂,并不稍减,更加发起狂来。

贾珍着急,便叫贾蓉来,"打听外头有好医生,再请几位来瞧瞧。"贾蓉回道:"前儿这位太医是最兴时的了。只怕我母亲的病不是药治得好的。"贾珍道:"胡说,不吃药,难道由他去罢?"贾蓉道:"不是说不治。为的是前日母亲从西府去,回来是穿着园子里走来家的。一到了家,就身上发烧,别是撞客着了罢?外头有个毛半仙,是南方人,卦起的很灵,不如请他来占卦占卦。看有信儿呢,就依着他。要是不中用,再请别的好大夫来。"

> 本来是尤氏自己有病,却偏从"撞客"着想,此势败运去之人之心理也。

贾珍听了,即刻叫人请来。坐在书房内喝了茶,便说:"府上叫我,不知占什么事?"贾蓉道:"家母有病,请教一卦。"毛半仙道:"既如此,取净水洗手,设下香案。让我起出一课来看就是了。"一时下人安排定了。他便怀里掏出卦筒来,走到上头,恭恭敬敬的作了一个揖,手内摇着卦筒,口里念道:"伏以太极两仪,絪缊交感。图书出而变化不穷,神圣作而诚求必应。兹有信官贾某,为因母病,虔请伏羲、文王、周公、孔子四大圣人,鉴临在上,诚感则灵,有凶报凶,有吉报吉。先请内象三爻。"说着,将筒内的钱倒在盘内,说:"有灵的头一爻就是交。"拿起来,又摇了一摇,倒出来说是单。第三爻又是交。检起钱来,嘴里说是:"内爻已示,更请外象三爻,完成一卦。"起出来是单拆单。

那毛半仙收了卦筒和铜钱,便坐下问道:"请坐,请坐。让我来细细的看看。这个卦乃是'未济'之卦,世爻是第三爻,午火兄弟劫财,悔气是一定该有的。如今尊驾为母问病,用神是初爻,真是父母爻动出官鬼来。五爻上又有一层官鬼,我看令堂太夫人的病是不轻的。还好,还好,如今子亥之水休囚,寅木动而生火,世爻上动出一个子孙来,倒是克鬼的。况且日月生身,再隔两日,子水官鬼落空,交到戌日就好了。但是父母爻上变鬼,恐怕令尊大人也有些关碍。就是本身世爻比劫过重,到了水旺土衰的日子也不好。"说完了,便撅着胡子坐着。

活画一个江湖术士形象。

贾蓉起先听他捣鬼,心里忍不住要笑;听他讲的卦理明白,又说生怕父亲也不好,便说道:"卦是极高明的,但不知我母亲到底是什么病?"毛半仙道:"据这卦上,世爻午火变水相克,必是寒火凝结。若要断得清楚,揲蓍也不大明白,除非用大六壬才断得准。"贾蓉道:"先生都高明的么?"毛半仙道:"知道些。"贾蓉便要请教,报了一个时辰。毛先生便画了盘子,将神将排定。"算去是戌上白虎,这课叫做'魄化课'。大凡白虎乃是凶将,乘旺象气受制,便不能为害。如

第一百二回　宁国府骨肉病灾祲　大观园符水驱妖孽

今乘着死神死煞及时令囚死，则为饿虎，定是伤人。就如魄神受惊消散，故名'魄化'。这课象说是人身丧鬼，忧患相仍。病多丧死，讼有忧惊。按象有日暮虎临，必定是傍晚得病的。象内说，凡占此课，必定旧宅有伏虎作怪，或有形响。如今尊驾为大人而占，正合着虎在阳忧男，在阴忧女。此课十分凶险呢！"

贾蓉没有听完，唬得面上失色，道："先生说得很是。但与那卦又不大相合，到底有妨碍么？"毛半仙道："你不用慌，待我慢慢的再看。"低着头，又咕哝了一会子，便说："好了，有救星了！算出巳上有贵神救解，谓之'魄化魂归'。先忧后喜，是不妨事的。只要小心些就是了。"

贾蓉奉上卦金，送了出去，回禀贾珍，说是："母亲的病是在旧宅傍晚得的，为撞着什么伏尸白虎。"贾珍道："你说你母亲前日从园里走回来的，可不是那里撞着的。你还记得，你二婶娘到园里去，回来就病了。他虽没有见什么，后来那些丫头、老婆们都说是山子上一个毛烘烘的东西，眼睛有灯笼大，还会说话，把他二奶奶赶了回来，唬出一场病来。"

> 越说越像，三人成虎也。

贾蓉道："怎么不记得？我还听见宝叔家的茗烟说，晴雯是做了园里芙蓉花的神了。林姑娘死了，半空里有音乐，必定他也是管什么花儿了。想这许多妖怪在园里，还了得！头里人多阳气重，常来常往不打

> 把晴雯之死、黛玉之死亦纳入魔道解释。

紧。如今冷落的时候，母亲打那里走，还不知踹了什么花儿呢。不然，就是撞着那一个。那卦也还算是准的。"贾珍道："到底说有妨碍没有呢？"贾蓉道："据他说，到了戌日就好了。只愿早两天好，或迟两天才好。"贾珍道："这又是什么意思？"贾蓉道："那先生若是这样准，生怕老爷也有些不自在。"

正说着，里头喊说："奶奶要坐起到那边园里去，丫头们都按捺不住。"贾珍等进去，安慰定了。只闻尤氏嘴里乱说："穿红的来叫我，穿绿的来赶我。"地下这些人又怕又好笑。贾珍便命人买些纸钱，送到园里烧化。果然那夜出了汗，便安静些。到了戌日，也就渐渐的好起来。由是一人传十，十人传百，都说大观园中有了妖怪，唬得那些看园的人也不修花补树，灌溉果蔬。起先晚上不敢行走，以致鸟兽逼人，甚至日里也是约伴持械而行。

> 一入魔道，于是诸事都从魔道落想。

过了些时，果然贾珍也病。竟不请医调治，轻则到园化纸许愿，重则详星拜斗。贾珍方好，贾蓉等相继而病。如此接连数月，闹得两府俱怕。从此风声鹤唳，草木皆妖。园中出息，一概全蠲，各房月例重新添起，反弄得荣府中更加拮据。那些看园的没有了想头，个个要离此处，每每造言生事，便将花妖树怪编派起来，各要搬出，将园门封固，再无人敢到园中，以致崇楼高阁，琼馆瑶台，皆为禽兽所栖。

第一百二回　宁国府骨肉病灾浸　大观园符水驱妖孽

却说晴雯的表兄吴贵，正住在园门口。他媳妇自从晴雯死后，听见说作了花神，每日晚间便不敢出门。这一日，吴贵出门买东西，回来晚了，那媳妇子本有些感冒着了，日间吃错了药，晚上吴贵到家，已死在炕上。外面的人，因那媳妇子不妥当，便都说妖怪爬过墙吸了精去死的。

于是，老太太着急的了不得，替另派了好些人将宝玉的住房围住，巡逻打更。这些小丫头们还说，有的看见红脸的，有的看见很俊的女人的，吵嚷不休，唬得宝玉天天害怕。亏得宝钗有把持的，听得丫头们混说，便唬吓着要打，所以那些谣言略好些。无奈各房的人都是疑人疑鬼的不安静，也添了人坐更，于是更加了好些食用。

独有贾赦不大很信，说："好好园子，那里有什么鬼怪？"挑了个风清日暖的日子，带了好几个家人，手内持着器械，到园踹看动静。众人劝他不依。到了园中，果然阴气逼人。贾赦还扎挣前走，跟的人都探头缩脑。内中有个年轻的家人，心内已经害怕，只听"呼"的一声，回过头来，只见五色灿烂的一件东西跳过去了，唬得"嗳哟"一声，腿子发软，便躺倒了。

贾赦回身查问，那小子喘嘘嘘的回道："亲眼看见一个黄脸红须，绿衣青裳，一个妖怪走到树林子后头山窟窿里去了。"贾赦听了，便也有些胆怯，问道：

贾府一入败境，便疑神疑鬼，草木皆妖矣。

"你们都看见么？"有几个推顺水船儿的回说："怎么没瞧见？因老爷在头里，不敢惊动罢了。奴才们还撑得住。"说得贾赦害怕，也不敢再走，急急的回来，吩咐小子们："不要提及，只说看遍了，没有什么东西。"心里实也相信，要到真人府里请法官驱邪。岂知那些家人无事还要生事，今见贾赦怕了，不但不瞒着，反添些穿凿，说得人人吐舌。

从妖魔又引来道士。

贾赦没法，只得请道士到园作法事，驱邪逐妖。择吉日，先在省亲正殿上铺排起坛场，上供三清圣像，旁设二十八宿，并马、赵、温、周四大将，下排三十六天将图像。香花灯烛设满一堂，钟鼓法器排两边，插着五方旗号。道纪司派定四十九位道众的执事，净了一天的坛。三位法官行香取水毕，然后擂起法鼓，法师们俱戴上七星冠，披上九宫八卦的法衣，踏着登云履，手执牙笏，便拜表请圣。又念了一天的消灾驱邪接福的《洞元经》，以后便出榜召将。榜上大书："太乙混元上清三境灵宝符箓演教大法师行文敕令本境诸神到坛听用。"

那日，两府上下爷们，仗着法师擒妖，都到园中观看，都说："好大法令！呼神遣将的闹起来，不管有多少妖怪，也唬跑了。"大家都挤到坛前。只见小道士们将旗幡举起，按定五方站住，伺候法师号令。三位法师，一位手提宝剑，拿着法水，一位捧着七星

第一百二回　宁国府骨肉病灾襟　大观园符水驱妖孽

皂旗，一位举着桃木打妖鞭，立在坛前。只听法器一停，上头令牌三下，口中念念有词，那五方旗便团团散布。法师下坛，叫本家领着到各处楼阁殿亭，房廊屋舍，山崖水畔，洒了法水，将剑指画了一回，回来连击牌令，将七星旗祭起。众道士将旗幡一聚，接下打怪鞭望空打了三下。本家众人都道拿住妖怪，争着要看，及到跟前，并不见有什么形响。只见法师叫众道士拿取瓶罐，将妖收下，加上封条。法师朱笔书符收禁，令人带回在本观塔下镇住，一面撤坛谢将。

贾赦恭敬叩谢了法师。贾蓉等小弟兄背地都笑个不住，说："这样的大排场，我打量拿着妖怪给我们瞧瞧，到底是些什么东西，那里知道是这样收罗，究竟妖怪拿去了没有？"贾珍听见，骂道："糊涂东西！妖怪原是聚则成形，散则成气。如今多少神将在这里，还敢现形吗？无非把这妖气收了，便不作祟，就是法力了。"众人将信将疑，且等不见响动再说。

那些下人只知妖怪被擒，疑心去了，便不大惊小怪，往后果然没人提起了。贾珍等病愈复原，都道法师神力。独有一个小子笑说道："头里那些响动，我也不知道。就是跟着大老爷进园这一日，明明是个大公野鸡飞过去了，拴儿吓离了眼，说得活像。我们都替他圆了个谎，大老爷就认真起来。倒瞧了个很热闹的坛场。"众人虽然听见，那里肯信，究无人住。

> 一场疑神疑鬼之戏演过，便揭出真相。

一日，贾赦无事，正想要叫几个家下人搬住园中，看守房屋，惟恐夜晚藏匿奸人。方欲传出话去，只见贾琏进来，请了安，回说今日到他大舅家去，听见一个荒信，说是"二叔被节度使参进来，为的是失察属员，重征粮米，请旨革职的事"。贾赦听了，吃惊道："只怕是谣言罢。前儿你二叔带书子来说，探春于某日到了任所。择了某日吉时，送了你妹子到了海疆，路上风恬浪静，合家不必挂念。还说，节度认亲，倒设席贺喜。那里有做了亲戚，倒提参起来的？且不必言语，快到吏部打听明白，就来回我。"

贾政亦被参。

贾琏即刻出去，不到半日回来，便说："才到吏部打听，果然二叔被参。题本上去，亏得皇上的恩典，没有交部，便下旨意，说是失察属员，重征粮米，苛虐百姓，本应革职，姑念初膺外任，不谙吏治，被属员蒙蔽，着降三级，加恩仍以工部员外上行走，并令即日回京。这信是准的。正在吏部说话的时候，来了一个江西引见知县，说起我们二叔，是很感激的，但说是个好上司，只是用人不当。那些家人在外招摇撞骗，欺凌属员，已经把好名声都弄坏了。节度大人早已知道，也说我们二叔是个好人。不知怎么样，这回又参了。想是忒闹得不好，恐将来弄出大祸，所以借了一件失察的事情参的，倒是避重就轻的意思，也未

可知。"贾赦未听说完,便叫贾琏:"先去告诉你婶子知道,且不必告诉老太太就是了。"

贾琏去回王夫人。未知有何话说,下回分解。

【回后评】

　　欲写贾府败落，先写人物星散，荒园寥落，怪异迭现。前已有凤姐入园遇怪犬，闻鬼语而病；此又有尤氏入园遇祟而病，连贾赦亦信其事，则可知贾府人心均已临末世矣。然此种描绘，总是俗笔。

　　贾政贬官回京，亦写贾府之败落也。总之，贾府已至日暮途穷之时矣。

第一百三回　　施毒计金桂自焚身
　　　　　　　昧真禅雨村空遇旧

话说贾琏到了王夫人那边,一一的说了。次日,到了部里打点停妥,回来又到王夫人那边,将打点吏部之事告知。王夫人便道:"打听准了么?果然这样,老爷也愿意,合家也放心。那外任是何尝做得的!若不是那样的参回来,只怕叫那些混账东西把老爷的性命都坑了呢!"贾琏道:"太太那里知道?"王夫人道:"自从你二叔放了外任,并没有一个钱拿回来,把家里的倒掏摸了好些去了。你瞧那些跟老爷去的人,他男人在外头不多几时,那些小老婆子们便金头银面的妆扮起来了,可不是在外头瞒着老爷弄钱?你叔叔便由着他们闹去,若弄出事来,不但自己的官做不成,只怕连祖上的官也要抹掉了呢。"

贾琏道:"婶子说得很是。方才我听见参了,吓的了不得,直等打听明白才放心。也愿意老爷做个京官,安安逸逸的做几年,才保得住一辈子的声名。就

借王夫人补出贾政外任,跟差们营私情况。

是老太太知道了,倒也是放心的,只要太太说得宽缓些。"王夫人道:"我知道。你到底再去打听打听。"

贾琏答应了,才要出来,只见薛姨妈家的老婆子慌慌张张的走来,到王夫人里间屋内,也没说请安,便道:"我们太太叫我来告诉这里的姨太太,说我们家了不得了,又闹出事来了。"王夫人听了,便问:"闹出什么事来?"那婆子又说:"了不得,了不得!"王夫人哼道:"糊涂东西!有要紧事,你到底说啊!"婆子便说:"我们家二爷不在家,一个男人也没有。这件事情出来怎么办?要求太太打发几位爷们去料理料理。"

> 竟有如此糊涂婆子!

王夫人听着不懂,便着急道:"究竟要爷们去干什么事?"婆子道:"我们大奶奶死了!"王夫人听了,便啐道:"这种女人死,死了罢咧,也值得大惊小怪的!"婆子道:"不是好好儿死的,是混闹死的。快求太太打发人去办办。"说着,就要走。王夫人又生气,又好笑,说:"这婆子好混账。琏哥儿,倒不如你过去瞧瞧,别理那糊涂东西。"那婆子没听见打发人去,只听见说别理他,他便赌气跑回去了。

这里,薛姨妈正在着急,再等不来,好容易见那婆子来了,便问:"姨太太打发谁来?"婆子叹说道:"人最不要有急难事,什么好亲好眷,看来也不中用。姨太太不但不肯照应我们,倒骂我糊涂。"薛姨妈听了,

> 糊涂至此,让人难以相信。

第一百三回　施毒计金桂自焚身　昧真禅雨村空遇旧

又气又急,道:"姨太太不管,你姑奶奶怎么说了?"婆子道:"姨太太既不管,我们家的姑奶奶自然更不管了。没有去告诉。"薛姨妈啐道:"姨太太是外人,姑娘是我养的,怎么不管?"婆子一时省悟道:"是啊,这么着,我还去。"

正说着,只见贾琏来了,给薛姨妈请了安,道了恼,回说:"我婶子知道弟妇死了,问老婆子,再说不明,着急得很,打发我来问个明白。还叫我在这里料理。该怎么样,姨太太只管说了办去。"薛姨妈本来气得干哭,听见贾琏的话,便笑着说:"倒要二爷费心。我说姨太太是待我最好的,都是这老货说不清,几乎误了事。请二爷坐下,等我慢慢的告诉你。"便说:"不为别的事,为的是媳妇不是好死的。"贾琏道:"想是为兄弟犯事,怨命死的?"

幸亏贾琏来,才不致误事。

薛姨妈道:"若这样,倒好了。前几个月头里,他天天蓬头赤脚的疯闹。后来听见你兄弟问了死罪,他虽哭了一场,以后倒擦脂抹粉的起来。我若说他,又要吵个了不得,我总不理他。有一天,不知怎么样,来要香菱去作伴。我说:'你放着宝蟾,还要香菱做什么?况且香菱是你不爱的,何苦招气生?'他必不依。我没法儿,便叫香菱到他屋里去。可怜这香菱不敢违我的话,带着病就去了。谁知道他待香菱很好,我倒喜欢。你大妹妹知道了,说:'只怕不是好心罢。'

我也不理会。头几天，香菱病着，他倒亲手去做汤给他吃。那知香菱没福，刚端到跟前，他自己烫了手，连碗都砸了。我只说，必要迁怒在香菱身上。他倒没生气，自己还拿笤帚扫了，拿水泼净了地，仍旧两个人很好。昨儿晚上，又叫宝蟾去做了两碗汤来，自己说，同香菱一块儿喝。隔了一回，听见他屋里两只脚蹬响，宝蟾急的乱嚷。以后，香菱也嚷着，扶着墙出来叫人。我忙着看去，只见媳妇鼻子、眼睛里都流出血来，在地下乱滚，两手在心口乱抓，两脚乱蹬，把我就吓死了。问他也说不出来，只管直嚷，闹了一回就死了。我瞧那光景，是服了毒的。宝蟾便哭着来揪香菱，说他把药药死了奶奶了。我看香菱也不是这么样的人。再者，他病的起还起不来，怎么能药人呢？无奈宝蟾一口咬定。我的二爷，这叫我怎么办？只得硬着心肠，叫老婆子们把香菱捆了，交给宝蟾，便把房门反扣了。我同你二妹妹守了一夜，等府里的门开了，才告诉去的。二爷，你是明白人，这件事怎么好？"

> 香菱未被毒害，到底古人天相也。

> 金桂是自作自受。

> 倒把香菱捆了，亦是糊涂至极。

贾琏道："夏家知道了没有？"薛姨妈道："也得撕掳明白了才好报啊。"贾琏道："据我看起来，必要经官才了得下来。我们自然疑在宝蟾身上，别人便说宝蟾为什么药死他奶奶，也是没答对的。若说在香菱身上，竟还装得上。"

正说着，只见荣府女人们进来说："我们二奶奶

第一百三回　施毒计金桂自焚身　昧真禅雨村空遇旧

来了。"贾琏虽是大伯子，因从小儿见的，也不回避。宝钗进来，见了母亲，又见了贾琏，便往里间屋里，同宝琴坐下。薛姨妈也将前事告诉一遍。宝钗便说："若把香菱捆了，可不是我们也说是香菱药死的了么？妈妈说，这汤是宝蟾做的，就该捆起宝蟾来问他呀。一面便该打发人报夏家去，一面报官的是。"薛姨妈听见有理，便问贾琏。贾琏道："二妹子说得很是。报官还得我去，托了刑部里的人，相验问口供的时候有照应得。只是要捆宝蟾，放香菱，倒怕难些。"薛姨妈道："并不是我要捆香菱。我恐怕香菱病中受冤着急，一时寻死，又添了一条人命，才捆了交给宝蟾，也是一个主意。"贾琏道："虽是这么说，我们倒帮了宝蟾了。若要放都放，要捆都捆，他们三个人是一处的，只要叫人安慰香菱就是了。"薛姨妈便叫人开门进去，宝钗就派了带来几个女人帮着捆宝蟾。只见香菱已哭得死去活来，宝蟾反得意洋洋。以后见人要捆他，便乱嚷起来。那禁得荣府的人吆喝着，也就捆了。竟开着门，好叫人看着。这里报夏家的人已经去了。

到底宝钗有主意。

那夏家先前不住在京里，因近年消索，又记挂女儿，新近搬进京来，父亲已没，只有母亲，又过继了一个混账儿子，把家业都花完了，不时的常到薛家。那金桂原是个水性人儿，那里守得住空房，况兼天天心里想念薛蝌，便有些饥不择食的光景。无奈他这一干兄弟又是个蠢货，虽也有些知觉，只是尚未入港。所以金桂时常回去，也帮贴他些银钱。这些时正盼金桂回家，只见薛家的人来，心里就想，又拿什么东西来了。不料说这里姑娘服毒死了，他便气得乱嚷乱叫。金桂的母亲听见了，更哭喊起来，说："好端端的女孩儿在他家，为什么服了毒呢！"哭着喊着的，带了儿子，也等不得雇车，便要走来。那夏家本是买卖人家，如今没了钱，那顾什么脸面。儿子头里就走，他跟了一个破老婆子出了门，在街上啼啼哭哭的雇了一辆破车，便跑到薛家。进门也不打话，便儿一声、肉一声的要讨人命。

> 夏家也已败落。

那时贾琏到刑部托人，家里只有薛姨妈、宝钗、宝琴，何曾见过个阵仗，都吓得不敢则声。便要与他讲理，他们也不听，只说："我女孩儿在你家得过什么好处？两口朝打暮骂的。闹了几时，还不容他两口子在一处，你们商量着把女婿弄在监里，永不见面。你们娘儿们仗着好亲戚受用也罢了，还嫌他碍眼，叫人药死了他，倒说是服毒！他为什么服毒？"说着，直奔着薛姨妈来。薛姨妈只得后退，说："亲家太太，且请瞧瞧你女儿，问问宝蟾，再说歪话不迟。"那宝钗、宝琴因外面有夏家的儿子，难以出来拦护，只在里边着急。

> 一场蛮打蛮闹。

恰好王夫人打发周瑞家的照看。一进门来，见一

第一百三回　施毒计金桂自焚身　昧真禅雨村空遇旧

个老婆子指着薛姨妈的脸哭骂。周瑞家的知道必是金桂的母亲，便走上来说："这位是亲家太太么？大奶奶自己服毒死的，与我们姨太太什么相干？也不犯这么遭蹋呀。"那金桂的母亲问："你是谁？"薛姨妈见有了人，胆子略壮了些，便说："这就是我亲戚贾府里的。"金桂的母亲便说道："谁不知道，你们有仗腰子的亲戚，才能够叫姑爷坐在监里。如今我的女孩儿倒白死了不成！"说着，便拉薛姨妈说："你到底把我女儿怎样弄杀了？给我瞧瞧！"周瑞家的一面劝说："只管瞧瞧，用不着拉拉扯扯。"便把手一推。

　　夏家的儿子便跑进来，不依道："你仗着府里的势头儿来打我母亲么？"说着，便将椅子打去，却没有打着。头里跟宝钗的人听见外头闹起来，赶着来瞧，恐怕周瑞家的吃亏，齐打伙的上去，半劝半喝。那夏家的母子索性撒起泼来，说："知道你们荣府的势头儿。我们家的姑娘已经死了，如今也都不要命了！"说着，仍奔薛姨妈拼命。地下的人虽多，那里挡得住。自古说的，"一人拼命，万夫莫当。"

　　正闹到危急之际，贾琏带了七八个家人进来，见是如此，便叫人先把夏家的儿子拉出去，便说："你们不许闹，有话好好儿的说。快将家里收拾收拾，刑部里头的老爷们就来相验了。"金桂的母亲正在撒泼，只见来了一位老爷，几个在头里吆喝，那些人都垂手侍立。金桂的母亲见这个光景，也不知是贾府何人，又见他儿子已被众人揪住，又听见说刑部来验。他心里原想看见女儿尸首，先闹了一个稀烂再去喊官去，不承望这里先报了官，也便软了些。

薛姨妈已吓糊涂了。还是周瑞家的回说："他们来了，也没有去瞧他姑娘，便作践起姨太太来了。我们为好劝他，那里跑进一个野男人，在奶奶们里头混撒村混打，这可不是没有王法了！"贾琏道："这回子不用和他讲理，等一会子打着问他，说：男人有男人的所在，里头都是些姑娘、奶奶们，况且有他母亲，还瞧不见他们姑娘么？他跑进来，不是要打抢来了么？"家人们做好做歹，压伏住了。

> 好不容易将一场撒泼混闹压住。

周瑞家的仗着人多，便说："夏太太，你不懂事。既来了，该问个青红皂白。你们姑娘是自己服毒死了。不然，便是宝蟾药死他主子了。怎么不问明白，又不看尸首，就想讹人来了呢？我们就肯叫一个媳妇儿白死了不成！现在把宝蟾捆着，因为你们姑娘必要点病儿，所以叫香菱陪着他，也在一个屋里住，故此两个人都看守在那里，原等你们来眼看看刑部相验，问出道理来才是啊。"

金桂的母亲此时势孤，也只得跟着周瑞家的到他女孩儿屋里，只见满脸黑血，直挺挺的躺在炕上，便叫哭起来。宝蟾见是他家的人来，便哭喊说："我们

第一百三回　施毒计金桂自焚身　昧真禅雨村空遇旧

姑娘好意待香菱，叫他在一块儿住。他倒抽空儿药死我们姑娘！"那时，薛家上下人等俱在，便齐声吆喝道："胡说！昨日奶奶喝了汤才药死的，这汤可不是你做的？"宝蟾道："汤是我做的，端了来，我有事走了。不知香菱起来放些什么在里头，药死的。"金桂的母亲听未说完，就奔香菱。众人拦住。薛姨妈便道："这样子是砒霜药的，家里决无此物。不管香菱、宝蟾，终有替他买的，回来刑部少不得问出来，才赖不去。如今把媳妇权放平正，好等官来相验。"众婆子上来抬放。

宝钗道："都是男人进来，你们将女人动用的东西检点检点。"只见炕褥底下有一个揉成团的纸包儿。金桂的母亲瞧见，便拾起，打开看时，并没有什么，便撂开了。宝蟾看见，道："可不是有了凭据了。这个纸包儿，我认得。头几天，耗子闹得慌，奶奶家去与舅爷要的，拿回来搁在首饰匣内。必是香菱看见了，拿来药死奶奶的。若不信，你们看看首饰匣里有没有了？" 渐渐露出线索。

金桂的母亲便依着宝蟾的所在，取出匣子，只有几支银簪子。薛姨妈便说："怎么好些首饰都没有了？"宝钗叫人打开箱柜，俱是空的，便道："嫂子这些东西被谁拿去？这可要问宝蟾。"金桂的母亲心里也虚了好些，见薛姨妈查问宝蟾，便说："姑娘的东西， 线索越露越多。

他那里知道?"周瑞家的道:"亲家太太别这么说呢。我知道,宝姑娘是天天跟着大奶奶的,怎么说不知?"这宝蟾见问得紧,又不好胡赖,只得说道:"奶奶自己每每带回家去,我管得么?"众人便说:"好个亲家太太!哄着拿姑娘的东西,哄完了,叫他寻死,来讹我们。好罢了,回来相验,便是这么说。"宝钗叫人:"到外头告诉琏二爷说,别放了夏家的人。"

> 从宝蟾口里吐出真情。

里面,金桂的母亲忙了手脚,便骂宝蟾道:"小蹄子别嚼舌头了!姑娘几时拿东西到我家去?"宝蟾道:"如今东西是小,给姑娘偿命是大。"宝琴道:"有了东西,就有偿命的人了。快请琏二哥哥问准了夏家的儿子买砒霜的话,回来好回刑部里的话。"金桂的母亲着了急,道:"这宝蟾必是撞见鬼了,混说起来。我们姑娘何尝买过砒霜?若这么说,必是宝蟾药死了的。"

> 抓住买砒霜的事不放。

宝蟾急的乱嚷说:"别人赖我也罢了,怎么你们也赖起我来呢?你们不是常和姑娘说,叫他别受委屈,闹得他们家破人亡,那时将东西卷包儿一走,再配一个好姑爷。这个话,是有的没有?"金桂的母亲还未及答言,周瑞家的便接口说道:"这是你们家的人说的,还赖什么呢?"金桂的母亲恨的咬牙切齿的骂宝蟾说:"我待你不错呀,为什么你倒拿话来葬送我呢?回来见了官,我就说是你药死姑娘的。"宝蟾气的瞪

第一百三回　施毒计金桂自焚身　昧真禅雨村空遇旧

着眼说："请太太放了香菱罢，不犯着白害别人。我见官自有我的话。"

宝钗听出这个话头儿来了，便叫人反倒放开了宝蟾，说："你原是个爽快人，何苦白冤在里头。你有话索性说了，大家明白，岂不完了事了呢？"宝蟾也怕见官受苦，便说："我们奶奶天天抱怨说：'我这样人，为什么碰着这个瞎眼的娘，不配给二爷，偏给了这么个混账糊涂行子？要是能够同二爷过一天，死了也是愿意的。'说到那里，便恨香菱。我起初不理会。后来，看见与香菱好了，我只道是香菱教他什么了。不承望昨儿的汤不是好意。"金桂的母亲接说道："益发胡说了，若是要药香菱，为什么倒药了自己呢？"

> 终于宝蟾说出真情。

宝钗便问道："香菱，昨日你喝汤来着没有？"香菱道："头几天我病得抬不起头来，奶奶叫我喝汤，我不敢说不喝。刚要扎挣起来，那碗汤已经洒了，倒叫奶奶收拾了个难，我心里很过不去。昨儿听见叫我喝汤，我喝不下去，没有法儿，正要喝的时候儿呢，偏又头晕起来。只见宝蟾姐姐端了去。我正喜欢，刚合上眼，奶奶自己喝着汤，叫我尝尝，我便勉强也喝了。"

宝蟾不待说完，便道："是了，我老实说罢。昨儿奶奶叫我做两碗汤，说是和香菱同喝。我气不过，心里想着，香菱那里配我做汤给他喝呢？我故意的一碗里头多抓了一把盐,记了暗记儿,原想给香菱喝的。刚端进来,奶奶却拦着我到外头叫小子们雇车,说今日回家去。我出去说了,回来见盐多的这碗汤在奶奶跟前呢,我恐怕奶奶喝着咸,又要骂我。正没法的时候,奶奶往后头走动,我眼错不见就把香菱这碗汤换了过来。也是合该如此,奶奶回来,就拿了汤去到香菱床边喝着,说:'你到底尝尝。'那香菱也不觉咸。两个人都喝完了。我正笑香菱没嘴道儿,那里知道这死鬼奶奶要药香菱,必定趁我不在,将砒霜撒上了,也不知道我换碗。这可就是天理昭彰,自害自身了。"于是众人往前后一想,真正一丝不错,便将香菱也放了,扶着他仍旧睡在床上。

至此真相大白。

不说香菱得放,且说金桂的母亲心虚事实,还想辩赖。薛姨妈等你言我语,反要他儿子偿还金桂之命。正然吵嚷,贾琏在外嚷说:"不用多说了。快收拾停当,刑部的老爷就到了。"此时惟有夏家母子着忙,想来总要吃亏的,不得已,反求薛姨妈道:"千不是,万不是,终是我死的女孩儿不长进。这也是自作自受。若是刑部相验,到底府上脸面不好看,求亲家太太息了这件事罢。"宝钗道:"那可使不得,已经报了,怎么能息呢?"周瑞家的等人大家做好做歹的劝说:"若要息事,除非夏亲家太太自己出去拦验,我们不提长短罢了。"贾琏在外也将他儿子吓住,他情愿迎到刑

终于夏家自求息事。

第一百三回　施毒计金桂自焚身　昧真禅雨村空遇旧

部具结拦验。众人依允,薛姨妈命人买棺成殓。不提。

且说贾雨村升了京兆府尹,兼管税务。一日,出都查勘开垦地亩。路过知机县,到了急流津。正要渡过彼岸,因待人夫,暂且停轿。只见村旁有一座小庙,墙壁坍颓,露出几株古松,倒也苍老。雨村下轿,闲步进庙,但见庙内神像金身脱落,殿宇歪斜,旁有断碣,字迹模糊,也看不明白。意欲行至后殿,只见一株翠柏下荫着一间茅庐,庐中有一个道士合眼打坐。

雨村走近看时,面貌甚熟,想着倒像在那里见来的,一时再想不出来。从人便欲吆喝。雨村止住,徐步向前,叫一声:"老道。"那道士双眼微启,微微的笑道:"贵官何事?"雨村便道:"本府出都查勘事件,路过此地,见老道静修自得,想来道行深通,意欲冒昧请教。"那道人说:"来自有地,去自有方。"

在富贵官场混惯了,哪还记得当初。

雨村原是有些来历的,便长揖请问:"老道从何处来,在此结庐?此庙何名?庙中共有几人?或欲真修,岂无名山?或欲结缘,何不通衢?"那道人道:"葫芦尚可安身,何必名山结舍。庙名久隐,断碣犹存。形影相随,何须修募?岂似那'玉在椟中求善价,钗于奁内待时飞'之辈耶!"

一语点醒。

雨村原是个颖悟人,初听见"葫芦"两字,后闻"玉钗"一对,忽然想起甄士隐的事来。重复将那道士端

1923

详一回,见他容貌依然,便屏退从人,问道:"君家莫非甄老先生么?"那道人从容笑道:"什么真,什么假!要知道,真即是假,假即是真。"雨村听说出"贾"字来,益发无疑。便从新施礼道:"学生自蒙慨赠到都,托庇获隽公交车,受任贵乡,始知老先生超悟尘凡,飘举仙境。学生虽溯洄思切,自念风尘俗吏,未由再觐仙颜。今何幸于此处相遇,求老仙翁指示愚蒙。倘荷不弃,京寓甚近,学生当得供奉,得以朝夕聆教。"

雨村已认出道人,道人却不认雨村。

那道人也站起来,回礼道:"我于蒲团之外,不知天地间尚有何物。适才尊官所言,贫道一概不解。"说毕,依旧坐下。雨村复又心疑:"想去若非士隐,何貌言相似若此?离别来十九载,面色如旧,必是修炼有成,未肯将前身说破。但我既遇恩公,又不可当面错过。看来不能以富贵动之,那妻女之私更不必说了。"想罢,又道:"仙师既不肯说破前因,弟子于心何忍?"正要下礼,只见从人进来,禀说:"天色将晚,快请渡河。"雨村正无主意,那道人道:"请尊官速登彼岸,见面有期,迟则风浪顿起。果蒙不弃,贫道他日尚在渡头候教。"说毕,仍合眼打坐。

雨村无奈,只得辞了道人出庙,正要过渡,只见一人飞奔而来。未知何事,下回分解。

第一百三回　　施毒计金桂自焚身　　昧真禅雨村空遇旧

【回后评】

夏金桂想毒死香菱，结果天网恢恢，反而毒了自己。种种曲折情节，未得官验，已由宝蟾自己说明，了却命案，结束夏金桂，亦是恶报得了也。

贾雨村于急流津头遇甄士隐，士隐以真即是假、假即是真点化，雨村不悟，仍渡急流津，留待其作最后归宿也。

第一百四回　　醉金刚小鳅生大浪
　　　　　　　痴公子余痛触前情

　　话说贾雨村刚欲过渡,见有人飞奔而来,跑到跟前,口称:"老爷,方才逛的那庙火起了!"雨村回首看时,只见烈炎烧天,飞灰蔽目。雨村心想:"这也奇怪,我才出来,走不多远,这火从何而来?莫非士隐遭劫于此?"欲待回去,又恐误了过河;若不回去,心下又不安。想了一想,便问道:"你方才见这老道士出来了没有?"那人道:"小的原随老爷出来,因腹内疼痛,略走了一走。回头看见一片火光。原来就是那庙中火起,特赶来禀知老爷。并没有见有人出来。"雨村虽则心里狐疑,究竟是名利关心的人,那肯回去看视,便叫那人:"你在这里,等火灭了,进去瞧那老道在与不在,即来回禀。"那人只得答应了伺候。

　　雨村过河,仍自去查看。查了几处,遇公馆便自歇下。明日,又行一程,进了都门,众衙役接着,前

<!-- 侧批：于此生死关头,雨村亦不肯回头一步。 -->

第一百四回　醉金刚小鳅生大浪　痴公子余痛触前情

呼后拥的走着。雨村坐在轿内，听见轿前开路的人吵嚷。雨村问是何事。那开路的拉了一个人过来，跪在轿前，禀道："那人酒醉不知回避，反冲突过来。小的吆喝他，他倒恃酒撒赖，躺在街心，说小的打了他了。"雨村便道："我是管理这里地方的。你们都是我的子民，知道本府经过，喝了酒不知退避，还敢撒赖！"那人道："我喝酒是自己的钱，醉了躺的是皇上的地，便是大人老爷也管不得。"雨村怒道："这人目无法纪，问他叫什么名字。"那人回道："我叫醉金刚倪二。"雨村听了生气，叫人："打这金刚，瞧他是金刚不是？"手下把倪二按倒，着实的打了几鞭。倪二负痛，酒醒求饶。雨村在轿内笑道："原来是这么个金刚么！我且不打你，叫人带进衙门，慢慢的问你。"众衙役答应，拴了倪二，拉着便走。倪二哀求，也不中用。

与前八十回的倪二判若两人。

　　雨村进内覆旨回曹，那里把这件事放在心上。那街上看热闹的，三三两两传说："倪二仗着有些力气，恃酒讹人，今儿碰在贾大人手里，只怕不轻饶的。"这话已传到他妻女耳边。那夜，果等倪二不见回家，他女儿便到各处赌场寻觅。那赌博的都是这么说，他女儿急得哭了。众人都道："你不用着急。那贾大人是荣府的一家。荣府里的一个什么二爷，和你父亲相好。你同你母亲去找他说个情，就放出来了。"倪二的女儿听了，想了一想："果然我父亲常说，间壁贾二爷和他好，为什么不找他去？"赶着回来，即和母亲说了。娘儿两个去找贾芸。

那日，贾芸恰在家，见他母女两个过来，便让坐。贾芸的母亲便倒茶。倪家母女即将倪二被贾大人拿去的话说了一遍，"求二爷说情放出来。"贾芸一口应承，说："这算不得什么。我到西府里说一声，就放了。那贾大人全仗我家的西府里，才得做了这么大官，只要打发个人去一说就完了。"倪家母女欢喜，回来便到府里告诉了倪二，叫他不用忙，已经求了贾二爷，他满口应承，讨个情便放出来的。倪二听了也喜欢。

不料贾芸自从那日给凤姐送礼不收，不好意思进来，也不常到荣府。那荣府的门上，原看着主子的行事，叫谁走动，才有些体面，一时来了，他便进去通报；若主子不大理了，不论本家亲戚，他一概不回，支了去就完事。

那日，贾芸到府上，说："给琏二爷请安。"门上的说："二爷不在家。等回来，我们替回罢。"贾芸欲要说："请二奶奶的安。"生恐门上厌烦，只得回家。又被倪家母女催逼着，说："二爷常说府上是不论那个衙门，说一声谁敢不依。如今还是府里的一家，又不为什么大事，这个情还讨不来，白是我们二爷了。"贾芸脸上下不来，嘴里还说硬话："昨儿我们家里有事，没打发人说去，少不得今儿说了就放。什么大不

第一百四回　醉金刚小鳅生大浪　痴公子余痛触前情

了的事！"倪家母女只得听信。

岂知贾芸近日大门竟不得进去，绕到后头，要进园内找宝玉，不料园门锁着，只得垂头丧气的回来。想起："那年倪二借银与我，买了香料送给他，才派我种树。如今我没有钱去打点，就把我拒绝。他也不是什么好的，拿着太爷留下的公中银钱在外放加一钱，我们穷本家要借一两也不能。他打谅保得住一辈子不穷的了，那知外头的声名很不好。我不说罢了，若说起来，人命官司不知有多少呢。"一面想着，来到家中，只见倪家母女都等着。贾芸无言可支，便说道："西府里已经打发人说了，只言贾大人不依。你还求我们家的奴才周瑞的亲戚冷子兴去才中用。"

倪家母女听了，说："二爷这样体面爷们，还不中用。若是奴才，是更不中用了。"贾芸不好意思，心里发急，道："你不知道，如今的奴才比主子强多着呢。"倪家母女听来无法，只得冷笑几声，说："这倒难为二爷白跑了这几天，等我们那一个出来再道乏罢。"说毕出来，另托人将倪二弄了出来，只打了几板，也没有什么罪。

倪二回家，他妻女将贾家不肯说情的话说了一遍。倪二正喝着酒，便生气要找贾芸，说："这小杂种，没良心的东西！头里他没有饭吃，要到府内钻谋事办，亏我倪二爷帮了他。如今我有了事，他不管。好罢咧，

> 贾府已败落至此，贾芸即使找到凤姐，亦未必能让雨村放人，总是续作者欲借倪二以再生事端耳。

若是我倪二闹出来,连两府里都不干净!"他妻女忙劝道:"嗳,你又喝了黄汤,便是这样有天没日头的。前儿可不是醉了闹的乱子,挨了打,还没好呢,你又闹了。"

倪二道:"挨了打,便怕他不成?只怕拿不着由头!我在监里的时候,倒认得了好几个有义气的朋友,听见他们说起来,不独是城内姓贾的多,外省姓贾的也不少。前儿监里收下了好几个贾家的家人。我倒说,这里的贾家小一辈子并奴才们虽不好,他们老一辈的还好,怎么犯了事?我打听打听,说是和这里贾家是一家,都住在外省,审明白了,解进来问罪的,我才放心。若说贾二这小子,他忘恩负义,我便和几个朋友说他家怎样倚势欺人,怎样盘剥小民,怎样强娶有男妇女,叫他们吵嚷出来,有了风声,到了都老爷耳朵里,这一闹起来,叫你们才认得倪二金刚呢!"

他女人道:"你喝了酒,睡去罢!他又强占谁家的女人来了?没有的事,你不用混说了。"倪二道:"你们在家里,那里知道外头的事。前年,我在赌场里碰见了小张,说他女人被贾家占了。他还和我商量,我倒劝他才了事的。但不知这小张如今那里去了,这两年没见。若碰着了他,我倪二出个主意,叫贾老二死,给我好好的孝敬孝敬我倪二太爷才罢了。你倒不理我了!"说着,倒身躺下,嘴里还是咕咕嘟嘟的说了一回,

第一百四回　醉金刚小鳅生大浪　痴公子余痛触前情

便睡去了。他妻女只当是醉话,也不理他。明日早起,倪二又往赌场中去了。不提。

且说雨村回到家中,歇息了一夜,将道上遇见甄士隐的事告诉了他夫人一遍。他夫人便埋怨他:"为什么不回去瞧一瞧?倘或烧死了,可不是咱们没良心!"说着,掉下泪来,雨村道:"他是方外的人了,不肯和咱们在一处的。"正说着,外头传进话来,禀说:"前日老爷吩咐瞧火烧庙去的回来了回话。"

雨村踱了出来。那衙役打千请了安,回说:"小的奉老爷的命回去,也不等火灭,便冒火进去瞧那个道士,岂知他坐的地方多烧了。小的想着那道士必定烧死了。那烧的墙屋往后塌去,道士的影儿都没有,只有一个蒲团,一个瓢儿,还是好好的。小的各处找寻他的尸首,连骨头都没有一点儿。小的恐老爷不信,想要拿这蒲团、瓢儿回来做个证见。小的这么一拿,岂知都成了灰了。"雨村听毕,心下明白,知士隐仙去,便把那衙役打发了出去。回到房中,并没提吉士隐火化之言,恐他妇女不知,反生悲感,只说并无形迹,必是他先走了。 交代过士隐。

雨村出来,独坐书房,正要细想士隐的话,忽有家人传报说:"内廷传旨,交看事件。"雨村疾忙上轿进内,只听见人说:"今日贾存周江西粮道被参回来,在朝内谢罪。"雨村忙到了内阁,见了各大人,将海

> 雨村又与贾政见面。

疆办理不善的旨意看了，出来即忙找着贾政，先说了些为他抱屈的话，后又道喜，问："一路可好？"贾政也将违别以后的话细细的说了一遍。雨村道："谢罪的本上了去没有？"贾政道："已上去了，等膳后下来看旨意罢。"

正说着，只听里头传出旨来叫贾政，贾政即忙进去。各大人有与贾政关切的，都在里头等着。等了好一回，方见贾政出来，看见他带着满头的汗。众人迎上去接着，问："有什么旨意？"贾政吐舌道："吓死人，吓死人！倒蒙各位大人关切，幸喜没有什么事。"众人道："旨意问了些什么？"贾政道："旨意问的是云南私带神枪一案。本上奏明是原任太师贾化的家人，主上一时记着我们先祖的名字，便问起来。我忙着磕头奏明先祖的名字是代化。主上便笑了，还降旨意说：'前放兵部、后降府尹的，不是也叫贾化么？'"

> 贾政反倒为雨村开脱。

那时雨村也在旁边，倒吓了一跳，便问贾政道："老先生怎么奏的？"贾政道："我便慢慢奏道：'原任太师贾化是云南人，现任府尹贾某是浙江湖州人。'主上又问：'苏州刺史奏的贾范，是你一家了？'我又磕头奏道：'是。'主上便变色道：'纵使家奴强占良民妻女，还成事么？'我一句不敢奏。主上又问道：'贾范是你什么人？'我忙奏道：'是远族。'主上哼了一声，降旨叫出来了。可不是诧事！"

第一百四回　醉金刚小鳅生大浪　痴公子余痛触前情

众人道:"本来也巧,怎么一连有这两件事?"贾政道:"事倒不奇,倒是都姓贾的不好。算来我们寒族人多,年代久了,各处都有。现在虽没有事,究竟主上记着一个'贾'字就不好。"众人说:"真是真,假是假,怕什么?"贾政道:"我心里巴不得不做官,只是不敢告老。现在我们家里两个世袭,这也无可奈何的。"雨村道:"如今老先生仍是工部,想来京官是没有事的。"贾政道:"京官虽然无事,我究竟做过两次外任,也就说不齐了。"

众人道:"二老爷的人品行事,我们都佩服的。就是令兄大老爷,也是个好人。只要在令侄辈身上严紧些就是了。"贾政道:"我因在家的日子少,舍侄的事情不大查考,我心里也不甚放心。诸位今日提起,都是至相好,或者听见东宅的侄儿家有什么不奉规矩的事么?"众人道:"没听见别的,只有几位侍郎心里不大和睦,内监里头也有些。想来不怕什么,只要嘱咐那边令侄诸事留神就是了。"众人说毕,举手而散。为下文先伏一笔。

贾政然后回家,众子侄等都迎接上来。贾政迎着,请贾母的安,然后众子侄俱请了贾政的安,一同进府。王夫人等已到了荣禧堂迎接。贾政先到了贾母那里拜见了,陈述些违别的话。贾母问探春消息,贾政将许嫁探春的事都禀明了,还说:"儿子起身急促,难过重阳,虽没有亲见,听见那边亲家的人来,说的极好。

亲家老爷、太太都说，请老太太的安。还说，今冬明春，大约还可调进京来。这便好了。如今闻得海疆有事，只怕那时还不能调。"

贾母始则因贾政降调回来，知探春远在他乡，一无亲故，心下不悦。后听贾政将官事说明，探春安好，也便转悲为喜，便笑着叫贾政出去。然后弟兄相见，众子侄拜见，定了明日清晨拜祠堂。

贾政回到自己屋内，王夫人等见过，宝玉、贾琏替另拜见。贾政见了宝玉，果然比起身之时脸面丰满，倒觉安静，并不知他心里糊涂，所以心甚喜欢，不以降调为念，心想："幸亏老太太办理的好。"又见宝钗沈厚更胜先时，兰儿文雅俊秀，便喜形于色。独见环儿仍是先前，究不甚钟爱。歇息了半天，忽然想起："为何今日短了一人？"王夫人知是想着黛玉。前因家书未报，今日又初到家，正是喜欢，不便直告，只说是病着。岂知宝玉的心里已如刀绞，因父亲到家，只得把持心性伺候。王夫人家筵接风，子孙敬酒。凤姐虽是侄媳，现办家事，也随了宝钗等递酒。贾政便叫："递了一巡酒，都歇息去罢。"命众家人不必伺候，待明早拜过宗祠，然后进见。

分派已定，贾政与王夫人说些别后的话。余者，王夫人都不敢言。倒是贾政先提起王子腾的事来，王夫人也不敢悲戚。贾政又说蟠儿的事，王夫人只说他

第一百四回　　醉金刚小鳅生大浪　痴公子余痛触前情

是自作自受,趁便也将黛玉已死的话告诉。贾政反吓了一惊,不觉掉下泪来,连声叹息。王夫人也撑不住,也哭了。旁边彩云等即忙拉衣,王夫人止住,重又说些喜欢的话,便安寝了。

次日一早,至宗祠行礼,众子侄都随往。贾政便在祠旁厢房坐下,叫了贾珍、贾琏过来,问起家中事务,贾珍拣可说的说了。贾政又道:"我初回家,也不便来细细查问。只是听见外头说起,你家里更不比往前,诸事要谨慎才好。你年纪也不小了,孩子们该管教管教,别叫他们在外头得罪人。琏儿也该听听。不是才回家便说你们,因我有所闻,所以才说的,你们更该小心些。"贾珍等脸涨通红的,也只答应个"是"字,不敢说什么。贾政也就罢了。回归西府,众家人磕头毕,仍复进内,众女仆行礼,不必多赘。

只说宝玉因昨贾政问起黛玉,王夫人答以有病,他便暗里伤心。直待贾政命他回去,一路上已滴了好些眼泪。回到房中,见宝钗和袭人等说话,他便独坐外间纳闷。宝钗叫袭人送过茶去,知他必是怕老爷查问工课,所以如此,只得过来安慰。宝玉便借此说:"你们今夜先睡一回,我要定定神。这时更不如从前,三言可忘两语,老爷瞧了不好。你们睡罢,叫袭人陪着我。"宝钗听去有理,便自己到房先睡。

宝玉轻轻的叫袭人坐着,央他:"把紫鹃叫来,有话问他。但是紫鹃见了我,脸上嘴里总是有气似的,须得你去解释开了他来才好。"袭人道:"你说要定神,我倒喜欢。怎么又定到这上头了?有话你明儿问不得?"宝玉道:"我就是今晚得闲,明日倘或老爷叫干什么,便没空儿。好姐姐,你快去叫他来。"袭人道:"他不是二奶奶叫是不来的。"宝玉道:"我所以央你去说明白了才好。"

袭人道:"叫我说什么?"宝玉道:"你还不知道我的心,也不知道他的心么?都为的是林姑娘。你说我并不是负心的。我如今叫你们弄成了一个负心人了!"说着这话,便瞧瞧里头,用手一指,说:"他是我本不愿意的,都是老太太他们捉弄的。好端端把一个林妹妹弄死了。就是他死,也该叫我见见,说个明白,他自己死了也不怨我。你是听见三姑娘他们说的,临死恨怨我。那紫鹃为他姑娘,也恨得我了不得。你想,我是无情的人么?晴雯到底是个丫头,也没有什么大好处,他死了,我老实告诉你罢,我还做个祭文去祭他。那时林姑娘还亲眼见的。如今林姑娘死了,莫非倒不如晴雯么?死了连祭都不能祭一祭。林姑娘死了还有知的,他想起来不要更怨我么?"袭人道:"你要祭,便祭去。要我们做什么?"

宝玉道:"我自从好了起来,就想要做一首祭文

【宝玉岂能与袭人说此等话。】

第一百四回 醉金刚小鳅生大浪 痴公子余痛触前情

的。不知道我如今一点灵机都没有了。若祭别人，胡乱却使得；若是他，断断俗俚不得一点儿的。所以叫紫鹃来问，他姑娘这条心，他们打从那样上看出来的。我没病的头里还想得出来，一病以后都不记得。你说林姑娘已经好了，怎么忽然死的？他好的时候我不去，他怎么说？我病时候他不来，他也怎么说？所以有他的东西，我诓了过来，你二奶奶总不叫我动，不知什么意思。"袭人道："二奶奶惟恐你伤心罢了，还有什么？"

宝玉道："我不信。既是他这么念我，为什么临死都把诗稿烧了，不留给我作个纪念？又听见说，天上有音乐响，必是他成了神，或是登了仙去。我虽见过了棺材，到底不知道棺材里有他没有。"袭人道："你这话益发糊涂了，怎么一个人不死，就搁上一个空棺材，当死了人呢？"宝玉道："不是嗄！大凡成仙的人，或是肉身去的，或是脱胎去的。好姐姐，你到底叫了紫鹃来。"袭人道："如今等我细细的说明了你的心，他若肯来还好，若不肯来，还得费多少话。就是来了，见你也不肯细说。据我主意，明后日等二奶奶上去了，我慢慢的问他，或者倒可仔细。遇着闲空儿，我再慢慢的告诉你。"宝玉道："你说得也是。你不知道我心里的着急。"

> 到底宝玉心中记挂着黛玉的死。

正说着，麝月出来说："二奶奶说，天已四更了，请二爷进去睡罢。袭人姐姐必是说高了兴了,忘了时候儿了。"袭人听了,道:"可不是?该睡了,有话明儿再说罢。"宝玉无奈,只得含愁进去,又向袭人耳边道:"明儿不要忘了。"袭人笑说:"知道了。"麝月笑道:"你们两个又闹鬼了。何不和二奶奶说了,就到袭人那边睡去,由着你们说一夜,我们也不管。"宝玉摆手道:"不用言语。"袭人恨道:"小蹄子,你又嚼舌根,看我明儿撕你!"回转头来,对宝玉道:"这不是二爷闹的,说了四更的话,总没有说到这里。"一面说,一面送宝玉进屋,各人散去。

那夜宝玉无眠,到了明日,还思这事。只闻得外头传进话来,说:"众亲朋因老爷回家,都要送戏接风。老爷再四推辞,说:'唱戏不必,竟在家里备了水酒,倒请亲朋过来大家谈谈。'于是定了后儿摆席请人,所以进来告诉。"不知所请何人,下回分解。

第一百四回 醉金刚小鳅生大浪 痴公子余痛触前情

【回后评】

　　醉金刚倪二事,是接前八十回,然前八十回只写倪二仗义,未写他横行生事,此处却写他"小鳅生大浪",则又是续作者之意矣。

　　宝玉思念黛玉,却与袭人商议,欲由袭人呼紫鹃,终于未成。前八十回此类事,宝玉都是背着袭人做的,此处却公然谋之袭人,宜其不能成事也。

　　贾政回家,众亲朋都要送戏接风,家中即备酒宴客,依然平时境况,反跌后回突然查抄。

第一百五回　　锦衣军查抄宁国府
　　　　　　　　骢马使弹劾平安州

> 骢马使,古官称,《后汉书·桓典传》:"拜侍御史,常乘骢马,京师畏惮,为之语曰:'行行且止,避骢马御史。'"秦以前原为史官,汉以后主纠察,即明清之监察御史,此处是用古称。

　　话说贾政正在那里设宴请酒,忽见赖大急忙走上荣禧堂来,回贾政道:"有锦衣府堂官赵老爷带领好几位司官,说来拜望。奴才要取职名来回,赵老爷说:'我们至好,不用的。'一面就下车来,走进来了。请老爷同爷们快接去。"贾政听了,心想:"赵老爷并无来往,怎么也来?现在有客,留他不便,不留又不好。"正自思想,贾琏说:"叔叔快去罢。再想一回,人都进来了。"

> 来势不善。

　　正说着,只见二门上家人又报进来,说:"赵老爷已进二门了。"贾政等抢步接去,只见赵堂官满脸笑容,并不说什么,一径走上厅来。后面跟着五六位司官,也有认得的,也有不认得的,但是总不答话。贾政等心里不得主意,只得跟了上来让坐。众亲友也有认得赵堂官的,见他仰着脸不大理人,只拉着贾政的手,笑着说了几句寒温的话。众人看见来头不好,

第一百五回　锦衣军查抄宁国府　骢马使弹劾平安州

也有躲进里间屋里的，也有垂手侍立的。

贾政正要带笑叙话，只见家人慌张报道："西平王爷到了。"贾政慌忙去接，已见王爷进来。赵堂官抢上去请了安，便说："王爷已到，随来各位老爷就该带领府役把守前后门。"众官应了出去。贾政等知事不好，连忙跪接。西平郡王用两手扶起，笑嘻嘻的说道："无事不敢轻造，有奉旨交办事件，要赦老接旨。如今满堂中筵席未散，想有亲友在此未便，且请众位府上亲友各散，独留本宅的人听候。"赵堂官回说："王爷虽是恩典，但东边的事，这位王爷办事认真，想是早已封门。"

众人知是两府干系，恨不能脱身。只见王爷笑道："众位只管就请。叫人来，给我送出去。告诉锦衣府的官员说，这都是亲友，不必盘查，快快放出。"那些亲友听见，就一溜烟如飞的出去了。独有贾赦、贾政一干人，唬得面如土色，满身发颤。

不多一回，只见进来无数番役，各门把守。本宅上下人等，一步不能乱走。赵堂官便转过一副脸来，回王爷道："请爷宣旨意，就好动手。"这些番役却撩衣勒臂，专等旨意。西平王慢慢的说道："小王奉旨带领锦衣府赵全，来查看贾赦家产。"贾赦等听见，俱俯伏在地。

王爷便站在上头说："有旨意：'贾赦交通外官，

> 这位西平王究竟是谁，未加叙明。

> 点出贾赦。

> 查办贾赦。

依势凌弱,辜负朕恩,有忝祖德,着革去世职。钦此。'"赵堂官一叠声叫:"拿下贾赦,其余皆看守。"维时贾赦、贾政、贾琏、贾珍、贾蓉、贾蔷、贾芝、贾兰俱在,惟宝玉假说有病,在贾母那边打闹,贾环本来不大见人的,所以就将现在几人看住。

<small>贾赦已被拿。</small>

赵堂官即叫他的家人:"传齐司员,带同番役,分头按房抄查登账。"这一言不打紧,唬得贾政上下人等面面相看,喜得番役、家人摩拳擦掌,就要往各处动手。西平王道:"闻得赦老与政老同房各爨的,理应遵旨查看贾赦的家资,其余且按房封锁,我们覆旨去。再候定夺。"赵堂官站起来说:"回王爷:贾赦、贾政并未分家,闻得他侄儿贾琏现在承总管家,不能不尽行查抄。"西平王听了,也不言语。赵堂官便说:"贾琏、贾赦两处须得奴才带领去查抄才好。"西平王便说:"不必忙,先传信后宅,且请内眷回避,再查不迟。"一言未了,老赵家奴、番役已经拉着本宅家人领路,分头查抄去了。王爷喝命:"不许啰唣!待本爵自行查看。"说着,便慢慢的站起来要走,又吩咐说:"跟我的人,一个不许动,都给我站在这里候着,回来一齐瞧着登数。"

正说着,只见锦衣司官跪禀说:"在内查出御用衣裙,并多少禁用之物,不敢擅动,回来请示王爷。"一回儿,又有一起人来拦住王爷,就回说:"东跨所

第一百五回　锦衣军查抄宁国府　骢马使弹劾平安州

抄出两箱房地契，又一箱借票，却都是违例取利的。"老赵便说："好个重利盘剥！很该全抄！请王爷就此坐下，叫奴才去全抄来，再候定夺罢。"

说着，只见王府长史来禀说："守门军传进来说，主上特命北静王到这里宣旨，请爷接去。"赵堂官听了，心里喜欢说："我好晦气，碰着这个酸王。如今那位来了，我就好施威。"一面想着，也迎出来。

只见北静王已到大厅，就向外站着，说："有旨意，锦衣府赵全听宣。"说："奉旨意：'着锦衣官惟提贾赦质审，余交西平王遵旨查办。钦此。'"西平王领了，好不喜欢，便与北静王坐下，着赵堂官提取贾赦回衙。里头那些查抄的人听得北静王到，俱一齐出来，及闻赵堂官走了，大家没趣，只得侍立听候。北静王便拣选两个诚实司官，并十来个老年番役，余者一概逐出。

北静王来了。

只提贾赦，赵堂官大失所望。

本想趁此发财，岂知好梦落空。

西平王便说："我正与老赵生气。幸得王爷到来降旨，不然这里很吃大亏。"北静王说："我在朝内听见王爷奉旨查抄贾宅，我甚放心，谅这里不致荼毒。不料老赵这么混账。但不知现在政老及宝玉在那里，里面不知闹到怎么样了。"众人回禀："贾政等在下房看守着，里面已抄得乱腾腾的了。"西平王便吩咐司员："快将贾政带来问话。"众人命带了上来。贾政跪了请安，不免含泪乞恩。

北静王便起身拉着，说："政老放心。"便将旨意说了。贾政感激涕零,望北又谢了恩,仍上来听候。王爷道:"政老,方才老赵在这里的时候,番役呈禀有禁用之物,并重利欠票,我们也难掩过。这禁用之物,原办进贵妃用的,我们声明,也无碍。独是借券想个什么法儿才好。如今政老且带司员实在将赦老家产呈出,也就了事。切不可再有隐匿,自干罪戾。"贾政答应道:"犯官再不敢。但犯官祖父遗产并未分过,惟各人所住的房屋有的东西便为己有。"两王便说:"这也无妨,惟将赦老那一边所有的交出就是了。"又吩咐司员等依命行去,不许胡混乱动。司官领命去了。

借券是凤姐的事。

且说贾母那边女眷也摆家宴,王夫人正在那边说:"宝玉不到外头,恐他老子生气。"凤姐带病哼哼唧唧的说:"我看宝玉也不是怕人,他见前头陪客的人也不少了,所以在这里照应,也是有的。倘或老爷想起里头少个人在那里照应,太太便把宝兄弟献出去,可不是好?"贾母笑道:"凤丫头病到这地位,这张嘴还是那么尖巧。"

正说到高兴,只听见邢夫人那边的人一直声的嚷进来,说:"老太太、太太,不……不好了!多多少少的穿靴带帽的强……强盗来了,翻箱倒笼的来拿东西。"贾母等听着发呆。又见平儿披头散发,拉着巧姐,哭啼啼的来说:"不好了,我正与姐儿吃饭,只见来旺被人拴着,进来说:'姑娘快快传进去,请太

实是强盗,不过穿靴戴帽而已,想曹家当年被抄家,亦是如此。

第一百五回　锦衣军查抄宁国府　骢马使弹劾平安州

太们回避,外面王爷就进来查抄家产。'我听了着忙,正要进房拿要紧东西,被一伙人浑推浑赶出来的。咱们这里该穿该带的,快快收拾。"王、邢夫人等听得,俱魂飞天外,不知怎样才好。独见凤姐先前圆睁两眼听着,后来便一仰身栽倒地下死了。贾母没有听完,便吓得涕泪交流,连话也说不出来。那时一屋子人拉这个,扯那个,正闹得翻天覆地,又听见一叠声嚷说:"叫里面女眷们回避,王爷进来了!"

<small>凤姐急煞。</small>

可怜宝钗、宝玉等正在没法,只见地下这些丫头、婆子乱抬乱扯的时候,贾琏喘吁吁的跑进来,说:"好了,好了。幸亏王爷救了我们了!"众人正要问他,贾琏见凤姐死在地下,哭着乱叫,又怕老太太吓坏了,急得死去活来。还亏平儿将凤姐叫醒,令人扶着。老太太也回过气来,哭得气短神昏,躺在炕上。李纨再三宽慰。然后贾琏定神将两王恩典说明,惟恐贾母、邢夫人知道贾赦被拿,又要唬死,暂且不敢明说,只得出来照料自己屋内。

一进屋门,只见箱开柜破,物件抢得半空。此时急得两眼直竖,淌泪发呆。听见外头叫,只得出来。见贾政同司员登记物件,一人报说:"赤金首饰共一百二十三件,珠宝俱全。珍珠十三挂,淡金盘二件,金碗二对,金抢碗二个,金匙四十把,银大碗八十个,银盘二十个,三镶金象牙箸二把,镀金执壶四把,镀金折盂三对,茶托二件,银碟七十六件,银酒杯三十六个。黑狐皮十八张,青狐六张,貂皮三十六张,黄狐三十张,猞猁狲皮十二张,麻叶皮三张,洋灰皮六十张,灰狐腿皮四十张,酱色羊皮二十张,猢狸皮二张,黄狐腿二把,小白狐皮二十块,洋呢三十度,毕叽二十三度,姑绒十二度,香鼠筒子十件,豆鼠皮四方,天鹅绒一卷,梅鹿皮一方,云狐筒子二件,貉崽皮一卷,鸭皮七把,灰鼠一百六十张,獾子皮八张,虎皮六张,海豹三张,海龙十六张,灰色羊四十把,黑色羊皮六十三张,元狐帽沿十副,倭刀帽沿十二副,貂帽沿二副,小狐皮十六张,江貉皮二张,獭子皮二张,猫皮三十五张,倭股十二度,绸缎一百三十卷,纱绫一百八一卷,羽线绉三十二卷,氆氇三十卷,妆蟒缎八卷,葛布三捆,各色布三捆,各色皮衣一百三十二件,棉夹单纱绢衣三百四十件。玉玩三十二件,带头九副,铜锡等物五百余件,钟表十八件,朝珠九挂,各色妆蟒三十四件,上用蟒缎迎手靠背三分,宫妆衣裙八套,脂玉圈带一条,黄缎十二卷。潮银五千二百两,赤金五十两,钱七千吊。"

一切动用家伙攒钉登记,以及荣国赐第,俱一一开列,其房地契纸,家人文书,亦俱封裹。贾琏在旁边窃听,只不听见报他的东西,心里正在疑惑。

只闻两家王爷问贾政道:"所抄家资内有借券,

第一百五回　锦衣军查抄宁国府　骢马使弹劾平安州

实系盘剥，究是谁行的？政老据实才好。"贾政听了，跪在地下碰头说："实在犯官不理家务，这些事全不知道。问犯官侄儿贾琏才知。"贾琏连忙走上，跪下禀说："这一箱文书既在奴才屋内抄出来的，敢说不知道么？只求王爷开恩，奴才叔叔并不知道的。"两王道："你父已经获罪，只可并案办理。你今认了，也是正理。如此，叫人将贾琏看守，余俱散收宅内。政老，你须小心候旨。我们进内覆旨去了，这里有官役看守。"说着，上轿出门。贾政等就在二门跪送。北静王把手一伸，说："请放心。"觉得脸上大有不忍之色。

借券在凤姐房中搜出，自是凤姐日常所为。

此时贾政魂魄方定，犹是发怔。贾兰便说："请爷爷进内瞧老太太，再想法儿打听东府里的事。"贾政疾忙起身进内。只见各门上妇女乱糟糟的，不知要怎样。贾政无心查问，一直到贾母房中，只见人人泪痕满面，王夫人、宝玉等围住贾母，寂静无言，各各掉泪。惟有邢夫人哭作一团。因见贾政进来，都说："好了，好了！"便告诉老太太说："老爷仍旧好好的进来，请老太太安心罢。"贾母奄奄一息的，微开双目，说："我的儿，不想还见得着你！"一声未了，便嚎啕的哭起来。于是满屋里人俱哭个不住。贾政恐哭坏老母，即收泪说："老太太放心罢。本来事情原不小，蒙主上天恩，两位王爷的恩典，万般轸恤。就是大老爷暂时拘质,等问明白了,主上还有恩典。如今家里一些也不动了。"贾母见贾赦不在,又伤心起来。贾政再三安慰方止。

众人俱不敢走散,独邢夫人回到自己那边,见门总封锁,丫头、婆子亦锁在几间屋内。邢夫人无处可走,放声大哭起来,只得往凤姐那边去。见二门旁舍亦上封条,惟有屋门开着,里头呜咽不绝。邢夫人进去,见凤姐面如纸灰,合眼躺着,平儿在旁暗哭。邢夫人打谅凤姐死了,又哭起来。平儿迎上来,说:"太太不要哭。奶奶抬回来觉着像是死的了,幸得歇息一回苏过来,哭了几声,如今痰息气定,略安一安神。太太也请定定神罢。但不知老太太怎样了?"邢夫人也不答言,仍走到贾母那边。见眼前俱是贾政的人,自己夫子被拘,媳妇病危,女儿受苦,现在身无所归,那里禁得住。众人劝慰,李纨等令人收拾房屋请邢夫人暂住,王夫人拨人服侍。

> 凤姐已奄奄一息。

贾政在外,心惊肉跳,拈须搓手的等候旨意。听见外面看守军人乱嚷道:"你到底是那一边的?既碰在我们这里,就记在这里册上。拴着他。交给里头锦衣府的爷们!"贾政出外看时,见是焦大,便说:"怎么跑到这里来?"

焦大见问,便号天蹈地的哭道:"我天天劝,这些不长进的爷们,倒拿我当作冤家!连爷还不知道焦

第一百五回　锦衣军查抄宁国府　骢马使弹劾平安州

大跟着太爷受的苦！今朝弄到这个田地！珍大爷、蓉哥儿都叫什么王爷拿了去了，里头女主儿们都被什么府里衙役抢得披头散发，擩在一处空房里，那些不成材料的狗男女却像猪狗似的拦起来了。所有的都抄出来搁着，木器钉得破烂，磁器打得粉碎，他们还要把我拴起来。我活了八九十岁，只有跟着太爷捆人的，那里倒叫人捆起来！我便说，我是西府里，就跑出来。那些人不依，押到这里，不想这里也是那么着。我如今也不要命了，和那些人拼了罢！"说着撞头。

众役见他年老，又是两王吩咐，不敢发狠，便说："你老人家安静些，这是奉旨的事。你且这里歇歇，听个信儿再说。"贾政听明，虽不理他，但是心里刀绞似的，便道："完了，完了！不料我们一败涂地如此！"

正在着急听候内信，只见薛蝌气嘘嘘的跑进来，说："好容易进来了！姨父在那里？"贾政道："来得好，但是外头怎么放进来的？"薛蝌道："我再三央说，又许他们钱，所以我才能够出入的。"贾政便将抄去之事告诉了他，便烦去打听打听，"就是好亲，在火头上也不便送信。是你就好通信了。"薛蝌道："这里的事，我倒想不到，那边东府的事，我已听见说，完了。"

贾政道："究竟犯什么事？"薛蝌道："今朝为我哥哥打听决罪的事，在衙内闻得，有两位御史风闻得

> 贾赦强占民女致死。

> 姓张的当是张华。

珍大爷引诱世家子弟赌博,这款还轻;还有一大款是'强占良民妻女为妾,因其女不从,凌逼致死。那御史恐怕不准,还将咱们家的鲍二拿去,又还拉出一个姓张的来。只怕连都察院都有不是,为的是姓张的曾告过的。"贾政尚未听完,便跺脚道:"了不得!罢了,罢了。"叹了一口气,扑簌簌的掉下泪来。

薛蝌宽慰了几句,即便又出来打听去了。隔了半日,仍旧进来说:"事情不好。我在刑科打听,倒没有听见两王覆旨的信,但听得说李御史今早参奏平安州奉承京官,迎合上司,虐害百姓,好几大款。"贾政慌道:"那管他人的事!到底打听我们的怎么样?"薛蝌道:"说是平安州就有我们,那参的京官就是赦老爷。说的是包揽词讼,所以火上浇油。就是同朝这些官府,俱藏躲不迭,谁肯送信?就即如才散的这些亲友,有的竟回家去了,也有远远儿的歇下打听的。可恨那些贵本家便在路上说,'祖宗掷下的功业,弄出事来了,不知道飞到那个头上,大家也好施威。'"贾政没有听完,复又顿足道:"都是我们大爷忒糊涂,东府也忒不成事体。如今老太太与琏儿媳妇是死是活,还不知道呢。你再打听去,我到老太太那边瞧瞧。若有信,能够早一步才好。"

正说着,听见里头乱嚷出来说:"老太太不好了!"急得贾政即忙进去。未知生死如何,下回分解。

第一百五回　　锦衣军查抄宁国府　　骢马使弹劾平安州

【回后评】

贾府抄家，罪名只有"交通外官，依势凌弱"八字，实嫌空泛。按当时实际抄家都有具体罪名，如曹、李两家均因亏空巨额国帑等。旨意虽只抄贾赦，然赦、政未分家，且贾赦之子媳均管家事，如何分得清，何况赵堂官欲借机一网打尽乎？

查出借券等事，都是抄家以后的事，定抄家之罪时，并无此项罪名。

赵堂官、锦衣卫如虎似狼，欲借抄家发横财也。此处虽写小说，但亦可借此看到当时抄家之实况矣。然据曹、李两家抄家之实档来看，当时抄家严重得多，真是家破人亡。此处当然有西平王、北静王回护，未敢大肆虐，故能如此。

凤姐当时即昏死过去，点出凤姐之作恶多端。

第一百六回　　王熙凤致祸抱羞惭
　　　　　　　　贾太君祷天消祸患

　　话说贾政闻知贾母危急，即忙进去看视。见贾母惊吓气逆，王夫人、鸳鸯等唤醒回来，即用疏气安神的丸药服了，渐渐的好些，只是伤心落泪。贾政在旁劝慰，总说："是儿子们不肖，招了祸来，累老太太受惊。若老太太宽慰些，儿子们尚可在外料理；若是老太太有什么不自在，儿子们的罪孽更重了。"贾母道："我活了八十多岁，自作女孩儿起，到你父亲手里，都托着祖宗的福，从没有听见过那些事。如今到老了，见你们倘或受罪，叫我心里过得去么？倒不如合上眼，随你们去罢了。"说着，又哭。

　　贾政此时着急异常，又听外面说："请老爷，内廷有信。"贾政急忙出来，见是北静王府长史，一见面便说："大喜。"贾政谢了，请长史坐下，请问："王爷有何谕旨？"那长史道："我们王爷同西平郡王进内覆奏，将大人惧怕之心，感激天恩之话都代奏了。

第一百六回　王熙凤致祸抱羞惭　贾太君祷天消祸患

主上甚是悯恤,并念及贵妃薨逝未久,不忍加罪,着加恩仍在工部员外上行走。所封家产,惟将贾赦的入官,余俱给还。并传旨令尽心供职。惟抄出借券,令我们王爷查核。如有违禁重利的,一概照例入官。其在定例生息的,同房地文书尽行给还。贾琏着革去职衔,免罪释放。"贾政听毕,即起身叩谢天恩,又拜谢王爷恩典:"先请长史大人代为禀谢,明晨到阙谢恩,并到府里磕头。"那长史去了。少停,传出旨来。承办官遵旨一一查清,入官者入官,给还者给还,将贾琏放出,所有贾赦名下男妇人等造册入官。

> 贾政仍得复任,只抄了贾赦一家。

可怜贾琏屋内东西,除将按例放出的文书发给外,其余虽未尽入官的,早被查抄的人尽行抢去。所存者,只有家伙对象。贾琏始则惧罪,后蒙释放,已是大幸,及想起历年积聚的东西,并凤姐的体己,不下七八万金,一朝而尽,怎得不痛?且他父亲现禁在锦衣府,凤姐病在垂危,一时悲痛,又见贾政含泪叫他,问道:"我因官事在身,不大理家,故叫你们夫妇总理家事。你父亲所为,固难劝谏,那重利盘剥,究竟是谁干的?况且非咱们这样人家所为。如今入了官,在银钱是不打紧的,这种声名出去还了得吗?"

> 贾琏、凤姐一生积聚,尽付浩劫。

> 贾政问起重利盘剥事。

贾琏跪下,说道:"侄儿办家事,并不敢存一点私心。所有出入的账目,自有赖大、吴新登、戴良等登记,老爷只管叫他们来查问。现在这几年,库内的银子出多入少，虽没贴补在内，已在各处做了好些空头，求老爷问太太就知道了。这些放出去的账，连侄儿也不知道那里的银子，要问周瑞、旺儿才知道。"贾政道："据你说来，连你自己屋里的事还不知道，那些家中上下的事更不知道了。我这回也不来查问你。现今你无事的人，你父亲的事，和你珍大哥的事，还不快去打听打听。"贾琏一心委屈，含着眼泪答应了出去。

> 贾琏自己屋里的事不知道，则只有凤姐矣。

贾政叹气连连的想道："我祖父勤劳王事，立下功勋，得了两个世职。如今两房犯事，都革去了。我瞧这些子侄，没一个长进的。老天啊，老天啊！我贾家何至一败如此！我虽蒙圣恩格外垂慈，给还家产，那两处食用自应归并一处，叫我一人那里支撑的住。方才琏儿所说，更加诧异，说不但库上无银，而且尚有亏空，这几年竟是虚名在外。只恨我自己为什么糊涂若此。倘或我珠儿在世，尚有膀臂。宝玉虽大，更是无用之物。"想到那里，不觉泪满衣襟。又想："老太太偌大年纪，儿子们并没有自能奉养一日，反累他吓得死去活来。种种罪孽，叫我委之何人！"

正在独自悲切，只见家人禀报各亲友进来看候。贾政一一道谢，说起："家门不幸，是我不能管教子侄，所以至此。"有的说："我久知令兄赦大老爷行事不妥，那边珍哥更加骄纵。若说因官事错误，得个不是，于

第一百六回　　王熙凤致祸抱羞惭　贾太君祷天消祸患

心无愧。如今自己闹出的,倒带累了二老爷。"有的说:"人家闹的也多,也没见御史参奏。不是珍老大得罪朋友,何至如此!"有的说:"也不怪御史。我们听见说,是府上的家人同几个泥腿,在外头哄嚷出来的。御史恐参奏不实,所以诓了这里的人去,才说出来的。我想府上待下人最宽的,为什么还有这事?"有的说:"大凡奴才们是一个养活不得的。今儿在这里都是好亲友,我才敢说。就是尊驾在外任,我保不得——你是不爱钱的——那外头的风声也不好,都是奴才们闹的。你该堤防些。如今虽说没有动你的家,倘或再遇着主上疑心起来,好些不便呢。"

贾政听说,心下着忙道:"众位听见我的风声怎样?"众人道:"我们虽没听见实据,只闻外面人说,你在粮道任上怎么叫门上家人要钱。"贾政听了,便说道:"我是对得天的,从不敢起这要钱的念头。只是奴才在外招摇撞骗,闹出事来,我就吃不住了。"众人道:"如今怕也无益,只好将现在的管家们都严严的查一查,若有抗主的奴才,查出来严严的办一办。"贾政听了点头。

便见门上进来回禀说:"孙姑爷那边打发人来,说自己有事不能来,着人来瞧瞧。说大老爷该他一种银子,要在二老爷身上还的。"贾政心内忧闷,只说:"知道了。"众人都冷笑道:"人说令亲孙绍祖混账,

<small>孙绍祖也来混赖。</small>

真有些。如今丈人抄了家,不但不来瞧看帮补照应,倒赶忙的来要银子,真真不在理上。"贾政道:"如今且不必说他。那头亲事原是家兄配错的,我的侄女儿的罪已经受够了,如今又招我来。"

正说着,只见薛蝌进来,说道:"我打听锦衣府赵堂官必要照御史参的办去,只怕大老爷和珍大爷吃不住。"众人都道:"二老爷,还得是你出去求求王爷,怎么挽回挽回才好。不然,这两家就完了。"贾政答应致谢,众人都散。

那时天已点灯时候,贾政进去请贾母的安,见贾母略略好些。回到自己房中,埋怨贾琏夫妇不知好歹,如今闹出放账取利的事情,大家不好,方见凤姐所为,心里很不受用。凤姐现在病重,知他所有什物尽被抄抢一光,心内郁结,一时未便埋怨,暂且隐忍不言。一夜无话。

> 罪名落实到凤姐身上了。

次早,贾政进内谢恩,并到北静王府、西平王府两处叩谢,求两位王爷照应他哥哥、侄儿。两位应许。贾政又在同寅相好处托情。

且说贾琏打听得父兄之事不很妥,无法可施,只得回到家中。平儿守着凤姐哭泣,秋桐在耳房中抱怨凤姐。贾琏走近旁边,见凤姐奄奄一息,就有多少怨言,一时也说不出来。平儿哭道:"如今事已如此,东西

第一百六回　王熙凤致祸抱羞惭　贾太君祷天消祸患

已去不能复来。奶奶这样，还得再请个大夫调治调治才好。"贾琏啐道："我的性命还不保，我还管他么？"

凤姐听见，睁眼一瞧，虽不言语，那眼泪流个不尽。见贾琏出去，便与平儿道："你别不达事务了，到了这样田地，你还顾我做什么。我巴不得今儿就死才好。只要你能够眼里有我，我死之后，你扶养大了巧姐儿，我在阴司里也感激你的。"平儿听了，放声大哭。凤姐道："你也是聪明人。他们虽没有来说我，他必抱怨我。虽说事是外头闹的，我若不贪财，如今也没有我的事。不但是枉费心计，挣了一辈子的强，如今落在人后头。我只恨用人不当，恍惚听得那边珍大爷的事，说是强占良民妻子为妾，不从逼死，有个姓张的在里头。你想想，还有谁？若是这件事审出来，咱们二爷是脱不了的，我那时怎样见人？我要实时就死，又耽不起吞金服毒的。你倒还要请大夫，可不是你为顾我，反倒害了我了么？"平儿愈听愈惨，想来实在难处，恐凤姐自寻短见，只得紧紧守着。

幸贾母不知底细，因近日身子好些，又见贾政无事，宝玉、宝钗在旁，天天不离左右，略觉放心。素来最疼凤姐，便叫鸳鸯："将我体己东西拿些给凤丫头，再拿些银钱交给平儿，好好的服侍好了凤丫头，我再慢慢的分派。"又命王夫人照看了邢夫人。又加了宁国府第入官，所有财产房地等，并家奴等，俱造

> 贾琏待凤姐一反以往，连病都不给看了。

> 凤姐害怕尤二姐之事发作。

册收尽,这里贾母命人将车接了尤氏婆媳等过来。可怜赫赫宁府只剩得他们婆媳两个,并佩凤、偕鸾二人,连一个下人没有。贾母指出房子一所居住,就在惜春所住的间壁。又派了婆子四人、丫头两个服侍。一应饭食起居,在大厨房内分送。衣裙什物,又是贾母送去。零星需用,亦在账房内开销,俱照荣府每人月例之数。

那贾赦、贾珍、贾蓉在锦衣府使用,账房内实在无项可支。如今凤姐一无所有。贾琏况又多债务满身,贾政不知家务,只说已经托人,自有照应。贾琏无计可施,想到那亲戚里头,薛姨妈家已败,王子腾已死,余者亲戚虽有,俱是不能照应,只得暗暗差人下屯将地亩暂卖了数千金,作为监中使费。贾琏如此一行,那些家奴见主家势败,也便趁此弄鬼,并将东庄租税也就指名借用些。此是后话,暂且不提。

> 所谓"一荣俱荣,一损俱损"也。

且说贾母见祖宗世职革去,现在子孙在监质审,邢夫人、尤氏等日夜啼哭,凤姐病在垂危,虽有宝玉、宝钗在侧,只可解劝,不能分忧,所以日夜不宁,思前想后,眼泪不干。一日傍晚,叫宝玉回去,自己扎挣坐起,叫鸳鸯等各处佛堂上香,又命自己院内焚起斗香,用拐拄着,出到院中。琥珀知是老太太拜佛,铺下大红短毡拜垫。贾母上香,跪下磕了好些头,念了一回佛,含泪祝告天地道:"皇天菩萨在上,我贾

第一百六回　王熙凤致祸抱羞惭　贾太君祷天消祸患

门史氏,虔诚祷告,求菩萨慈悲。我贾门数世以来,不敢行凶霸道。我帮夫助子,虽不能为善,亦不敢作恶。必是后辈儿孙骄侈暴佚,暴殄天物,以致阖府抄捡。现在儿孙监禁,自然凶多吉少,皆由我一人罪孽,不教儿孙,所以至此。我今即求皇天保佑:在监的逢凶化吉,有病的早早安身。总有阖家罪孽,情愿一人承当,只求饶恕儿孙。若皇天见怜,念我虔诚,早早赐我一死,宽免儿孙之罪。"默默说到此,不禁伤心,呜呜咽咽的哭泣起来。鸳鸯、珍珠一面解劝,一面扶进房去。

<small>贾母始终大度,顾念儿孙,愿意一身承灾。</small>

只见王夫人带了宝玉、宝钗过来请晚安,见贾母悲伤,三人也大哭起来。宝钗更有一层苦楚:想哥哥也在外监,将来要处决,不知可减缓否;翁姑虽然无事,眼见家业萧条;宝玉依然疯傻,毫无志气。想到后来终身,更比贾母、王夫人哭得更痛。

宝玉见宝钗如此大恸,他亦有一番悲戚。想的是:"老太太年老不得安,老爷、太太见此光景不免悲伤。众姐妹风流云散,一日少似一日,追想在园中吟诗起社,何等热闹。自从林妹妹一死,我郁闷到今,又有宝姐姐过来,未便时常悲切。见他忧兄思母,日夜难得笑容。"今见他悲哀欲绝,心里更加不忍,竟嚎啕大哭。鸳鸯、彩云、莺儿、袭人见他们如此,也各有所思,便也呜咽起来。余者丫头们看得伤心,也便陪

<small>各人哭各人心里所悲。</small>

哭，竟无人解慰。满屋中哭声惊天动地，将外头上夜婆子吓慌，急报于贾政知道。

那贾政正在书房纳闷，听见贾母的人来报，心中着忙，飞奔进内。远远听得哭声甚众，打量老太太不好，急得魂魄俱丧，疾忙进来，只见坐着悲啼，神魂方定，说是："老太太伤心，你们该劝解，怎么的齐打伙儿哭起来了？"众人听得贾政声气，急忙止哭，大家对面发怔。贾政上前安慰了老太太，又说了众人几句。各自心想道："我们原恐老太太悲伤，故来劝解。怎么忘情，大家痛哭起来？"

正自不解，只见老婆子带了史侯家的两个女人进来，请了贾母的安，又向众人请安毕，便说："我们家老爷、太太、姑娘打发我来，说听见府里的事，原没有什么大事，不过一时受惊。恐怕老爷、太太烦恼，叫我们过来告诉一声，说这里二老爷是不怕的了。我们姑娘本要自己来的，因不多几日就要出阁，所以不能来了。"贾母听了，不便道谢，说："你回去给我问好。这是我们的家运合该如此。承你老爷、太太惦记，过一日再来奉谢。你家姑娘出阁，想来你们姑爷是不用说的了。他们的家计如何？"两个女人回道："家计倒不怎么着。只是姑爷长的很好，为人又和平。我们见过好几次，看来与这里宝二爷差不多，还听得说，才情、学问都好的。"贾母听了，喜欢道："咱们

_{补叙史湘云事。}

第一百六回　　王熙凤致祸抱羞惭　贾太君祷天消祸患

都是南边人，虽在这里住久了，那些大规矩还是从南方礼儿，所以新姑爷我们都没见过。我前儿还想起我娘家的人来，最疼的就是你们家姑娘，一年三百六十天，在我跟前的日子倒有二百多天，混得这么大了。我原想给他说个好女婿，又为他叔叔不在家，我又不便作主。他既造化配了个好姑爷，我也放心。月里出阁，我原想过来吃杯喜酒的，不料我家闹出这样事来，我的心就像在热锅里熬的似的，那里能够再到你们家去？你回去，说我问好，我们这里的人都说请安问好。你替另告诉你家姑娘，不要将我放在心里。我是八十多岁的人了，就死，也算不得没福的了。只愿他过了门，两口子和顺，百年到老，我便安心了。"说着，不觉掉下泪来。那女人道："老太太也不必伤心，姑娘过了门，等回了九，少不得同姑爷过来，请老太太的安。那时老太太见了，才喜欢呢。"贾母点头，那女人出去。

贾母亦已到末路。

别人都不理论，只有宝玉听了，发了一回怔，心里想道："如今一天一天的都过不得了。为什么人家养了女儿，到大了必要出嫁？一出了嫁，就改变？史妹妹这样一个人，又被他叔叔硬压着配人了，他将来见了我必是又不理我了。我想一个人到了这个没人理的分儿，还活着做什么。"想到那里，又是伤心。见贾母此时才安，又不敢哭泣，只是闷闷的。

宝玉仍是傻想。

一时贾政不放心，又进来瞧瞧老太太，见是好些，便出来传了赖大,叫他将阖府里管事家人的花名册子拿来,一齐点了一点,除去贾赦入官的人,尚有三十余家,共男女二百十二名。贾政叫现在府内当差的男人共二十一名进来,问起历年居家用度,共有若干进来,该用若干出去。那管总的家人将近来支用簿子呈上。贾政看时,所入不敷所出,又加连年宫里花用,账上有在外浮借的也不少。再查东省地租,近年所交不及祖上一半,如今用度比祖上更加十倍。贾政不看则已,看了急得跺脚道:"这了不得!我打谅虽是琏儿管事,在家自有把持,岂知好几年头里已就寅年用了卯年的,还是这样装好看,竟把世职俸禄当作不打紧的事情,为什么不败呢!我如今要就省俭起来,已是迟了。"想到那里,背着手踱来踱去,竟无方法。

写出贾政已是走投无路、一筹莫展之状。

众人知贾政不知理家,也是白操心着急,便说道:"老爷也不用焦心,这是家家这样的。若是统总算起来,连王爷家还不够。不过是装着门面,过到那里就到那里。如今老爷到底得了主上的恩典,才有这点子家产,若是一并入了官,老爷就不用过了不成。"贾政嗔道:"放屁!你们这班奴才最没有良心的,仗着主子好的时候任意开销,到弄光了,走的走,跑的跑,还顾主子的死活吗!如今你们道是没有查封是好,那知道外头的名声。大本儿都保不住,还搁得住你们在外头支架子,说大话,诓人骗人?到闹出事来,望主

第一百六回　王熙凤致祸抱羞惭　贾太君祷天消祸患

子身上一推就完了。如今大老爷与珍大爷的事，说是咱们家人鲍二在外传播的，我看这人口册上并没有鲍二，这是怎么说？"众人回道："这鲍二是不在册档上的。先前在宁府册上，为二爷见他老实，把他们两口子叫过来了。及至他女人死了，他又回宁府去。后来老爷衙门有事，老太太们爷们往陵上去，珍大爷替理家事带过来的，以后也就去了。老爷数年不管家事，那里知道这些事来。老爷打谅册上没有名字的就只有这个人，不知一个人手下亲戚们也有，奴才还有奴才呢。"贾政道："这还了得！"想去一时不能清理，只得喝退众人，早打了主意在心里了，且听贾赦等事审得怎样再定。

一日正在书房筹算，只见一人飞奔进来说："请老爷快进内廷问话。"贾政听了心下着忙，只得进去。未知凶吉，下回分解。

【回后评】

　　凤姐已只求速死，怕种种罪名追算也，贾琏不为请医，反合她所求，可见凤姐已至生不如死的地步矣。

　　贾府合家痛哭，声震内外，实已到末路，再无可走之路矣。贾母祷天，亦不过显示贾母之关切子女，实亦是无路可走之表示也。

　　最后种种罪名落实到凤姐身上，凤姐已至临终末路矣。

第一百七回　　散余资贾母明大义
　　　　　　　复世职政老沐天恩

话说贾政进内，见了枢密院各位大人，又见了各位王爷。北静王道："今日我们传你来，有遵旨问你的事。"贾政即忙跪下。众大人便问道："你哥哥交通外官，恃强凌弱，纵儿聚赌，强占良民妻女不遂逼死的事，你都知道么？"贾政回道："犯官自从主恩钦点学政，任满后查看赈恤，于上年冬底回家；又蒙堂派工程，后又往江西监道；题参回都，仍在工部行走，日夜不敢怠惰。一应家务，并未留心伺察，实在糊涂，不能管教子侄，这就是辜负圣恩。亦求主上重重治罪。"北静王据说转奏。

不多时，传出旨来。北静王便述道："主上因御史参奏贾赦交通外官，恃强凌弱。据该御史指出，平安州互相往来，贾赦包揽词讼。严鞫贾赦，据供：平安州原系姻亲来往，并未干涉官事。该御史亦不能指实。惟有倚势强索石呆子古扇一款是实的，然系玩物，

事涉贾雨村。

究非强索良民之物可比。虽石呆子自尽，亦系疯傻所致，与逼勒致死者有间。今从宽将贾赦发往台站效力赎罪。所参贾珍强占良民妻女为妾不从逼死一款，提取都察院原案，看得尤二姐实系张华指腹为婚、未娶之妻，因伊贫苦自愿退婚，尤二姐之母愿结贾珍之弟为妾，并非强占。再，尤三姐自刎掩埋并未报官一款，查尤三姐原系贾珍妻妹，本意为伊择配，因被逼索定礼，众人扬言秽乱，以致羞忿自尽，并非贾珍逼勒致死。但身系世袭职员，罔知法纪，私埋人命，本应重治；念伊究属功臣后裔，不忍加罪，亦从宽革去世职，派往海疆效力赎罪。贾蓉年幼无干省释。贾政实系在外任多年，居官尚属勤慎，免治伊治家不正之罪。"

> 以前种种罪名忽又从宽解释。

贾政听了，感激涕零，叩首不及，又叩求王爷代奏下忱。北静王道："你该叩谢天恩，更有何奏？"贾政道："犯官仰蒙圣恩，不加大罪，又蒙将家产给还，实在扪心惶愧，愿将祖宗遗受重禄，积余置产，一并交官。"北静王道："主上仁慈待下，明慎用刑，赏罚无差。如今既蒙莫大深恩，给还财产，你又何必多此一奏？"众官也说不必。贾政便谢了恩，叩谢了王爷出来。恐贾母不放心，急忙赶回。

上下男女人等不知传进贾政是何吉凶，都在外头打听，一见贾政回家，都略略的放心，也不敢问。只见贾政忙忙的走到贾母跟前，将蒙圣恩宽免的事，细

第一百七回　散余资贾母明大义　复世职政老沐天恩

细告诉了一遍。贾母虽则放心，只是两个世职革去，贾赦又往台站效力，贾珍又往海疆，不免又悲伤起来。邢夫人、尤氏听见那话，更哭起来。贾政便道："老太太放心。大哥虽则台站效力，也是为国家办事，不致受苦，只要办得妥当，就可复职。珍儿正是年轻，很该出力。若不是这样，便是祖父的余德，亦不能久享。"说了些宽慰的话。贾母素来本不大喜欢贾赦，那边东府贾珍究竟隔了一层。只有邢夫人、尤氏痛哭不已。

> 革去世职，祖宗余荫已尽，罚往台站、海疆，更是贬黜，贾府旧日之威风尽矣。

邢夫人想着："家产一空，丈夫年老远出。膝下虽有琏儿，又是素来顺他二叔的，如今是都靠着二叔，他两口子更是顺着那边去了。独我一人孤苦伶仃，怎么好？"那尤氏本来独掌宁府的家计，除了贾珍也算是惟他为尊，又与贾珍夫妇相和，"如今犯事远出，家财抄尽，依住荣府，虽则老太太疼爱，终是依人门下。又带了偕鸾、佩凤，蓉儿夫妇又是不能兴家立业的人。"又想着："二妹妹、三妹妹俱是琏二叔闹的。如今他们倒安然无事，依旧夫妇完聚。只留我们几人，怎生度日？"想到这里，痛哭起来。贾母不忍，便问贾政道："你大哥和珍儿现已定案，可能回家？蓉儿既没他的事，也该放出来了。"贾政道："若在定例，大哥是不能回家的。我已托人徇个私情，叫我们大老爷同侄儿回家，好置办行装，衙门内业已应了。想来蓉儿同着

> 邢氏、尤氏均是夫妻分离，又是家产抄尽，其惨苦自不待言矣。

他爷爷、父亲一起出来。只请老太太放心,儿子办去。"

贾母又道:"我这几年老的不成人了,总没有问过家事。如今东府是全抄去了,房屋入官不消说的;你大哥那边,琏儿那里,也都抄去了。咱们西府银库,东省地土,你知道到底还剩了多少?他两个起身,也得给他们几千银子才好。"贾政正是没法,听见贾母一问,心想着:"若是说明,又恐老太太着急。若不说明,不用说将来,现在怎样办法?"定了主意,便回道:"若老太太不问,儿子也不敢说。如今老太太既问到这里,现在琏儿也在这里,昨日儿子已查了,旧库的银子早已虚空,不但用尽,外头还有亏空。现今大哥这件事,若不花银托人,虽说主上宽恩,只怕他们爷儿两个也不大好。就是这项银子,尚无打算。东省的地亩早已寅年吃了卯年的租儿了,一时也算不转来,只好尽所有的、蒙圣恩没动的衣服首饰折变了,给大哥、珍儿作盘费罢了。过日的事,只可再打算。"

贾母听了,又急得眼泪直淌,说道:"怎么着,咱们家到了这样田地了么?我虽没有经过,我想起我家向日比这里还强十倍,也是摆了几年虚架子,没有出这样事,已经塌下来了,不消一二年就完了。据你说起来,咱们竟一两年就不能支了。"贾政道:"若是这两个世俸不动,外头还有些挪移。如今无可指称,谁肯接济?"说着,也泪流满面:"想起亲戚来,用

旁批:
- 贾母还为下辈打算。
- 内囊实已穷尽了。

第一百七回　散余资贾母明大义　复世职政老沐天恩

过我们的，如今都穷了，没有用过我们的，又不肯照应了。昨日儿子也没有细查，只看家下的人丁册子，别说上头的钱一无所出，那底下的人也养不起许多。"

贾母正在忧虑，只见贾赦、贾珍、贾蓉一齐进来，给贾母请安。贾母看这般光景，一只手拉着贾赦，一只手拉着贾珍，便大哭起来。他两人脸上羞惭，又见贾母哭泣，都跪在地下，哭着说道："儿孙们不长进，将祖上功勋丢了，又累老太太伤心，儿孙们是死无葬身之地的了！"满屋中人看这光景，又一齐大哭起来。

现在已是悔之晚矣。

贾政只得劝解："倒先要打算他两个的使用，大约在家只可住得一两日，迟则人家就不依了。"老太太含悲忍泪的说道："你两个且各自同你们媳妇们说说话儿去罢。"又吩咐贾政道："这件事是不能久待的。想来外面挪移恐不中用，那时误了钦限怎么好？只好我替你们打算罢了。就是家中如此乱糟糟的，也不是常法儿。"一面说着，便叫鸳鸯吩咐去了。

这里，贾赦等出来，又与贾政哭泣了一会，都不免将从前任性、过后恼悔、如今分离的话说了一会，各自同媳妇那边悲伤去了。贾赦年老，倒也抛的下。独有贾珍，与尤氏怎忍分离？贾琏、贾蓉两个也只有拉着父亲啼哭。虽说是比军流减等，究竟生离死别，这也是事到如此，只得大家硬着心肠过去。却说贾母叫邢、王二夫人同了鸳鸯等，开箱倒笼，将做媳妇到如今积攒的东西都拿出来,又叫贾赦、贾政、贾珍等,一一的分派说:"这里现有的银子,交贾赦三千两。你拿二千两去,做你的盘费使用。留一千,给大太太另用。这三千给珍儿。你只许拿一千去。留下二千,交你媳妇过日子。仍旧各自度日,房子是在一处,饭食各自吃罢。四丫头将来的亲事,还是我的事。只可怜凤丫头操心了一辈子,如今弄得精光,也给他三千两,叫他自己收着,不许叫琏儿用。如今他还病得神昏气丧,叫平儿来拿去。这是你祖父留下来的衣服,还有我少年穿的衣服首饰,如今我用不着。男的呢,叫大老爷、珍儿、琏儿、蓉儿拿去分了。女的呢,叫大太太、珍儿媳妇、凤丫头拿了分去。这五百两银子交给琏儿,明年将林丫头的棺材送回南去。"分派定了,又叫贾政道:"你说现在还该着人的使用,这是少不得的,你就拿这金子变卖偿还。这是他们闹掉了我的,你也是我的儿子,我并不偏向。宝玉已经成了家,我剩下这些金银等物,大约还值几千两银子,这是都给宝玉的了。珠儿媳妇向来孝顺我,兰儿也好,我也分给他们些。这便是我的事情完了。"

> 贾母大度,略无偏私,勉强度过灾难。

贾政等见母亲如此明断分晰,俱跪下,哭着说:"老太太这么大年纪,儿孙们没点孝顺,承受老祖宗这样恩典,叫儿孙们更无地自容了。"贾母道:"别瞎说,若不闹出这个乱儿,我还收着呢。只是现在家人

第一百七回　散余资贾母明大义　复世职政老沐天恩

过多，只有二老爷是当差的，留几个人就够了。你就吩咐管事的，将人叫齐了，他分派妥当。各家有人便就罢了。譬如那时都抄了，怎么样呢？我们里头的，也要叫人分派，该配人的配人，赏去的赏去。如今虽说咱们这房子不入官，你到底把这园子交了才好。那些田地，原交琏儿清理，该卖的卖，该留的留，断不要支架子，做空头。我索性说了罢，江南甄家还有几两银子，大太太那里收着，该叫人就送去罢。倘或再有点事出来，可不是他们躲过了风暴，又遇了雨了么？"贾政本是不知当家立计的人，一听贾母的话，一一领命，心想："老太太实在真真是理家的人，都是我们这些不长进的闹坏了。"

写贾母。

贾政见贾母劳乏，求着老太太歇歇养神。贾母又道："我所剩的东西也有限，等我死了，做结果我的使用。余的都给我服侍的丫头。"贾政等听到那里，更加伤感。大家跪下，"请老太太宽怀，只愿儿子们托老太太的福，过了些时都邀了恩眷。那时兢兢业业的治起家来，以赎前愆，奉养老太太到一百岁的时候。"

贾母道："但愿这样才好，我死了也好见祖宗。你们别打谅我是享得富贵，受不得贫穷的人哪。不过这几年看着你们轰轰烈烈，我落得都不管，说说笑笑养身子罢了。那知道家运一败直到这样。若说外头好看，里头空虚，是我早知道的了。只是'居移气，养

贾母倒是能上能下，豁达得很。

移体',一时下不得台来。如今借此正好收敛,守住这个门头,不然叫人笑话你。你还不知,只打谅我知道穷了,便着急的要死。我心里是想着祖宗莫大的功勋,无一日不指望你们比祖宗还强,能够守住也就罢了。谁知他们爷儿两个做些什么勾当!"

贾母正自长篇大论的说,只见丰儿慌慌张张的跑来,回王夫人道:"今早我们奶奶听见外头的事,哭了一场,如今气都接不上来。平儿叫我来回太太。"丰儿没有说完,贾母听见,便问:"到底怎么样?"王夫人便代回道:"如今说是不大好。"贾母起身道:"嗳,这些冤家竟要磨死我了!"说着,叫人扶着,要亲自看去。贾政即忙拦住,劝道:"老太太伤了好一回的心,又分派了好些事,这会该歇歇。便是孙子媳妇有什么事,该叫媳妇瞧去就是了,何必老太太亲身过去呢。倘或再伤感起来,老太太身上要有一点儿不好,叫做儿子的怎么处呢。"贾母道:"你们各自出去,等一会子再进来。我还有话说。"贾政不敢多言,只得出来,料理兄、侄起身的事,又叫贾琏挑人跟去。

> 写凤姐。

这里,贾母才叫鸳鸯等派人拿了给凤姐的东西跟着过来。凤姐正在气厥。平儿哭得眼红,听见贾母带着王夫人、宝玉、宝钗过来,疾忙出来迎接。贾母便问:"这会子怎么样了?"平儿恐惊了贾母,便说:"这会子好些。老太太既来了,请进去瞧瞧。"他先跑进去,

第一百七回 散余资贾母明大义 复世职政老沐天恩

轻轻的揭开帐子。凤姐开眼瞧着,只见贾母进来,满心惭愧。先前原打算贾母等恼他,不疼的了,是死活由他的,不料贾母亲自来瞧,心里一宽,觉那拥塞的气略松动些,便要扎挣坐起。 　　凤姐自觉无颜见人。

贾母叫平儿按着,"不要动,你好些么?"凤姐含泪道:"我从小儿过来,老太太、太太怎么样疼我!那知我福气薄,叫神鬼支使的失魂落魄,不但不能够在老太太跟前尽点孝心,公婆前讨个好,还是这样把我当人,叫我帮着料理家务,被我闹的七颠八倒,我还有什么脸儿见老太太、太太呢?今日老太太、太太亲自过来,我更当不起了,恐怕该活三天的又折上了　　是凤姐意想不到之两天去了。"说着,悲咽。贾母道:"那些事,原是外　事。头闹起来的,与你什么相干。就是你的东西被人拿去,这也算不了什么呀。我带了好些东西给你,任你自便。"说着,叫人拿上来给他瞧瞧。

凤姐本是贪得无厌的人,如今被抄尽净,本是愁苦,又恐人埋怨,正是几不欲生的时候。今儿贾母仍旧疼他,王夫人也没嗔怪,过来安慰他,又想贾琏无事,心下安放好些,便在枕上与贾母磕头,说道:"请老太太放心,若是我的病托着老太太的福好了些,我情愿自己当个粗使丫头,尽心竭力的服侍老太太、太太罢。"贾母听他说得伤心,不免掉下泪来。

宝玉是从来没有经过这大风浪的,心下只知安乐,

1977

不知忧患的人，如今碰来碰去，都是哭泣的事，所以他竟比傻子尤甚，见人哭他就哭。凤姐看见众人忧闷，反倒勉强说几句宽慰贾母的话，求着："请老太太、太太回去。我略好些，过来磕头。"说着，将头仰起。贾母叫平儿："好生服侍。短什么，到我那里要去。"说着，带了王夫人将要回到自己房中，只听见两三处哭声，贾母实在不忍闻见，便叫王夫人散去，叫宝玉："去见你大爷、大哥，送一送就回来。"自己躺在榻上下泪。幸喜鸳鸯等能用百样言语劝解，贾母暂且安歇。

不言贾赦等分离悲痛，那些跟去的人谁是愿意的？不免心中抱怨，叫苦连天。正是生离果胜死别，看者比受者更加伤心。好好的一个荣国府，闹到人嚎鬼哭。贾政最循规矩，在伦常上也讲究的，执手分别后，自己先骑马赶至城外举酒送行，又叮咛了好些国家轸恤勋臣，力图报称的话。贾赦等挥泪分头而别。

贾政带了宝玉回家，未及进门，只见门上有好些人在那里乱嚷说："今日旨意，将荣国公世职着贾政承袭。"那些人在那里要喜钱，门上人和他们分争，说："是本来的世职，我们本家袭了，有什么喜报？"那些人说道："那世职的荣耀，比任什么还难得。你们大老爷闹掉了，想要这个，再不能的了。如今的圣人在位，赦过宥罪，还赏给二老爷袭了，这是千载难逢的，怎么不给喜钱？"

重复荣国公世职，又是意外之喜。

第一百七回 散余资贾母明大义 复世职政老沐天恩

正闹着,贾政回家,门上回了,虽则喜欢,究是哥哥犯事所致,反觉感极涕零,赶着进内告诉贾母。王夫人正恐贾母伤心,过来安慰,听得世职复还,自是欢喜。又见贾政进来。贾母拉了,说些勤黾报恩的话。独有邢夫人、尤氏心下悲苦,只不好露出来。

> 文情忽悲忽喜,变化莫测。

且说外面这些趋炎奉势的亲戚朋友,先前贾宅有事,都远避不来,今见贾政袭职,知圣眷尚好,大家都来贺喜。那知贾政纯厚性成,因他袭哥哥的职,心内反生烦恼,只知感激天恩。于第二日进内谢恩,到底将赏还府第园子备折奏请入官。内廷降旨不必,贾政才得放心。回家以后,循分供职。

> 写尽世态。

但是家计萧条,入不敷出。贾政又不能在外应酬。家人们见贾政忠厚,凤姐抱病不能理家,贾琏的亏缺一日重似一日,难免典房卖地。府内家人几个有钱的,怕贾琏缠扰,都装穷躲事,甚至告假不来,各自另寻门路。独有一个包勇,虽是新投到此,恰遇荣府坏事,他倒有些真心办事,见那些人欺瞒主子,便时常不忿。奈他是个新来乍到的人,一句话也插不上,他便生气,每天吃了就睡。众人嫌他不肯随和,便在贾政前说他终日贪杯生事,并不当差。贾政道:"随他去罢。原是甄府荐来,不好意思,横竖家内添这一人吃饭,虽说是穷,也不在他一人身上。"并不叫来驱逐。众人又在贾琏跟前说他怎样不好,贾琏此时也不敢自作威福,只得由他。

忽一日,包勇耐不过,吃了几杯酒,在荣府街上闲逛,见有两个人说话。那人说道:"你瞧,这么个大府,前儿抄了家,不知如今怎么样了?"那人道:"他家怎么能败。听见说,里头有位娘娘,是他家的姑娘,虽是死了,到底有根基的。况且我常见他们来往的都是王公侯伯,那里没有照应?便是现在的府尹、前任的兵部,是他们的一家,难道有这些人还护庇不来么?"那人道:"你白住在这里!别人犹可,独是那个贾大人更了不得。我常见他在两府来往。前儿御史虽参了,主子还叫府尹查明实迹再办。你道他怎么样?他本沾过两府的好处,怕人说他回护一家,他便狠狠的踢了一脚,所以两府里才到底抄了。你道如今的世情还了得吗?"

> 贾雨村落井下石。

两人无心说闲话,岂知旁边有人跟着,听的明白。包勇心下暗想:"天下有这样负恩的人!但不知是我老爷的什么人。我若见了他,便打他一个死。闹出事来,我承当去。"那包勇正在酒后胡思乱想,忽听那边喝道而来。包勇远远站着,只见那两人轻轻的说道:"这来的就是那个贾大人了。"包勇听了,心里怀恨,趁了酒兴,便大声的道:"没良心的男女!怎么忘了我们贾家的恩了?"雨村在轿内,听得一个"贾"字,便留神观看,见是一个醉汉,便不理会,过去了。那

第一百七回　散余资贾母明大义　复世职政老沐天恩

包勇醉着不知好歹，便得意洋洋回到府中，问起同伴，知是方才见的那位大人是这府里提拔起来的，"他不念旧恩，反来踢弄咱们家里。见了他骂他几句，他竟不敢答言。"

那荣府的人本嫌包勇，只是主人不计较他，如今他又在外闯祸，不得不回，趁贾政无事，便将包勇喝酒闹事的话回了。贾政此时正怕风波，听得家人回禀，便一时生气，叫进包勇，骂了几句，便派去看园，不许他在外行走。

那包勇本是直爽的脾气，投了主子，他便赤心护主，岂知贾政反倒责骂他。他也不敢再辩，只得收拾行李往园中看守浇灌去了。

未知后事如何，下回分解。

【回后评】

　　一场风波渐次平复，原先许多罪名又归平淡。祸事来时，有如潮涌，层层席卷；祸事去时，又如潮落，瞬息平淡。

　　贾府重沐世职，明百年世家还未烟消火灭也。

　　贾母顾大局，解私囊，以拯阖府于风雨飘摇之中。

　　贾雨村落井下石，由舆论揭出。

第一百八回　　强欢笑蘅芜庆生辰
　　　　　　　死缠绵潇湘闻鬼哭

却说贾政先前曾将房产并大观园奏请入官，内廷不收，又无人居住，只好封锁。因园子接连尤氏、惜春住宅，太觉旷阔无人，遂将包勇罚看荒园。

此时，贾政理家，又奉了贾母之命，将人口渐次减少，诸凡省俭，尚且不能支持。幸喜凤姐为贾母疼惜，王夫人等虽则不大喜欢，若说治家办事，尚能出力，所以将内事仍交凤姐办理。但近来因被抄以后，诸事运用不来，也是每形拮据。那些房头上下人等原是宽裕惯的，如今较之往日，十去其七，怎能周到，不免怨言不绝。凤姐也不敢推辞，扶病承欢贾母。

过了些时，贾赦、贾珍各到当差地方，恃有用度，暂且自安，写书回家，都言安逸，家中不必挂念。于是贾母放心，邢夫人、尤氏也略略宽怀。

一日，史湘云出嫁回门，来贾母这边请安。贾母提起他女婿甚好，史湘云也将那里过日平安的话说了，

史湘云婚后回门，来探贾母。

> 再提迎春遭遇。

请老太太放心。又提起黛玉去世，不免大家泪落。贾母又想起迎春苦楚，越觉悲伤起来。史湘云劝解一回，又到各家请安问好毕，仍到贾母房中安歇，言及"薛家这样人家，被薛大哥闹的家破人亡。今年虽是缓决人犯，明年不知可能减等？"

贾母道："你还不知道呢，昨儿蟠儿媳妇死的不明白，几乎又闹出一场大事来。还幸亏老佛爷有眼，叫他带来的丫头自己供出来了，那夏奶奶才没的闹了，自家拦住相验。你姨妈这里才将皮裹肉的打发出去了。

> 往事如梦，六亲同运，总是不堪回首。

你说说，真真是六亲同运！薛家是这样了，姨太太守着薛蝌过日，为这孩子有良心，他说哥哥在监里尚未结局，不肯娶亲。你邢妹妹在大太太那边，也就很苦。琴姑娘为他公公死了尚未满服，梅家尚未娶去。二太太的娘家舅太爷一死，凤丫头的哥哥也不成人，那二舅太爷也是个小气的，又是官项不清，也是打饥荒。甄家自从抄家以后别无信息。"

> 探春消息。

湘云道："三姐姐去了，曾有书字回来么？"贾母道："自从嫁了去，二老爷回来说，你三姐姐在海疆甚好。只是没有书信，我也日夜惦记。为着我们家连连的出些不好事，所以我也顾不来。如今四丫头也没有给他提亲。环儿呢，谁有功夫提起他来。如今我们家的日子比你从前在这里的时候更苦些。只可怜你

> 宝钗婚后的遭遇。

宝姐姐，自过了门，没过一天安逸日子。你二哥哥还

第一百八回　强欢笑蘅芜庆生辰　死缠绵潇湘闻鬼哭

是这样疯疯颠颠，这怎么处呢？"

湘云道："我从小儿在这里长大的。这里那些人的脾气我都知道的。这一回来了，竟都改了样子了。我打谅我隔了好些时没来，他们生疏我。我细想起来，竟不是的，就是见了我，瞧他们的意思，原要像先前一样的热闹，不知道怎么，说说就伤心起来了。我所以坐坐就到老太太这里来了。"贾母道："如今这样日子，在我也罢了，你们年轻轻儿的人还了得！我正要想个法儿叫他们还热闹一天才好，只是打不起这个精神来。"

湘云道："我想起来了，宝姐姐不是后儿的生日吗？我多住一天，给他拜过寿，大家热闹一天。不知老太太怎么样？"贾母道："我真正气糊涂了。你不提，我竟忘了，后日可不是他的生日！我明日拿出钱来，给他办个生日。他没有定亲的时候，倒做过好几次。如今他过了门，倒没有做。宝玉这孩子，头里很伶俐，很淘气，如今为着家里的事不好，把这孩子越发弄的话都没有了。倒是珠儿媳妇还好，他有的时候是这么着，没的时候他也是这么着。带着兰儿静静儿的过日子，倒难为他。"

到此地步，还要苦中作乐！终不减富贵享乐人本性。

湘云道："别人还不离，独有琏二嫂子，连模样儿都改了，说话也不伶俐了。明日等我来引导他们，看他们怎么样。但是，他们嘴里不说，心里要抱怨我，

财与权，是凤姐灵性之源，失此二者，凤姐即失灵性矣！

1985

说我有了——"湘云说到那里,却把脸飞红了。贾母会意,道:"这怕什么?原来姊妹们都是在一处乐惯了的,说说笑笑,再别要留这些心。大凡一个人,有也罢,没也罢,总要受得富贵、耐得贫贱才好。你宝姐姐生来是个大方的人。头里他家这样好,他也一点儿不骄傲。后来他家坏了事,他也是舒舒坦坦的。如今在我家里,宝玉待他好,他也是那样安顿;一时待他不好,不见他有什么烦恼。我看这孩子,倒是个有福气的。你林姐姐,那是个最小性儿,又多心的,所以到底不长命。凤丫头也见过些事,很不该略见些风波就改了样子,他若这样没见识,也就是小器了。后儿宝丫头的生日,我替另拿出银子来,热热闹闹给他做个生日,也叫他喜欢这一天。"

> 人已死了,还记着她的小性儿,却不记她的绝世才华、绝世容貌、绝世聪明,可见贾母亦总是俗极之人。

湘云答应道:"老太太说得很是。索性把那些姐妹们都请来了,大家叙一叙。"贾母道:"自然要请的。"一时高兴道:"叫鸳鸯拿出一百银子来,交给外头,叫他明日起预备两天的酒饭。"鸳鸯领命,叫婆子交了出去。一宿无话。次日,传话出去,打发人去接迎春。又请了薛姨妈、宝琴,叫带了香菱来。又请李婶娘。不多半日,李纹、李绮都来了。

宝钗本没有知道,听见老太太的丫头来请,说:"薛姨太太来了,请二奶奶过去呢。"宝钗心里喜欢,便是随身衣服过去,要见他母亲。只见他妹子宝琴并

第一百八回　强欢笑蘅芜庆生辰　死缠绵潇湘闻鬼哭

香菱都在这里，又见李婶娘等人也都来了。心想："那些人必是知道我们家的事情完了，所以来问候的。"便去问了李婶娘好，见了贾母，然后与他母亲说了几句话，便与李家姐妹们问好。

湘云在旁说道："太太们请都坐下，让我们姐妹们给姐姐拜寿。"宝钗听了，倒呆了一呆，回来一想："可不是明日是我的生日吗？"便说："妹妹们过来瞧老太太是该的。若说为我的生日，是断断不敢的。"正推让着，宝玉也来请薛姨妈、李婶娘的安。听见宝钗自己推让，他心里本早打算过宝钗生日，因家中闹得七颠八倒，也不敢在贾母处提起，今见湘云等众人要拜寿，便喜欢道："明日才是生日，我正要告诉老太太来。"

湘云笑道："扯臊，老太太还等你告诉？你打谅这些人为什么来？是老太太请的！"宝钗听了，心下未信。只听贾母合他母亲道："可怜宝丫头做了一年新媳妇，家里接二连三的有事，总没有给他做过生日。今日我给他做个生日，请姨太太、太太们来，大家说说话儿。"薛姨妈道："老太太这些时心里才安，他小人儿家还没有孝敬老太太，倒要老太太操心。"湘云道："老太太最疼的孙子是二哥哥，难道二嫂子就不疼了么？况且宝姐姐也配老太太给他做生日。"宝钗低头不语。

终是强颜欢笑而已。

宝玉心里想道:"我只说,史妹妹出了阁,是换了一个人了,我所以不敢亲近他,他也不来理我。如今听他的话,原是和先前一样的。为什么我们那个过了门更觉得腼腆了,话都说不出来了呢?"正想着,小丫头进来说:"二姑奶奶回来了。"随后李纨、凤姐都进来,大家厮见一番。

迎春提起他父亲出门,说:"本要赶来见见,只是他拦着不许来,说是咱们家正是晦气时候,不要沾染在身上。我扭不过,没有来,直哭了两三天。"凤姐道:"今儿为什么肯放你回来?"迎春道:"他又说:'咱们家二老爷又袭了职,还可以走走,不妨事的,'所以才放我来。"说着,又哭起来。贾母道:"我原为气得慌,今日接你们来给孙子媳妇过生日,说说笑笑,解个闷儿。你们又提起这些烦事来,又招起我的烦恼来了。"迎春等都不敢作声了。

> 强颜欢笑,终不成欢。

凤姐虽勉强说了几句有兴的话,终不似先前爽利,招人发笑。贾母心里要宝钗喜欢,故意的呕凤姐儿说话。凤姐也知贾母之意,便竭力张罗,说道:"今儿老太太喜欢些了。你看这些人,好几时没有聚在一处,今儿齐全。"说着,回过头去,看见婆婆、尤氏不在这里,又缩住了口。贾母为着"齐全"两字,也想邢夫人等,叫人请去。邢夫人、尤氏、惜春等听见老太太叫,不敢不来,心内也十分不愿意,想着家业零败,偏又高

第一百八回　强欢笑蘅芜庆生辰　死缠绵潇湘闻鬼哭

兴给宝钗做生日，到底老太太偏心，便来了也是无精打彩的。贾母问起岫烟来，邢夫人假说病着不来。贾母会意，知薛姨妈在这里有些不便，也不提了。

一时，摆下果酒。贾母说："也不送到外头，今日只许咱们娘儿们乐一乐。"宝玉虽然娶过亲的人，因贾母疼爱，仍在里头打混，但不与湘云、宝琴等同席，便在贾母身旁设着一个坐儿，他代宝钗轮流敬酒。贾母道："如今且坐下，大家喝酒，到挨晚儿再到各处行礼去。若如今行起来了，大家又闹规矩，把我的兴头打回去就没趣了。"宝钗便依言坐下。

贾母又叫人来，道："咱们今儿索性洒脱些，各留一两个人伺候。我叫鸳鸯带了彩云、莺儿、袭人、平儿等在后间去，也喝一钟酒。"鸳鸯等说："我们还没有给二奶奶磕头，怎么就好喝酒去呢？"贾母道："我说了，你们只管去。用的着你们再来。"鸳鸯等去了。

这里，贾母才让薛姨妈等喝酒。见他们都不是往常的样子，贾母着急道："你们到底是怎么着？大家高兴些才好。"湘云道："我们又吃又喝，还要怎样？"凤姐道："他们小的时候儿都高兴，如今都碍着脸不敢混说，所以老太太瞧着冷净了。"

宝玉轻轻的告诉贾母道："话是没有什么说的。再说，就说到不好的上头来了。不如老太太出个主意，叫他们行个令儿罢。"贾母侧着耳朵听了，笑道："若

> 终是勉强应景，醉不成欢也。

是行令，又得叫鸳鸯去。"宝玉听了，不待再说，就出席到后间去找鸳鸯，说："老太太要行令，叫姐姐去呢。"鸳鸯道："小爷，让我们舒舒服服的喝一杯罢，何苦来，又来搅什么。"宝玉道："当真老太太说，得叫你去呢，与我什么相干。"鸳鸯没法，说道："你们只管喝，我去了就来。"便到贾母那边。

老太太道："你来了，不是要行令吗？"鸳鸯道："听见宝二爷说，老太太叫，我敢不来吗。不知老太太要行什么令儿？"贾母道："那文的怪闷的慌，武的又不好。你倒是想个新鲜顽意儿才好。"鸳鸯想了想，道："如今姨太太有了年纪，不肯费心。倒不如拿出令盆骰子来，大家掷个曲牌名儿，赌输赢酒罢。"贾母道："这也使得。"便命人取骰盆，放在桌上。苦中作乐而已。

鸳鸯说："如今用四个骰子掷去。掷不出名儿来的罚一杯，掷出名儿来，每人喝酒的杯数儿掷出来再定。"众人听了，道："这是容易的，我们都随着。"鸳鸯便打点儿。众人叫鸳鸯喝了一杯，就在他身上数起，恰是薛姨妈先掷。

薛姨妈便掷了一下，却是四个么。鸳鸯道："这是有名的，叫做'商山四皓'。有年纪的喝一杯。"于是贾母、李婶娘、邢王两夫人都该喝。贾母举酒要喝，鸳鸯道："这是姨太太掷的，还该姨太太说个曲牌名儿，下家儿接一句《千家诗》。说不出的罚一杯。"薛

第一百八回　强欢笑蘅芜庆生辰　死缠绵潇湘闻鬼哭

姨妈道："你又来算计我了，我那里说得上来。"贾母道："不说到底寂寞，还是说一句的好。下家儿就是我了，若说不出来，我陪姨太太喝一钟就是了。"薛姨妈便道："我说个'临老入花丛'。"贾母点点头儿，道："将谓偷闲学少年。"说完，骰盆过到李纹，便掷了两个四，两个二。鸳鸯说："也有名了，这叫做'刘阮入天台'。"李纹便接着说了个"二士入桃源。"下手儿便是李纨，说道："寻得桃源好避秦。"大家又喝了一口。骰盆又过到贾母跟前，便掷了两个二，两个三。贾母道："这要喝酒了？"鸳鸯道："有名儿的，这是'江燕引雏'。众人都该喝一杯。"凤姐道："雏是雏，倒飞了好些了。"众人瞅了他一眼，凤姐便不言语。贾母道："我说什么呢？'公领孙'罢。"下手是李绮，便说道："闲看儿童捉柳花。"众人都说好。

宝玉巴不得要说，只是令盆轮不到。正想着，恰好到了跟前，便掷了一个二，两个三,一个幺，便说道："这是什么？"鸳鸯笑道："这是个'臭'，先喝一杯再掷罢。"宝玉只得喝了又掷，这一掷掷了两个三，两个四。鸳鸯道："有了，这叫做'张敞画眉'。"宝玉明白打趣他，宝钗的脸也飞红了。凤姐不大懂得，还说："二兄弟快说了，再找下家儿是谁。"宝玉明知难说，自认："罚了罢，我也没下家。"过了令盆，轮到李纨,便掷了一下儿。鸳鸯道："大奶奶掷得是'十二金钗'。"宝玉听了,赶到李纨身旁看时,只见红绿对开,便道:"这一个好看得很。"忽然想起十二钗的梦来,便呆呆的退到自己座上,心里想:"这十二钗说是金陵的,怎么家里这些人,如今七大八小的就剩了这几个?"复又看看湘云、宝钗,虽说都在,只是不见了黛玉,一时按捺不住,眼泪便要下来。恐人看见,便说身上躁的很,脱脱衣服去,挂了筹出席去了。

这史湘云看见宝玉这般光景,打谅宝玉掷不出好的,被别人掷了去,心里不喜欢,便去了;又嫌那个令儿没趣,但有些烦。只见李纨道:"我不说了。席间的人也不齐,不如罚我一杯。"贾母道:"这个令儿也不热闹,不如蠲了罢。让鸳鸯掷一下,看掷出个什么来。"

小丫头便把令盆放在鸳鸯跟前。鸳鸯依命,便掷了两个二,一个五,那一个骰子在盆中只管转。鸳鸯叫道:"不要五!"那骰子单单转出一个五来。鸳鸯道:"了不得!我输了。"贾母道:"这是不算什么的吗?"鸳鸯道:"名儿倒有,只是我说不上曲牌名来。"贾母道:"你说名儿,我给你诌。"鸳鸯道:"这是浪扫浮萍。"贾母道:"这也不难,我替你说个'秋鱼入菱窠'。"鸳鸯下手的就是湘云,便道:"白萍吟尽楚江秋。"众人都道:"这句很确。"

贾母道:"这令完了。咱们喝两杯,吃饭罢。"回

第一百八回　强欢笑蘅芜庆生辰　死缠绵潇湘闻鬼哭

头一看，见宝玉还没进来，便问道："宝玉那里去了，还不来？"鸳鸯道："换衣服去了。"贾母道："谁跟了去的？"那莺儿便上来回道："我看见二爷出去，我叫袭人姐姐跟了去了。"贾母、王夫人才放心。

等了一回，王夫人叫人去找来。小丫头子到了新房，只见五儿在那里插蜡。小丫头便问："宝二爷那里去了？"五儿道："在老太太那边喝酒呢。"小丫头道："我在老太太那里，太太叫我来找的。岂有在那里，倒叫我来找的理？"五儿道："这就不知道了。你到别处找去罢。"

小丫头没法，只得回来，遇见秋纹，便道："你见二爷那里去了？"秋纹道："我也找他。太太们等他吃饭，这会子那里去了呢？你快去回老太太去，不必说不在家，只说喝了酒不大受用，不吃饭了，略躺一躺再来，请老太太们吃饭罢。"小丫头依言回去告诉珍珠，珍珠依言回了贾母。

贾母道："他本来吃不多，不吃也罢了，叫他歇歇罢。告诉他，今儿不必过来，有他媳妇在这里。"珍珠便向小丫头道："你听见了？"小丫头答应着，不便说明，只得在别处转了一转，说告诉了。众人也不理会，便吃毕饭，大家散坐说话。不提。

且说宝玉一时伤心，走了出来，正无主意，只见袭人赶来，问是怎么了。宝玉道："不怎么，只是心里烦得慌。何不趁他们喝酒，咱们两个到珍大奶奶那里逛逛去？"袭人道："珍大奶奶在这里，去找谁？"宝玉道："不找谁，瞧瞧他现在这里住的房屋怎么样。"袭人只得跟着，一面走，一面说。走到尤氏那边，又一个小门儿半开半掩，宝玉也不进去。只见看园门的两个婆子，坐在门坎上说话儿。宝玉问道："这小门开着么？"婆子道："天天是不开的，今儿有人出来说，今日预备老太太要用园里的果子，故开着门等着。"宝玉便慢慢的走到那边，果见腰门半开，宝玉便走了进去。袭人忙拉住，道："不用去，园里不干净，常没有人去，不要撞见什么。"宝玉仗着酒气，说："我不怕那些。"袭人苦苦的拉住，不容他去。婆子们上来，说道："如今这园子安静的了。自从那日道士拿了妖去，我们摘花儿、打果子，一个人常走的。二爷要去，咱们都跟着。有这些人，怕什么！"宝玉喜欢，袭人也不便相强，只得跟着。

宝玉进得园来，只见满目凄凉。那些花木枯萎，更有几处亭馆，彩色久经剥落。远远望见一丛修竹，倒还茂盛。宝玉一想，说："我自病时出园，住在后边，一连几个月不准我到这里，瞬息荒凉。你看，独有那几杆翠竹菁葱，这不是潇湘馆么？"袭人道："你几个月没来，连方向都忘了。咱们只管说话，不觉将

> 荒园寥落，物是人非。

第一百八回　强欢笑蘅芜庆生辰　死缠绵潇湘闻鬼哭

怡红院走过了。"回过头来用手指着道："这才是潇湘馆呢。"宝玉顺着袭人的手一瞧，道："可不是过了吗？咱们回去瞧瞧。"袭人道："天晚了，老太太必是等着吃饭，该回去了。"宝玉不言，找着旧路，竟往前走。

你道宝玉虽离了大观园将及一载，岂遂忘了路径？只因袭人恐他见了潇湘馆，想起黛玉，又要伤心，所以用言混过。岂知宝玉只望里走，天又晚，恐招了邪气，故宝玉问他，只说已走过了，欲宝玉不去，不料宝玉的心惟在潇湘馆内。

袭人见他往前急走，只得赶上，见宝玉站着，似有所见，如有所闻，便道："你听什么？"宝玉道："潇湘馆倒有人住着么？"袭人道："大约没有人罢。"宝玉道："我明明听见有人在内啼哭，怎么没有人？"袭人道："你是疑心，素常你到这里，常听见林姑娘伤心，所以如今还是那样。"宝玉不信，还要听去。

婆子们赶上，说道："二爷快回去罢。天已晚了，别处我们还敢走走，只是这里路又隐僻，又听得人说，这里林姑娘死后，常听见有哭声，所以人都不敢走的。"宝玉、袭人听说，都吃了一惊。宝玉道："可不是！"说着，便滴下泪来，说："林妹妹，林妹妹，好好儿的，是我害了你了！你别怨我，只是父母作主，并不是我负心。"愈说愈痛，便大哭起来。

袭人正在没法，只见秋纹带着些人赶来，对袭人

> 潇湘馆闻哭声。

> 居然闯入禁区。

道:"你好大胆,怎么领了二爷到这里来?老太太、太太他们打发人各处都找到了,刚才腰门上有人说,是你同二爷到这里来了,唬得老太太、太太们了不得,骂着我,叫我带人赶来,还不快回去么?"宝玉犹自痛哭。袭人也不顾他哭,两个人拉着就走。一面替他拭眼泪,告诉他老太太着急。宝玉没法,只得回来。

袭人知老太太不放心,将宝玉仍送到贾母那边。众人都等着未散。贾母便说:"袭人,我素常知你明白,才把宝玉交给你,怎么今儿带他园里去?他的病才好,倘或撞着什么,又闹起来,这便怎么处?"袭人也不敢分辩,只得低头不语。宝钗看宝玉颜色不好,心里着实的吃惊。倒还是宝玉,恐袭人受委屈,说道:"青天白日,怕什么?我因为好些时没到园里逛逛,今儿趁着酒兴走走,那里就撞着什么了呢?"凤姐在园里吃过大亏的,听到那里,寒毛倒竖,说:"宝兄弟胆子忒大了。"湘云道:"不是胆大,倒是心实。不知是会芙蓉神去了,还是寻什么仙去了?"宝玉听着,也不答言。独有王夫人急的一言不发。贾母问道:"你到园里可曾唬着么?这回不用说了,以后要逛,到底多带几个人才好。不然,大家早散了。回去好好的睡一夜,明日一早过来,我还要找补,叫你们再乐一天呢。不要为他又闹出什么原故来。"

众人听说,辞了贾母出来。薛姨妈便到王夫人那

第一百八回　强欢笑蘅芜庆生辰　死缠绵潇湘闻鬼哭

里住下。史湘云仍在贾母房中。迎春便往惜春那里去了。余者各自回去。不提。

独有宝玉回到房中，唉声叹气。宝钗明知其故，也不理他，只是怕他忧闷，勾出旧病来，便进里间叫袭人来，细问他宝玉到园怎么样的光景。

未知袭人怎生回说，下回分解。

【回后评】

贾母为宝钗作生日,终是苦中作乐,欲寻往日欢乐旧梦,已一去不复返矣。

潇湘闻鬼哭,"不堪回首月明中"也,即使无鬼哭,亦是闻鬼哭矣,其实非鬼哭,是宝玉之心哭也!

第一百九回　　候芳魂五儿承错爱
　　　　　　　还孽债迎女返真元

话说宝钗叫袭人问出原故，恐宝玉悲伤成疾，便将黛玉临死的话与袭人假作闲谈，说是："人生在世，有意有情。到了死后，各自干各自的去了。并不是生前那样个人，死后还是这样。活人虽有痴心，死的竟不知道。况且林姑娘既说仙去，他看凡人是个不堪的浊物，那里还肯混在世上。只是人自己疑心，所以招些邪魔外祟来缠扰了。"宝钗虽是与袭人说话，原说给宝玉听的。袭人会意，也说："是没有的事。若说林姑娘的魂灵儿还在园里，我们也算好的，怎么不曾梦见了一次？"

宝玉在外闻听得，细细的想道："果然也奇。我知道林妹妹死了，那一日不想几遍，怎么从没梦过？想是他到天上去了，瞧我这凡夫俗子不能交通神明，所以梦都没有一个儿。我就在外间睡着，或者我从园里回来，他知道我的实心，肯与我梦里一见。我必要

> 借闲谈欲消除宝玉对黛玉的思念，不想反引来宝玉的梦想。

问他实在那里去了,我也时常祭奠。若是果然不理我这浊物,竟无一梦,我便不想他了。"主意已定,便说:"我今夜就在外间睡了,你们也不用管我。"

宝钗也不强他,只说:"你不要胡思乱想。你不瞧瞧,太太因你园里去了,急得话都说不出来。若是知道还不保养身子,倘或老太太知道了,又说我们不用心。"宝玉道:"白这么说罢咧,我坐一会子就进来。你也乏了,先睡罢。"宝钗知他必进来的,假意说道:"我睡了,叫袭姑娘伺候你罢。"

宝玉听了,正合机宜。候宝钗睡了,他便叫袭人、麝月另铺设下一副被褥,常叫人进来瞧二奶奶睡着了没有。宝钗故意装睡,也是一夜不宁。那宝玉知是宝钗睡着,便与袭人道:"你们各自睡罢,我又不伤感。你若不信,你就服侍我睡了再进去,只要不惊动我就是了。"袭人果然服侍他睡下,便预备下了茶水,关好了门,进里间去照应一回,各自假寐,宝玉若有动静,再为出来。

宝玉见袭人等进来,便将坐更的两个婆子支到外头,他轻轻的坐起来,暗暗的祝了几句,便睡下了,欲与神交。起初再睡不着,以后把心一静,便睡去了。岂知竟是无梦。岂知一夜安眠,直到天亮。

宝玉醒来拭眼,坐起来想了一回,并无有梦,便叹口气道:"正是'悠悠生死别经年,魂魄不曾来入

第一百九回　候芳魂五儿承错爱　还孽债迎女返真元

梦'。"宝钗却一夜反没有睡着,听宝玉在外边念这两句,便接口道:"这句又说莽撞了。如若林妹妹在时,又该生气了。"宝玉听了,反不好意思,只得起来,搭讪着往里间走来,说:"我原要进来的,不觉得一个盹儿就打着了。"宝钗道:"你进来不进来,与我什么相干。"

袭人等本没有睡,眼见他们两个说话,即忙倒上茶来。已见老太太那边打发小丫头来问:"宝二爷昨睡得安顿么?若安顿时,早早的同二奶奶梳洗了就过去。"袭人便说:"你去回老太太,说宝玉昨夜很安顿,回来就过来。"小丫头去了。

宝钗起来梳洗了,莺儿、袭人等跟着先到贾母那里行了礼,便到王夫人那边起至凤姐都让过了,仍到贾母处,见他母亲也过来了。大家问起:"宝玉晚上好么?"宝钗便说:"回去就睡了,没有什么。"众人放心,又说些闲话。

只见小丫头进来说:"二姑奶奶要回去了。听见说孙姑爷那边人来到大太太那里,说了些话,大太太叫人到四姑娘那边,说不必留了,让他去罢。如今二姑奶奶在大太太那边哭呢,大约就过来辞老太太。"贾母众人听了,心中好不自在,都说:"二姑娘这样一个人,为什么命里遭着这样的人?一辈子不能出头,这便怎么好?"

说着,迎春进来,泪痕满面,因为是宝钗的好日子,只得含着泪,辞了众人要回去。贾母知道他的苦处,也不便强留,只说道:"你回去也罢了。但是不要悲伤,碰着了这样人,也是没法儿的。过几天,我再打发人接你去。"迎春道:"老太太始终疼我,如今也疼不来了。可怜我只是没有再来的时候了。"说着,眼泪直流。

> 迎春一去,便成永别。

众人都劝道:"这有什么不能回来的?比不得你三妹妹,隔得远,要见面就难了。"贾母等想起探春,不觉也大家落泪,只为是宝钗的生日,即转悲为喜说:"这也不难。只要海疆平静,那边亲家调进京来,就见的着了。"大家说:"可不是这么着呢。"说着,迎春只得含悲而别。众人送了出来,仍回贾母那里。从早至暮,又闹了一天。众人见贾母劳乏,各自散了。

独有薛姨妈辞了贾母,到宝钗那里,说道:"你哥哥是今年过了,直要等到皇恩大赦的时候,减了等,才好赎罪。这几年,叫我孤苦伶仃怎么处?我想要与你二哥哥完婚,你想想,好不好?"宝钗道:"妈妈是为着大哥哥娶了亲唬怕的了,所以把二哥哥的事犹豫起来。据我说,很该就办。邢姑娘是妈妈知道的,如今在这里也很苦。娶了去,虽说我家穷,究竟比他傍人门户好多着呢。"薛姨妈道:"你得便的时候,就去告诉老太太,说我家没人,就要拣日子了。"宝钗道:"妈妈只管同二哥哥商量,挑个好日子,过来和老太太、

第一百九回　候芳魂五儿承错爱　还孽债迎女返真元

大太太说了，娶过去，就完了一宗事。这里大太太也巴不得娶了去才好。"

薛姨妈道："今日听见史姑娘也就回去了，老太太心里要留你妹妹在这里住几天，所以他住下了。我想他也是不定多早晚就走的人了，你们姊妹们也多叙几天话儿。"宝钗道："正是呢。"于是薛姨妈又坐了一坐，出来辞了众人回去了。

却说宝玉晚间归房，因想昨夜黛玉竟不入梦，"或者他已经成仙，所以不肯来见我这种浊人，也是有的。不然，就是我的性儿太急了，也未可知。"便想了个主意，向宝钗说道："我昨夜偶然在外间睡着，似乎比在屋里睡的安稳些。今日起来，心里也觉清净些。我的意思，还要在外间睡两夜，只怕你们又来拦我。"宝钗听了，明知早晨他嘴里念诗是为着黛玉的事了。想来他那个呆性是不能劝的，倒好叫他睡两夜，索性自己死了心也罢了。况兼昨夜听他睡的倒也安静，便道："好没来由，你只管睡去，我们拦你作什么。但只不要胡思乱想，招出些邪魔外祟来。"宝玉笑道："谁想什么？"袭人道："依我劝，二爷竟还是屋里睡罢。外边一时照应不到，着了风倒不好。"宝玉未及答言，宝钗却向袭人使了个眼色。袭人会意，便道："也罢，叫个人跟着你罢，夜里好倒茶倒水的。"宝玉便笑道："这么说，你就跟了我来。"袭人听了，倒没意思起来，登时飞红了脸,一声也不言语。宝钗素知袭人稳重,便说道:"他是跟惯了我的,还叫他跟着我罢。叫麝月、五儿照料着也罢了。况且今日他跟着我闹了一天,也乏了,该叫他歇歇了。"宝玉只得笑着出来。宝钗因命麝月、五儿给宝玉仍在外间铺设了,又嘱咐两个人:"醒睡些,要茶要水,都留点神儿。"两个答应着出来,看见宝玉端然坐在床上,闭目合掌,居然像个和尚一般,两个也不敢言语,只管瞅着他笑。

宝钗又命袭人出来照应。袭人看见这般,却也好笑,便轻轻的叫道:"该睡了,怎么又打起坐来了?"宝玉睁开眼,看见袭人,便道:"你们只管睡罢,我坐一坐就睡。"袭人道:"因为你昨日那个光景,闹的二奶奶一夜没睡。你再这么着,成何事体?"宝玉料着自己不睡都不肯睡,便收拾睡下。袭人又嘱咐了麝月等几句,才进去关门睡了。这里,麝月、五儿两个人也收拾了被褥,伺候宝玉睡着,各自歇下。

那知宝玉要睡越睡不着,见他两个人在那里打铺,忽然想起那年袭人不在家时,晴雯、麝月两个人服侍,夜间麝月出去,晴雯要唬他,因为没穿衣服,着了凉,后来还是从这个病上死的。想到这里,一心移在晴雯身上去了。忽又想起,凤姐说五儿给晴雯脱了个影儿,因又将想晴雯的心肠移在五儿身上。自己假装睡着,偷偷的看那五儿,越瞧越像晴雯,不觉呆性复发。听

<small>本是想等黛玉入梦,却又想到晴雯,从晴雯又到五儿。从死者竟到生者矣。</small>

第一百九回　　候芳魂五儿承错爱　还孽债迎女返真元

了听,里间已无声息,知是睡了。却见麝月也睡着了,便故意叫了麝月两声,却不答应。

五儿听见宝玉唤人,便问道:"二爷要什么?"宝玉道:"我要漱漱口。"五儿见麝月已睡,只得起来,重新剪了蜡花,倒了一钟茶来,一手托着漱盂。却因赶忙起来的,身上只穿着一件桃红绫子小袄儿,松松的挽着一个鬓儿。宝玉看时,居然晴雯复生。忽又想起晴雯说的"早知担个虚名,也就打个正经主意了",不觉呆呆的呆看,也不接茶。

那五儿自从芳官去后,也无心进来了。后来听得凤姐叫他进来服侍宝玉,竟比宝玉盼他进来的心还急。不想进来以后,见宝钗、袭人一般尊贵稳重,看着心里实在敬慕。又见宝玉疯疯傻傻,不是先前风致。又听见王夫人为女孩子们和宝玉顽笑都撵了,所以把这件事搁在心上,倒无一毫的儿女私情了。怎奈这位呆爷今晚把他当作晴雯,只管爱惜起来。

那五儿早已羞得两颊红潮,又不敢大声说话,只得轻轻的说道:"二爷漱口啊。"宝玉笑着接了茶在手中,也不知道漱了没有,便笑嘻嘻的问道:"你和晴雯姐姐好不是啊?"五儿听了摸不着头脑,便道:"都是姐妹,也没有什么不好的。"宝玉又悄悄的问道:"晴雯病重了,我看他去,不是你也去了么?"五儿微微笑着点头儿。宝玉道:"你听见他说什么了没有?"

五儿摇着头儿道:"没有。"宝玉已经忘神,便把五儿的手一拉。

五儿急得红了脸,心里乱跳,便悄悄说道:"二爷有什么话,只管说,别拉拉扯扯的。"宝玉才放了手,说道:"他和我说来着,'早知担了个虚名,也就打正经主意了'。你怎么没听见么?"五儿听了这话,明明是轻薄自己的意思,又不敢怎么样,便说道:"那是他自己没脸。这也是我们女孩儿家说得的吗?"宝玉着急道:"你怎么也是这个道学先生!我看你长的和他一模一样,我才肯和你说这个话,你怎么倒拿这些话来糟蹋他!"

> 宝玉竟与五儿说此话,确是唐突。

此时,五儿心中也不知宝玉是怎么个意思,便说道:"夜深了,二爷也睡罢。别紧着坐着,看凉着。刚才奶奶和袭人姐姐怎么嘱咐了?"宝玉道:"我不凉。"说到这里,忽然想起五儿没穿着大衣服,就怕他也像晴雯着了凉,便说道:"你为什么不穿上衣服就过来?"五儿道:"爷叫的紧,那里有尽着穿衣裳的空儿?要知道说这半天话儿时,我也穿上了。"宝玉听了,连忙把自己盖的一件月白绫子绵袄儿揭起来,递给五儿,叫他披上。五儿只不肯接,说:"二爷盖着罢,我不凉。我凉,我有我的衣裳。"说着,回到自己铺边,拉了一件长袄披上。又听了听,麝月睡的正浓,才慢慢过来,说:"二爷今晚不是要养神呢吗?"

第一百九回　　候芳魂五儿承错爱　还孽债迎女返真元

宝玉笑道："实告诉你罢。什么是养神？我倒是要遇仙的意思。"五儿听了，越发动了疑心，便问道："遇什么仙？"宝玉道："你要知道，这话长着呢。你挨着我来坐下，我告诉你。"五儿红了脸，笑道："你在那里躺着，我怎么坐呢？"宝玉道："这个何妨？那一年冷天，也是你麝月姐姐和你晴雯姐姐顽，我怕冻着他，还把他揽在被里渥着呢。这有什么的！大凡一个人，总不要酸文假醋才好。"

五儿听了，句句都是宝玉调戏之意。那知这位呆爷却是实心实意的话儿。五儿此时走开不好，站着不好，坐下不好，倒没了主意了，因微微的笑着道："你别混说了，看人家听见，这是什么意思。怨不得人家说你专在女孩儿身上用工夫！你自己放着二奶奶和袭人姐姐都是仙人儿似的，只爱和别人胡缠。明儿再说这些话，我回了二奶奶，看你什么脸见人！"

正说着，只听外面"咕咚"一声，把两个人吓了一跳。里间宝钗咳嗽了一声。宝玉听见，连忙努嘴儿。五儿也就忙忙的熄了灯，悄悄的躺下了。原来宝钗、袭人因昨夜不曾睡，又兼日间劳乏了一天，所以睡去，都不曾听见他们说话。此时，院中一响，早已惊醒，听了听，也无动静。宝玉此时躺在床上，心里疑惑："莫非林妹妹来了，听见我和五儿说话，故意吓我们的？"翻来覆去，胡思乱想，五更以后，才朦胧睡去。

此处写得总是牵强，以前宝玉是在孩童至未成年之间，故与诸钗、鬟混然不分，天真无邪，此时宝玉早已成婚，何能再如以往。故候芳魂一段，读来总觉不情。

却说五儿被宝玉鬼混了半夜,又兼宝钗咳嗽,自己怀着鬼胎,生怕宝钗听见了,也是思前想后,一夜无眠。次日一早起来,见宝玉尚自昏昏睡着,便轻轻儿的收拾了屋子。那时麝月已醒,便道:"你怎么这么早起来了,你难道一夜没睡吗?"五儿听这话,又似麝月知道了的光景,便只是讪笑,也不答言。不一时,宝钗、袭人也都起来,开了门,见宝玉尚睡,却也纳闷:"怎么外边两夜睡得倒这般安稳?"

及宝玉醒来,见众人都起来了,自己连忙爬起,揉着眼睛,细想昨夜又不曾梦见,可是仙凡路隔了。慢慢的下了床,又想昨夜五儿说的,宝钗、袭人都是天仙一般,这话却也不错,便怔怔的瞅着宝钗。宝钗见他发怔,虽知他为黛玉之事,却也定不得梦不梦,只是瞅的自己倒不好意思,便道:"二爷昨夜可真遇见仙了么?"宝玉听了,只道昨晚的话宝钗听见了,笑着勉强说道:"这是那里的话!"

那五儿听了这一句,越发心虚起来,又不好说的,只得且看宝钗的光景。只见宝钗又笑着问五儿道:"你听见二爷睡梦中和人说话来着么?"宝玉听了,自己坐不住,搭讪着走开了。五儿把脸飞红,只得含糊道:"前半夜倒说了几句,我也没听真。什么'担了虚名',又什么'没打正经主意',我也不懂,劝着二爷睡了。后来我也睡了,不知二爷还说来着没有。"

第一百九回　候芳魂五儿承错爱　还孽债迎女返真元

宝钗低头一想："这话明是为黛玉了。但尽着叫他在外头，恐怕心邪了，招出些花妖月姊来。况兼他的旧病原在姊妹上情重，只好设法将他的心意挪移过来，然后能免无事。"想到这里，不免面红耳热起来，也就讪讪的进房梳洗去了。

且说贾母两日高兴，略吃多了些，这晚有些不受用，第二天便觉着胸口饱闷。鸳鸯等要回贾政。贾母不叫言语，说："我这两日嘴馋些，吃多了点子，我饿一顿就好了。你们快别吵嚷。"于是鸳鸯等并没有告诉人。

> 贾母得病。

这日晚间，宝玉回到自己屋里，见宝钗自贾母、王夫人处才请了晚安回来。宝玉想着早起之事，未免赧颜抱惭。宝钗看他这样，也晓得是个没意思的光景，因想着："他是个痴情人，要治他的这病，少不得仍以痴情治之。"想了一回，便问宝玉道："你今夜还在外间睡去罢咧？"宝玉自觉没趣，便道："里间外间，都是一样的。"宝钗意欲再说，反觉不好意思。袭人道："罢呀，这倒是什么道理呢？我不信，睡得那么安稳！"五儿听见这话，连忙接口道："二爷在外间睡，别的倒没什么，只是爱说梦话，叫人摸不着头脑儿，又不敢驳他的回。"袭人便道："我今日挪到床上睡睡，看说梦话不说？你们只管把二爷的铺盖铺在里间就完了。"宝钗听了，也不作声。宝玉自己惭愧不来，那里还有强嘴的分儿，便依着搬进里间来。一则宝玉负愧，欲安慰宝钗之心；二则宝钗恐宝玉思郁成疾，不如假以词色，使得稍觉亲近，以为移花接木之计。于是当晚袭人果然挪出去。宝玉因心中愧悔，宝钗欲拢络宝玉之心，自过门至今日，方才如鱼得水，恩爱缠绵，所谓二五之精妙合而凝的了。此是后话。

且说次日宝玉、宝钗同起，宝玉梳洗了，先过贾母这边来。这里贾母因疼宝玉，又想宝钗孝顺，忽然想起一件东西，便叫鸳鸯开了箱子，取出祖上所遗一个汉玉玦，虽不及宝玉他那块玉石，挂在身上却也稀罕。鸳鸯找出来，递与贾母，便说道："这件东西，我好像从没见的，老太太这些年还记得这样清楚，说是那一箱什么匣子里装着。我按着老太太的话，一拿就拿出来了。老太太怎么想着，拿出来做什么？"贾母道："你那里知道，这块玉还是祖爷爷给我们老太爷。老太爷疼我，临出嫁的时候叫了我去，亲手递给我的。还说：'这玉是汉时所佩的东西，很贵重，你拿着就像见了我的一样。'我那时还小，拿了来也不当什么，便撂在箱子里。到了这里，我见咱们家的东西也多，这算得什么，从没带过，一撂便撂了六十多年。今儿见宝玉这样孝顺，他又丢了一块玉，故此想着，拿出来给他，也像是祖上给我的意思。"

第一百九回　　候芳魂五儿承错爱　还孽债迎女返真元

一时，宝玉请了安，贾母便喜欢道："你过来，我给你一件东西瞧瞧。"宝玉走到床前，贾母便把那块汉玉递给宝玉。宝玉接来一瞧，那玉有三寸方圆，形似甜瓜，色有红晕，甚是精致。宝玉口口称赞。贾母道："你爱么？这是我祖爷爷给我的，我传了你罢。"宝玉笑着请了个安谢了，又拿了要送给他母亲瞧。贾母道："你太太瞧了，告诉你老子，又说疼儿子不如疼孙子了。他们从没见过。"宝玉笑着去了。宝钗等又说了几句话，也辞了出来。

自此，贾母两日不进饮食，胸口仍是结闷，觉得头晕目眩，咳嗽。邢、王二夫人凤姐等请安，见贾母精神尚好，不过叫人告诉贾政，立刻来请了安。贾政出来，即请大夫看脉。不多一时，大夫来诊了脉，说是有年纪的人停了些饮食，感冒些风寒，略消导发散些就好了。开了方子，贾政看了，知是寻常药品，命人煎好进服。以后贾政早晚进来请安，一连三日，不见稍减。

贾政又命贾琏："打听好大夫，快去请来，瞧老太太的病。咱们家常请的几个大夫，我瞧着不怎么好，所以叫你去。"贾琏想了一想，说道："记得那年宝兄弟病的时候，倒是请了一个不行医的来瞧好了的，如今不如找他。"贾政道："医道却是极难的，愈是不兴时的大夫倒有本领。你就打发人去找来罢。"贾琏即

贾母给宝玉汉玉佩，不知何意。

贾母病渐重。

忙答应去了，回来说道："这刘大夫新近出城教书去了，过十来天进城一次。这时等不得，又请了一位，也就来了。"贾政听了，只得等着。不提。

且说贾母病时，合宅女眷无日不来请安。一日，众人都在那里，只见看园内腰门的老婆子进来，回说："园里的栊翠庵的妙师父，知道老太太病了，特来请安。"众人道："他不常过来，今儿特地来，你们快请进来。"凤姐走到床前回贾母。岫烟是妙玉的旧相识，先走出去接他。

只见妙玉头带妙常髻，身上穿一件月白素绸袄儿，外罩一件水田青缎镶边长背心，拴着秋香色的丝绦，腰下系一条淡墨画的白绫裙，手执麈尾念珠，跟着一个侍儿，飘飘拽拽的走来。岫烟见了问好，说是："在园内住的日子，可以常常来瞧瞧你。近来因为园内人少，一个人轻易难出来。况且咱们这里的腰门常关着，所以这些日子不得见你。今儿幸会。"妙玉道："头里你们是热闹场中，你们虽在外园里住，我也不便常来亲近。如今知道这里的事情也不大好，又听说是老太太病着，又惦记你，并要瞧瞧宝姑娘。我那管你们的关不关，我要来就来。我不来，你们要我来也不能啊。"岫烟笑道："你还是那种脾气。"一面说着，已到贾母房中。众人见了，都问了好。

妙玉走到贾母床前问候，说了几句套话。贾母便

<small>妙玉来看贾母。</small>

第一百九回　候芳魂五儿承错爱　还孽债迎女返真元

道："你是个女菩萨，你瞧瞧我的病，可好得了好不了？"妙玉道："老太太这样慈善的人，寿数正有呢。一时感冒，吃几贴药想来也就好了。有年纪人只要宽心些。"贾母道："我倒不为这些，我是极爱寻快乐的。如今这病也不觉怎样，只是胸膈闷饱，刚才大夫说是气恼所致。你是知道的，谁敢给我气受，这不是那大夫脉理平常么？我和琏儿说了，还是头一个大夫说感冒伤食的是，明儿仍请他来。"说着，叫鸳鸯吩咐厨房里办一桌净素菜来，请他在这里便饭。妙玉道："我已吃过午饭了，我是不吃东西的。"王夫人道："不吃也罢。咱们多坐一会，说些闲话儿罢。"妙玉道："我久已不见你们，今儿来瞧瞧。"又说了一回话便要走，回头见惜春站着，便问道："四姑娘为什么这样瘦？不要只管爱画，劳了心。"惜春道："我久不画了。如今住的房屋不比园里的显亮，所以没兴画。"妙玉道："你如今住在那一所了？"惜春道："就是你才进来的那个门东边的屋子。你要来很近。"妙玉道："我高兴的时候来瞧你。"惜春等说着，送了出去，回身过来，听见丫头们回说大夫在贾母那边呢。众人暂且散去。惜春约妙玉，预为后文伏笔。

那知贾母这病日重一日，延医调治不效，以后又添腹泻。贾政着急，知病难医，即命人到衙门告假，日夜同王夫人亲视汤药。

一日，见贾母略进些饮食，心里稍宽。只是老婆子在门外探头,王夫人叫彩云看去,问问是谁。彩云看了,是陪迎春到孙家去的人,便道:"你来做什么?"婆子道:"我来了半日,这里找不着一个姐姐们,我又不敢冒撞,我心里又急。"彩云道:"你急什么?又是姑爷作践姑娘不成么?"婆子道:"姑娘不好了。前儿闹了一场,姑娘哭了一夜,昨日痰堵住了,他们又不请大夫,今日更利害了。"

彩云道:"老太太病着呢,别大惊小怪的。"王夫人在内已听见了,恐老太太听见不受用,忙叫彩云带他外头说去。

岂知贾母病中心静,偏偏听见,便道:"迎丫头要死了么?"王夫人便道:"没有。婆子们不知轻重,说是这两日有些病,恐不能就好,到这里问大夫。"贾母道:"瞧我的大夫就好,快请了去。"王夫人便叫彩云叫这婆子去回大太太去,那婆子去了。

这里,贾母便悲伤起来。说是:"我三个孙女儿——一个享尽了福死了;三丫头远嫁,不得见面;迎丫头虽苦,或者熬出来了,不打谅他年轻轻儿的就要死了。留着我这么大年纪的人活着做什么!"王夫人、鸳鸯等解劝了好半天。

那时,宝钗、李氏等不在房中,凤姐近来有病,王夫人恐贾母生悲添病,便叫人叫了他们来陪着,自己回到房中,叫彩云来,埋怨这婆子不懂事,"以后

第一百九回　候芳魂五儿承错爱　还孽债迎女返真元

我在老太太那里，你们有事不用来回。"丫头们依命不言。

岂知那婆子刚到邢夫人那里，外头的人已传进来说："二姑奶奶死了。"邢夫人听了，也便哭了一场。现今他父亲不在家中，只得叫贾琏快去瞧看。知贾母病重，众人都不敢回。可怜一位如花似月之女，结褵年余，不料被孙家揉搓以致身亡，又值贾母病笃，众人不便离开，竟容孙家草草完结。

迎春已死。

贾母病势日增，只想这些孙女儿。一时想起湘云，便打发人去瞧他。回来的人悄悄的找鸳鸯，因鸳鸯在老太太身旁，王夫人等都在那里，不便上去，到了后头，找了琥珀，告诉他道："老太太想史姑娘，叫我们去打听，那里知道史姑娘哭得了不得，说是姑爷得了暴病，大夫都瞧了，说这病只怕不能好，若变了个痨病，还可挨过四五年。所以史姑娘心里着急。又知道老太太病，只是不能过来请安，还叫我不要在老太太面前提起。倘或老太太问起来，务必托你们变个法儿回老太太才好。"琥珀听了，咳了一声，就也不言语了。半日说道："你去罢。"琥珀也不便回，心里打算告诉鸳鸯，叫他撒谎去，所以来到贾母床前，只见贾母神色大变，地下站着一屋子的人，喊喊的说"瞧着是不好了"，也不敢言语了。

史湘云之夫得暴病。

贾母病势日重。

这里，贾政悄悄的叫贾琏到身旁，向耳边说了几句话。贾琏轻轻的答应出去了,便传齐了现在家的一干家人,说:"老太太的事待好出来了,你们快快分头派人办去。头一件,先请出板来瞧瞧,好拌里子。快到各处,将各人的衣服量了尺寸,都开明了,便叫裁缝去做孝衣。那棚杠执事都去讲定。厨房里还该多派几个人。"赖大等回道:"二爷,这些事不用爷费心,我们早打算好了。只是这项银子在那里打算?"贾琏道:"这种银子不用打算了,老太太自己早留下了。刚才老爷的主意只要办的好,我想外面也要好看。"赖大等答应,派人分头办去。

贾琏复回到自己房中,便问平儿:"你奶奶今儿怎么样?"平儿把嘴往里一努说:"你瞧去。"贾琏进内,见凤姐正要穿衣,一时动不得,暂且靠在炕桌儿上。贾琏道:"你只怕养不住了。老太太的事,今儿、明儿就要出来了,你还脱得过么?快叫人将屋里收拾收拾,就该扎挣上去了。若有了事,你我还能回来么?"凤姐道:"咱们这里,还有什么收拾的,不过就是这点子东西,还怕什么。你先去罢,看老爷叫你。我换件衣裳就来。"

贾琏先回到贾母房里,向贾政悄悄的回道:"诸事已交派明白了。"贾政点头。外面又报:"太医进来了。"贾琏接入,又诊了一回,出来悄悄的告诉贾琏:"老太太的脉气不好,防着些。"贾琏会意,与王夫人

第一百九回　候芳魂五儿承错爱　还孽债迎女返真元

等说知。王夫人即忙使眼色叫鸳鸯过来，叫他把老太太的装裹衣服预备出来。鸳鸯自去料理。

贾母睁眼要茶喝，邢夫人便进了一杯参汤，贾母刚用嘴接着喝，便道："不要这个，倒一钟茶来我喝。"众人不敢违拗，即忙送上来，一口喝了，还要，又喝一口，便说："我要坐起来。"贾政等道："老太太要什么只管说，可以不必坐起来才好。"贾母道："我喝了口水，心里好些，略靠着和你们说说话。"

珍珠等用手轻轻的扶起，看见贾母这回精神好些。未知生死，下回分解。

【回后评】

"候芳魂五儿承错爱",写宝玉思念黛玉、晴雯,然竟连续两夜无梦,可见梦之无凭。然无梦并非思之不深也。赵佶《燕山亭》云:"怎不思量,除梦里有时曾去。无据,和梦也新来不做。"连梦都做不成,则更是凄惨也。宝玉欲近五儿,藉寄思念,岂知五儿亦即钗、袭耳,遂使宝玉大煞风景。

迎春之死,湘云之夫得暴病,续作者只是据判词曲文作铺叙以收束耳,皆草草之文也。

贾母从细微风寒饮食中起病,逐渐加重,颇合老年人病状。

第一百十回　　史太君寿终归地府
　　　　　　　王凤姐力诎失人心

却说贾母坐起说道:"我到你们家已经六十多年了。从年轻的时候到老来,福也享尽了。自你们老爷起,儿子、孙子也都算是好的了。就是宝玉呢,我疼了他一场。"说到那里,拿眼满地下瞅着。王夫人便推宝玉走到床前。贾母从被窝里伸出手来,拉着宝玉道:"我的儿,你要争气才好!"宝玉嘴里答应,心里一酸,那眼泪便要流下来,又不敢哭,只得站着,听贾母说道:"我想再见一个重孙子,我就安心了。我的兰儿在那里呢?"

贾母已到临终之前。

李纨也推贾兰上去。贾母放了宝玉,拉着贾兰道:"你母亲是要孝顺的,将来你成了人,也叫你母亲风光风光。凤丫头呢?"

凤姐本来站在贾母旁边,赶忙走到眼前,说:"在这里呢。"贾母道:"我的儿,你是太聪明了,将来修修福罢。我也没有修什么,不过心实吃亏。那些吃斋

贾母至死终是怜念凤姐。

念佛的事，我也不大干。就是旧年叫人写了些《金刚经》送送人，不知送完了没有？"凤姐道："没有呢。"贾母道："早该施舍完了才好。我们大老爷和珍儿是在外头乐了。最可恶的是史丫头没良心，怎么总不来瞧我？"鸳鸯等明知其故，都不言语。

> 贾母不知史湘云的遭遇。

贾母又瞧了一瞧宝钗，叹了口气，只见脸上发红。贾政知是回光返照，即忙进上参汤。贾母的牙关已经紧了，合了一回眼，又睁着满屋里瞧了一瞧。王夫人、宝钗上去轻轻扶着，邢夫人、凤姐等便忙穿衣。地下婆子们已将床安设停当，铺了被褥。听见贾母喉间略一响动，脸变笑容，竟是去了，享年八十三岁。众婆子疾忙停床。

> 贾母临终含笑，是一位较为大度宽容豁达的老人，贾母的形象，前后大体一致。然在宝黛婚事上，贾母之忍心亦已极矣，此正是贾母也，如一味慈祥，则岂能是贾母。

于是贾政等在外一边跪着，邢夫人等在内一边跪着，一齐举起哀来。外面家人各样预备齐全，只听里头信儿一传出来，从荣府大门起，至内宅门，扇扇大开，一色净白纸糊了，孝棚高起，大门前的牌楼立时竖起，上下人等登时成服。

贾政报了丁忧。礼部奏闻，主上深仁厚泽，念及世代功勋，又系元妃祖母，赏银一千两，谕礼部主祭。家人们各处报丧。众亲友虽知贾家势败，今见圣恩隆重，都来探丧。择了吉时成殓，停灵正寝。

贾赦不在家，贾政为长，宝玉、贾环、贾兰是亲孙，年纪又小，都应守灵。贾琏虽也是亲孙，带着贾蓉，

第一百十回　史太君寿终归地府　王凤姐力诎失人心

尚可分派家人办事。虽请了些男女外亲来照应，内里邢、王二夫人、李纨、凤姐、宝钗等是应灵旁哭泣的。尤氏虽可照应，他贾珍外出依住荣府，一向总不上前，且又荣府的事不甚谙练。贾蓉的媳妇更不必说了。惜春年小，虽在这里长的，他于家事全不知道。所以内里竟无一人支持，只有凤姐可以照管里头的事。况又贾琏在外作主，里外他二人倒也相宜。

贾母的丧事，比起秦可卿来，则大不如矣。盛衰各有时也。

凤姐先前仗着自己的才干，原打谅老太太死了，他大有一番作用。邢、王二夫人等本知他曾办过秦氏的事，必是妥当，于是仍叫凤姐总理里头的事。凤姐本不应辞，自然应了，心想："这里的事本是我管的，那些家人更是我手下的人。太太和珍大嫂子的人本来难使唤些，如今他们都去了。银项虽没有了对牌，这种银子是现成的。外头的事又是他办着。虽说我现今身子不好，想来也不致落褒贬，必是比宁府里还得办些。"心下已定，且待明日接了三，后日一早便叫周瑞家的传出话去，将花名册取上来。凤姐一一的瞧了，统共只有男仆二十一人，女仆只有十九人，余者俱是些丫头，连各房算上，也不过三十多人，难以点派差使。心里想道："这回老太太的事，倒没有东府里的人多。"又将庄上的弄出几个，也不敷差遣。

凤姐岂能料到种种难办之事。

正在思算，只见一个小丫头过来，说："鸳鸯姐姐请奶奶。"凤姐只得过去。只见鸳鸯哭得泪人一般，一把拉着凤姐儿，说道："二奶奶请坐，我给二奶奶磕个头。虽说服中不行礼，这个头是要磕的。"鸳鸯说着，跪下。慌的凤姐赶忙拉住，说道："这是什么礼？有话好好的说。"鸳鸯跪着，凤姐便拉起来。

鸳鸯说道："老太太的事，一应内外，都是二爷和二奶奶办。这种银子，是老太太留下的。老太太这一辈子，也没有糟蹋过什么银钱，如今临了这件大事，必得求二奶奶体体面面的办一办才好。我方才听见老爷说什么诗云、子曰，我不懂；又说什么'丧与其易，宁戚'，我听了不明白。我问宝二奶奶，说是老爷的意思，老太太的丧事，只要悲切才是真孝，不必糜费，图好看的念头。我想，老太太这样一个人，怎么不该体面些？我虽是奴才丫头，敢说什么。只是老太太疼二奶奶和我这一场，临死了还不叫他风光风光？我想二奶奶是能办大事的，故此我请二奶奶来，求作个主。我生是跟老太太的人，老太太死了，我也是跟老太太的。若是瞧不见老太太的事怎么办，将来怎么见老太太呢？"

> 鸳鸯已闻信，故急而求凤姐也，又岂知此时凤姐已无威权矣。

凤姐听了这话来的古怪，便说："你放心，要体面是不难的。况且老爷虽说要省，那势派也错不得。便拿这项银子都花在老太太身上，也是该当的。"鸳鸯道："老太太的遗言说，所有剩下的东西是给我们的，二奶奶倘或用着不够，只管拿这个去折变补上。

> 凤姐尚不知底细。

第一百十回　史太君寿终归地府　王凤姐力诎失人心

就是老爷说什么，我也不好违老太太的遗言。那日老太太分派的时候，不是老爷在这里听见的么？"凤姐道："你素来最明白的，怎么这会子那样的着急起来了？"鸳鸯道："不是我着急，为的是大太太是不管事的，老爷是怕招摇的。若是二奶奶心里也是老爷的想头，说抄过家的人家丧事还是这么好，将来又要抄起来，也就不顾老太太来，怎么处？在我呢，是个丫头，好歹碍不着，到底是这里的声名。"凤姐道："我知道了，你只管放心，有我呢！"鸳鸯千恩万谢的托了凤姐。

鸳鸯的嘱咐，已伏她自身的归路。

那凤姐出来想道："鸳鸯这东西好古怪，不知打了什么主意。论理，老太太身上本该体面些。嗳，不要管他，且按着咱们家先前的样子办去。"于是叫了旺儿家的来，话传出去，请二爷进来。不多时，贾琏进来，说道："怎么找我？你在里头照应着些就是了。横竖作主是咱们二老爷，他说怎么着，咱们就怎么着。"凤姐道："你也说起这个话来了，可不是鸳鸯说的话应验了么？"贾琏道："什么鸳鸯的话？"凤姐便将鸳鸯请进去的话述了一遍。

凤姐此时还未悟鸳鸯之意。

贾琏道："他们的话算什么！才刚二老爷叫我去，说：'老太太的事，固要认真办理，但是知道的呢，说是老太太自己结果自己，不知道的只说咱们都隐匿起来了，如今很宽裕。老太太的这种银子用不了，谁还要么？仍旧该用在老太太身上。老太太是在南边的，

贾母才死，如何办丧，意见即不一致了。可见贾母种种安排终于落空。

坟地虽有，阴宅却没有。老太太的柩是要归到南边去的，留这银子在祖坟上盖起些房屋来，再余下的置买几顷祭田。咱们回去也好。就是不回去，也叫这些贫穷族中住着，也好按时按节早晚上香，时常祭扫祭扫。'你想，这些话可不是正经主意？据你这个话，难道都花了罢？"凤姐道："银子发出来了没有？"贾琏道："谁见过银子？我听见咱们太太听见了二老爷的话，极力的撺掇二太太和二老爷，说这是好主意。叫我怎么着？现在外头棚杠上要支几百银子，这会子还没有发出来。我要去，他们都说有，先叫外头办了，回来再算。你想，这些奴才们，有钱的早溜了。按着册子叫去，有的说告病，有的说下庄子去了。走不动的有几个，只有赚钱的能耐，还有赔钱的本事么？"凤姐听了，呆了半天，说道："这还办什么？"

> 因为无钱，便诸事难办，家里的乱就开始了。

正说着，见来了一个丫头，说："大太太的话，问二奶奶，今儿第三天了，里头还很乱，供了饭，还叫亲戚们等着吗？叫了半天，来了菜，短了饭，这是什么办事的道理？"凤姐急忙进去，吆喝人来伺候，胡弄着将早饭打发了。偏偏那日人来的多，里头的人都死眉瞪眼的。凤姐只得在那里照料了一会子，又惦记着派人。赶着出来叫了旺儿家的，传齐了家人女人们，一一分派了。众人都答应着不动。

凤姐道："什么时候，还不供饭？"众人道："传

第一百十回　史太君寿终归地府　王凤姐力诎失人心

饭是容易的，只要将里头的东西发出来，我们才好照管去。"凤姐道："糊涂东西，派定了你们，少不得有的。"众人只得勉强应着。

凤姐即往上房取发应用之物，要去请示邢、王二夫人，见人多难说，看那时候已经日渐平西了，只得找了鸳鸯，说要老太太存的这一分家伙。鸳鸯道："你还问我呢，那一年二爷当了，赎了来了么？"凤姐道："不用银的金的，只要这一分平常使的。"鸳鸯道："大太太、珍大奶奶屋里使的是那里来的？"凤姐一想不差，转身就走，只得到王夫人那边找了玉钏、彩云，才拿了一分出来，急忙叫彩明登账，发与众人收管。凤姐处处掣肘。

鸳鸯见凤姐这样慌张，又不好叫他回来，心想："他头里作事何等爽利周到，如今怎么掣肘的这个样儿？我看这两三天，连一点头脑都没有，不是老太太白疼了他了吗？"那里知邢夫人一听贾政的话，正合着将来家计艰难的心，巴不得留一点子作个收局。况且老太太的事，原是长房作主，贾赦虽不在家，贾政又是拘泥的人，有件事便说请大奶奶的主意。邢夫人素知凤姐手脚大，贾琏的闹鬼，所以死拿住不放松。鸳鸯只道已将这项银两交了出去了，故见凤姐掣肘如此，便疑为不肯用心，便在贾母灵前唠唠叨叨哭个不了。邢夫人等听了话中有话，不想到自己不令凤姐便宜行事，反说："凤丫头果然有些不用心。"鸳鸯还未知凤姐之受掣。

2025

王夫人到了晚上,叫了凤姐过来,说:"咱们家虽说不济,外头的体面是要的。这两三日,人来人往,我瞧着那些人都照应不到,想是你没有吩咐。还得你替我们操点心儿才好。"凤姐听了,呆了一会,要将银两不凑手的话说出,但是银钱是外头管的,王夫人说的是照应不到,凤姐也不敢辩,只好不言语。

王夫人竟也不知,王夫人一向是蠢而左者。

邢夫人在旁说道:"论理该是我们做媳妇的操心,本不是孙子媳妇的事。但是我们动不得身,所以托你的,你是打不得撒手的。"凤姐紫涨了脸,正要回说,只听外头鼓乐一奏,是烧黄昏纸的时候了,大家举起哀来,又不得说。凤姐原想回来再说,王夫人催他出去料理,说道:"这里有我们的,你快快儿的去料理明儿的事罢。"

邢夫人又加压力。

凤姐不敢再言,只得含悲忍泣的出来,又叫人传齐了众人,又吩咐了一会,说:"大娘、婶子们可怜我罢!我上头挨了好些说,为的是你们不齐截,叫人笑话。明儿你们豁出些辛苦来罢。"那些人回道:"奶奶办事,不是今儿个一遭儿了,我们敢违拗吗?只是这回的事,上头过于累赘。只说打发这顿饭罢,有的在这里吃,有的要在家里吃,请了那位太太,又是那位奶奶不来。诸如此类,那得齐全?还求奶奶劝劝那些姑娘们不要挑饬就好了。"

凤姐道:"头一层是老太太的丫头们是难缠的,

第一百十回　史太君寿终归地府　王凤姐力诎失人心

太太们的也难说话,叫我说谁去呢?"众人道:"从前奶奶在东府里还是署事,要打要骂,怎么这样锋利,谁敢不依?如今这些姑娘们都压不住了?"凤姐叹道:"东府里的事虽说托办的,太太虽在那里,不好意思说什么。如今是自己的事情,又是公中的,人人说得话。再者,外头的银钱也叫不灵,即如棚里要一件东西,传了出来,总不见拿进来。这叫我什么法儿呢?"

众人道:"二爷在外头,倒怕不应付么?"凤姐道:"还提那个,他也是那里为难。第一件,银钱不在他手里,要一件得回一件,那里凑手?"众人道:"老太太这项银子,不在二爷手里吗?"凤姐道:"你们回来问管事的,便知道了。"众人道:"怨不得我们听见外头男人抱怨说:'这么件大事,咱们一点摸不着,净当苦差!'叫人怎么能齐心呢。"

<small>岂知贾琏在外头也是受掣。</small>

凤姐道:"如今不用说了,眼面前的事大家留些神罢。倘或闹的上头有了什么说的,我和你们不依的。"众人道:"奶奶要怎么样,他们敢抱怨吗?只是上头一人一个主意,我们实在难周到的。"凤姐听了没法,只得央说道:"好大娘们!明儿且帮我一天,等我把姑娘们闹明白了再说罢咧。"众人听命而去。

凤姐一肚子的委屈,愈想愈气,直到天亮又得上去。要把各处的人整理整理,又恐邢夫人生气。要和王夫人说,怎奈邢夫人挑唆。这些丫头们见邢夫人等不助着凤姐的威风,更加作践起他来。幸得平儿替凤姐排解,说是:"二奶奶巴不得要好,只是老爷、太太们吩咐了外头,不许糜费,所以我们二奶奶不能应付到了。"说过几次,才得安静些。

> 总算平儿了解内情,能理解凤姐。

虽说僧经道忏,上祭挂帐,络绎不绝,终是银钱吝啬,谁肯踊跃,不过草草了事。连日王妃、诰命也来得不少,凤姐也不能上去照应,只好在底下张罗,叫了那个,走了这个,发一回急,央及一会,胡弄过了一起,又打发一起。别说鸳鸯等看去不像样,连凤姐自己心里也过不去了。

邢夫人虽说是冢妇,仗着"悲戚为孝"四个字,倒也都不理会。王夫人落得跟了邢夫人行事,余者更不必说了。

独有李纨瞧出凤姐的苦处,也不敢替他说话,只自叹道:"俗语说的,'牡丹虽好,全仗绿叶扶持'。太太们不亏了凤丫头,那些人还帮着吗?若是三姑娘在家还好,如今只有他几个自己的人瞎张罗。面前背后的也抱怨,说是一个钱摸不着,脸面也不能剩一点儿。老爷是一味的尽孝,庶务上头不大明白。这样的一件大事,不撒散几个钱,就办的开了吗?可怜凤丫头闹了几年,不想在老太太的事上,只怕保不住脸了。"于是抽空儿叫了他的人来,吩咐道:"你们别看着人家的样儿,也遭蹋起琏二奶奶来。别打谅什么穿孝守

> 李纨是明白人,故能知凤姐之难。

> 有钱可使鬼推磨,没有钱,人也不肯推磨。

第一百十回　史太君寿终归地府　王凤姐力诎失人心

灵，就算了大事了，不过混过几天就是了。看见那些人张罗不开，便插个手儿，也未为不可。这也是公事，大家都该出力的。"

那些素服李纨的人都答应着说："大奶奶说得很是。我们也不敢那么着，只听见鸳鸯姐姐们的口话儿，好像怪琏二奶奶的似的。"李纨道："就是鸳鸯，我也告诉过他。我说，琏二奶奶并不是在老太太的事上不用心，只是银子钱都不在他手里，叫他巧媳妇还作的上没米的粥来吗？如今鸳鸯也知道了，所以他不怪他了。只是鸳鸯的样子竟是不像从前了。这也奇怪，那时候有老太太疼他，倒没有作过什么威福。如今老太太死了，没有了仗腰子的了，我看他倒有些气质不大好了。我先前替他愁，这会子幸喜大老爷不在家，才躲过去了。不然，他有什么法儿？"

_{预写鸳鸯有变化，为后文伏笔。}

说着，只见贾兰走来，说："妈妈睡罢。一天到晚人来客去的也乏了，歇歇罢。我这几天总没有摸摸书本儿，今儿爷爷叫我家里睡，我喜欢的很，要理个一两本书才好。别等脱了孝，再都忘了。"李纨道："好孩子，看书呢，自然是好的。今儿且歇歇罢，等老太太送了殡，再看罢。"贾兰道："妈妈要睡，我也就睡在被窝里头想想也罢了。"

_{写贾兰。}

众人听了，都夸道："好哥儿，怎么这点年纪，得了空儿，就想到书上！不像宝二爷娶了亲的人，还

是那么孩子气。这几日跟着老爷跪着,瞧他很不受用,巴不得老爷一动身就跑过来找二奶奶,不知唧唧咕咕的说些什么,甚至弄的二奶奶都不理他了。他又去找琴姑娘,琴姑娘也远避他。邢姑娘也不很同他说话。倒是咱们本家的什么喜姑娘咧、四姑娘咧,哥哥长、哥哥短的和他亲密。我们看那宝二爷,除了和奶奶、姑娘们混混,只怕他心里也没有别的事,白过费了老太太的心,疼了他这么大,那里及兰哥儿一零儿呢。大奶奶,你将来是不愁的了。"

李纨道:"就好也还小,只怕到他大了,咱们家还不知怎么样了呢。环哥儿,你们瞧着怎么样?"众人道:"这一个更不像样儿了!两个眼睛倒像个活猴儿似的,东溜溜,西看看。虽在那里嚎丧,见了奶奶、姑娘们来了,他在孝幔子里头净偷着眼儿瞧人呢。"

> 盛赞贾兰,极贬贾环。

李纨道:"他的年纪其实也不小了。前日听见说,还要给他说亲呢,如今又得等着了。嗳,还有一件事。咱们家这些人,我看来也是说不清的,且不必说闲话。后日送殡,各房的车辆是怎么样了?"众人道:"琏二奶奶这几天闹的像失魂落魄的样儿了,也没见传出去。昨儿听见我的男人说,琏二爷派了蔷二爷料理,说是咱们家的车也不够,赶车的也少,要到亲戚家去借去呢。"李纨笑道:"车也都是借得的么?"众人道:"奶奶说笑话儿了,车怎么借不得?只是那一日所有

第一百十回　史太君寿终归地府　王凤姐力诎失人心

的亲戚都用车，只怕难借，想来还得雇呢。"李纨道："底下人的只得雇，上头白车也有雇的么？"众人道："现在大太太、东府里的大奶奶、小蓉奶奶都没有车了，不雇，那里来的呢？"

> 连车也不齐了，总是衰极之状。

李纨听了，叹息道："先前见有咱们家儿的太太、奶奶们坐了雇的车来，咱们都笑话。如今轮到自己头上了。你明儿去告诉你的男人，我们的车马早早儿的预备好了，省得挤。"众人答应了出去。不提。

且说史湘云，因他女婿病着，贾母死后，只来的一次，屈指算是后日送殡，不能不去。又见他女婿的病已成痨症，暂且不妨，只得坐夜前一日过来。想起贾母素日疼他，又想到自己命苦，刚配了一个才貌双全的男人，性情又好，偏偏的得了冤孽症候，不过挨日子罢了。于是更加悲痛，直哭了半夜。鸳鸯等再三劝慰不止。宝玉瞅着，也不胜悲伤，又不好上前去劝。见他淡妆素服，不敷脂粉，更比未出嫁的时候犹胜几分。转念又看宝琴等淡素装饰，自有一种天生丰韵。独有宝钗浑身孝服，那知道比寻常穿颜色时更有一番雅致。心里想道："所以，千红万紫终让梅花为魁，殊不知并非为梅花开的早，竟是'洁白清香'四字是不可及的了。但只这时候若有林妹妹也是这样打扮，又不知怎样的丰韵了。"想到这里，不觉的心酸起来，那泪珠便直滚滚的下来了，趁着贾母的事，不妨放声

> 史湘云之夫已成痨症。

> 贾母之死，宝玉却作如此想，不情至甚。

大哭。

众人正劝湘云不止,外间又添出一个哭的来了。大家只道是想着贾母疼他的好处,所以伤悲,岂知他们两个人各自有各自的心事。这场大哭,不禁满屋的人无不下泪。还是薛姨妈、李婶娘等劝住。

明日是坐夜之期,更加热闹。凤姐这日竟支撑不住,也无方法,只得用尽心力,甚至咽喉嚷破,敷衍过了半日,到了下半天,人客更多了,事情也更繁了,瞻前不能顾后。

正在着急,只见一个小丫头跑来,说:"二奶奶在这里呢!怪不得大太太说,'里头人多,照应不过来,二奶奶是躲着受用去了'。"凤姐听了这话,一口气撞上来,往下一咽,眼泪直流,只觉得眼前一黑,嗓子里一甜,便喷出鲜红的血来,身子站不住,就蹲倒在地。幸亏平儿急忙过来扶住。只见凤姐的血吐个不住。未知性命如何,下回分解。

凤姐处处受气。

第一百十回　史太君寿终归地府　王凤姐力诎失人心

【回后评】

贾母是整个贾府的一根主心骨，他在贾府的实际作用要比贾政大得多：一、他是贾府宗法权力的最高代表者和实际行使者，他具有威镇的作用和力量。从封建宗法制来看，她不是男性，她不能成为封建宗法的权力代表，但她又是贾府的最高长辈，从封建等级的角度看，她又应受到最高的尊重和代表最高的权力。二、她是贾府的一种凝聚力和团结力，贾府上上下下的人，都能接受和尊重她的意见。三、在危急时期，她还是排难解纷的重要力量，她能舍弃个人的利益顾全大局。四、她还是贾府经济最有抗灾力的一个保险力量，连她自己死后的经费也作了周密的安排，而且周密到各个方面，包括服侍她的大丫鬟。所以贾母之死，象征着贾府的总崩溃。

"王熙凤力诎失人心"，这句话概括得并不准确。贾母死后，贾母的丧事事事不如意，大失光彩，与秦可卿的丧事简直不可比。但其原因，并不简单地是因为凤姐"力诎"，根本问题，是贾母后事的经费安排全不由凤姐支配。贾政、王夫人、邢夫人都控制着财权，而且明确不让铺张。秦可卿丧事时，贾珍授权，一切全由她支配，所以威重令行，而贾母丧事，虽由她主持，一切开支却不听她的，她要什么就没有什么。如此状况，她如何能指挥此事。所以"失人心"不是因为她"力诎"，而是因为她"财诎"。财权没有了，所以什么都不灵了。这说明，贾母一死，贾母的意志也同时死亡，贾政虽然是"孝子"，是最古板正经的人，却第一个起来否定贾母的遗言，从而邢夫人、王夫人也完全一样。所以这些最正统、最讲"孝道"的人，却最积极、最坚决地反对"孝道"，所以"贾政"实际上是"假正"。

鸳鸯是最忠于贾母的。贾母一死,她说话的口气、神情及种种行事,立即让人感到与前大不一样,实际上她已下定决心要殉贾母。这也确是鸳鸯早就打定的主意。但她的出发点却未必是为了"殉主"的名节。虽然是她与贾母的感情确实很深,所以会想到随她而去,但更现实的一点是她已完全失去了贾母这座权力的靠山,而贾赦这只吃人的虎虽暂时不在,却并没有死去,因此鸳鸯仍没有活路。所以鸳鸯之死,直射到前部四十六回。

第一百十一回　　鸳鸯女殉主登太虚
　　　　　　　　狗彘奴欺天招伙盗

话说凤姐听了小丫头的话，又气又急，又伤心，不觉吐了一口血，便昏晕过去，坐在地下。平儿急来靠着，忙叫了人来搀扶着，慢慢的送到自己房中，将凤姐轻轻的安放在炕上，立刻叫小红斟上一杯开水，送到凤姐唇边。凤姐呷了一口，昏迷仍睡。秋桐过来，略瞧了一瞧，却便走开，平儿也不叫他。只见丰儿在旁站着，平儿叫他快快的去回明白了二奶奶吐血发晕不能照应的话，告诉了邢、王二夫人。

邢夫人打量凤姐推病藏躲，因这时女亲在内不少，也不好说别的，心里却不全信，只说："叫他歇着去罢。"众人也并无言语。只说这晚人客来往不绝，幸得几个内亲照应。家下人等见凤姐不在，也有偷闲歇力的，乱乱吵吵，已闹的七颠八倒，不成事体了。

到二更多天，远客去后，便预备辞灵。孝幕内的女眷，大家都哭了一阵。只见鸳鸯已哭的昏晕过去

> 凤姐处此困境，王夫人作何反映，此处为何无一字略及。

了，大家扶住捶闹了一阵，才醒过来，便说"老太太疼我一场，我跟了去"的话。众人都打谅人到悲哭俱有这些言语，也不理会。到了辞灵之时，上上下下也有百十余人，只鸳鸯不在。众人忙乱之时，谁去捡点。到了琥珀等一干的人哭奠之时，却不见鸳鸯，想来是他哭乏了，暂在别处歇着，也不言语。

> 写鸳鸯哭灵，先为下文提一笔。

辞灵以后，外头，贾政叫了贾琏，问明送殡的事，便商量着派人看家。贾琏回说："上人里头，派了芸儿在家照应，不必送殡。下人里头，派了林之孝的一家子照应拆棚等事。但不知里头派谁看家？"贾政道："听见你母亲说，是你媳妇病了，不能去，就叫他在家的。你珍大嫂子又说，你媳妇病得利害，还叫四丫头陪着，带领了几个丫头、婆子照看上屋里才好。"贾琏听了，心想："珍大嫂子与四丫头两个不合，所以撺掇着不叫他去。若是上头就是他照应，也是不中用的。我们那一个又病着，也难照应。"想了一回，回贾政道："老爷且歇歇儿，等进去商量定了再回。"贾政点了点头，贾琏便进去了。

谁知此时鸳鸯哭了一场，想到："自己跟着老太太一辈子，身子也没有着落。如今大老爷虽不在家，大太太的这样行为，我也瞧不上。老爷是不管事的人，以后便乱世为王起来了。我们这些人，不是要叫他们掇弄了么？谁收在屋子里，谁配小子，我是受不得这

> 鸳鸯面临重重灾难，已是无路可走。

第一百十一回　鸳鸯女殉主登太虚　狗彘奴欺天招伙盗

样折磨的，倒不如死了干净。但是一时怎么样的个死法呢？"一面想，一面走回老太太的套间屋内。刚跨进门，只见灯光惨淡，隐隐有个女人拿着汗巾子，好似要上吊的样子。鸳鸯也不惊怕，心里想道："这一个是谁？和我的心事一样，倒比我走在头里了。"便问道："你是谁？咱们两个人是一样的心。要死，一块儿死。"那个人也不答言。鸳鸯走到跟前一看，并不是这屋子的丫头，再仔细一看，觉得冷气侵人时就不见了。

鸳鸯呆了一呆，退出在炕沿上坐下，细细一想，道："哦，是了，这是东府里的小蓉大奶奶啊！他早死了的了，怎么到这里来？必是来叫我来了。他怎么又上吊呢？"想了一想，道："是了，必是教给我死的法儿。"鸳鸯这么一想，邪侵入骨，便站起来，一面哭，一面开了妆匣，取出那年绞的一绺头发，揣在怀里，就在身上解下一条汗巾，按着秦氏方才比的地方拴上。自己又哭了一回，听见外头人客散去，恐有人进来，急忙关上屋门，然后端了一个脚凳，自己站上，把汗巾拴上扣儿，套在咽喉，便把脚凳蹬开。

可怜咽喉气绝，香魂出窍，正无投奔，只见秦氏隐隐在前，鸳鸯的魂魄疾忙赶上，说道："蓉大奶奶，你等等我。"那个人道："我并不是什么蓉大奶奶，乃警幻之妹可卿是也。"鸳鸯道："你明明是蓉大奶奶，

可卿之死，前八十回已删去，改写后只写她病，未写具体死状。此处却写可卿上吊之状，当从第五回画册上"后面又画着高楼大厦，有一美人悬梁自缢。其判云'情天情海幻情身'"云云而来。

> 可卿之情如何是未发之情，如以秦可卿论，则情发至极矣；如以宝玉梦中之可卿论，则梦中亦"未免有儿女之事，难以尽述……"，则亦未为未发之情。然此处当是秦可卿，因秦可卿上吊死而梦中之可卿未有上吊之事，故此处必指秦可卿也。又前八十回中，秦可卿与宝玉梦中之可卿，作者故作烟云模糊之笔，未可实论也。

怎么说不是呢？"那人道："这也有个缘故。待我告诉你，你自然明白了。我在警幻宫中，原是个钟情的首坐，管的是风情月债，降临尘世，自当为第一情人，引这些痴情怨女，早早归入情司，所以该当悬梁自尽的。因我看破凡情，超出情海，归入情天，所以太虚幻境痴情一司竟自无人掌管。今警幻仙子已经将你补入，替我掌管此司，所以命我来引你前去的。"鸳鸯的魂道："我是个最无情的，怎么算我是个有情的人呢？"那人道："你还不知道呢。世人都把那淫欲之事当作'情'字，所以作出伤风败化的事来，还自谓风月多情，无关紧要。不知'情'之一字，喜怒哀乐未发之时便是个性，喜怒哀乐已发便是情了。至于你我这个情，正是未发之情，就如那花的含苞一样，欲待发泄出来，这情就不为真情了。"鸳鸯的魂听了，点头会意，便跟了秦氏可卿而去。

这里，琥珀辞了灵，听邢、王二夫人分派看家的人，想着去问鸳鸯明日怎样坐车的，在贾母的外间屋里找了一遍不见，便找到套间里头。刚到门口，见门儿掩着，从门缝里望里看时，只见灯光半明不灭的，影影绰绰，心里害怕，又不听见屋里有什么动静，便走回来，说道："这蹄子跑到那里去了？"劈头见了珍珠，说："你见鸳鸯姐姐来着没有？"珍珠道："我也找他，太太们等他说话呢。必在套间里睡着了罢。"琥珀道："我

第一百十一回　鸳鸯女殉主登太虚　狗彘奴欺天招伙盗

瞧了，屋里没有。那灯也没人夹蜡花儿，漆黑怪怕的，我没进去。如今咱们一块儿进去瞧，看有没有。"

琥珀等进去，正夹蜡花，珍珠说："谁把脚凳搁在这里，几乎绊我一跤。"说着，往上一瞧，唬的"嗳哟"一声，身子往后一仰，咕咚的栽在琥珀身上。琥珀也看见了，便大嚷起来，只是两只脚挪不动。外头的人也都听见了，跑进来一瞧，大家嚷着，报与邢、王二夫人知道。王夫人、宝钗等听了，都哭着去瞧。邢夫人道："我不料鸳鸯倒有这样志气！快叫人去告诉老爷。"

只有宝玉听见此信，便唬的双眼直竖。袭人等慌忙扶着，说道："你要哭就哭，别憋着气。"宝玉死命的才哭出来了，心想："鸳鸯这样一个人，偏又这样死法！"又想："实在天地间的灵气独钟在这些女子身上了。他算得了死所。我们究竟是一件浊物，还是老太太的儿孙，谁能赶得上他？"复又喜欢起来。那时宝钗听见宝玉大哭，也出来了，及到跟前，见他又笑。袭人等忙说："不好了，又要疯了。"宝钗道："不妨事，他有他的意思。"宝玉听了，更喜欢宝钗的话，"倒是他还知道我的心，别人那里知道。" 宝玉又是一种傻想。

正在胡思乱想，贾政等进来，着实的嗟叹着，说道："好孩子，不枉老太太疼他一场！"即命贾琏出去，吩咐人连夜买棺盛殓，"明日便跟着老太太的殡送出， 贾政嗟叹者，叹其能殉主也。从封建道德看，又是一种想法。只无人能想到鸳鸯实无活路耳。

也停在老太太棺后,全了他的心志。"贾琏答应出去。这里,命人将鸳鸯放下,停放里间屋内。

平儿也知道了,过来同袭人、莺儿等一干人都哭的哀哀欲绝。内中紫鹃也想起:"自己终身一无着落,恨不跟了林姑娘去,又全了主仆的恩义,又得了死所。如今空悬在宝玉屋内,虽说宝玉仍是柔情蜜意,究竟算不得什么。"于是更哭得哀切。

> 又引出紫鹃的想法。

王夫人即传了鸳鸯的嫂子进来,叫他看着入殓。遂与邢夫人商量了,在老太太项内赏了他嫂子一百两银子,还说等闲了将鸳鸯所有的东西俱赏他们。他嫂子磕了头出去,反喜欢说:"真真的我们姑娘是个有志气的,有造化的,又得了好名声,又得了好发送。"旁边一个婆子说道:"罢呀,嫂子。这会子你把一个活姑娘卖了一百银子,便这么喜欢了。那时候儿给了大老爷,你还不知得多少银钱呢,你该更得意了。"一句话,戳了他嫂子的心,便红了脸,走开了。刚走到二门上,见林之孝带了人抬进棺材来了,他只得也跟进去帮着盛殓,假意哭嚎了几声。

> 反而便宜了他嫂子,倒是婆子讽刺得好。

贾政因他为贾母而死,要了香来上了三炷,作了一个揖,说:"他是殉葬的人,不可作丫头论。你们小一辈都该行个礼。"宝玉听了,喜不自胜,走上来恭恭敬敬磕了几个头。贾琏想他素日的好处,也要上来行礼,被邢夫人说道:"有了一个爷们便罢了,不

第一百十一回　鸳鸯女殉主登太虚　狗彘奴欺天招伙盗

要折受他不得超生。"贾琏就不便过来了。宝钗听了，心中好不自在，便说道："我原不该给他行礼，但只老太太去世，咱们都有未了之事，不敢胡为，他肯替咱们尽孝，咱们也该托托他好好的替咱们服侍老太太西去，也少尽一点子心哪。"说着，扶了莺儿走到灵前，一面奠酒，那眼泪早扑簌簌流下来了。奠毕，拜了几拜，狠狠的哭了他一场。众人也有说宝玉的两口子都是傻子，也有说他两个心肠儿好的，也有说他知礼的。贾政反倒合了意。

> 宝钗却从封建礼教上着眼，"狠狠的哭了他一场"。

> 一鸳鸯之死，却引出各自不同的看法想法。

一面商量定了，看家的仍是凤姐、惜春，余者都遣去伴灵。一夜谁敢安眠。一到五更，听见外面齐人，到了辰初发引，贾政居长，衰麻哭泣，极尽孝子之礼。灵柩出了门，便有各家的路祭。一路上的风光，不必细述。走了半日，来至铁槛寺安灵。所有孝男等俱应在庙伴宿，不提。

且说家中林之孝带领拆了棚，将门窗上好，打扫净了院子，派了巡更的人，到晚打更上夜。只是荣府规例，一交二更，三门掩上，男人便进不去了，里头只有女人们查夜。凤姐虽隔了一夜，渐渐的神气清爽了些，只是那里动得。只有平儿同着惜春，各处走了一走，吩咐了上夜的人，也便各自归房。

> "里头只有女人们查夜"，为下文抢劫伏线。

却说周瑞的干儿子何三，去年贾珍管事之时，因他和鲍二打架，被贾珍打了一顿，撵在外头，终日在

2041

赌场过日。近知贾母死了，必有些事情领办，岂知探了几天的信，一些也没有想头，便嗳声叹气的回到赌场中，闷闷的坐下。那些人便说道："老三，你怎么样？不下来捞本了么？"何三道："倒想要捞一捞呢，就只没有钱么。"那些人道："你到你们周大太爷那里去了几日，府里的钱，你也不知弄了多少来，又来和我们装穷儿了。"

何三道："你们还说呢，他们的金钱不知有几百万，只藏着不用。明儿留着不是火烧了，就是贼偷了，他们才死心呢。"那些人道："你又撒谎。他家抄了家，还有多少金银？"何三道："你们还不知道呢。抄去的是撂不了的。如今老太太死还留了好些金银，他们一个也不使，都在老太太屋里搁着，等送了殡回来才分呢。"

> 想不到劫盗却从周瑞处起。

内中有一个人，听在心里，掷了几骰，便说："我输了几个钱，也不翻本儿了，睡去了。"说着，便走出来。拉了何三，道："老三，我和你说句话。"何三跟他出来。那人道："你这样一个伶俐人，这样穷，为你不服这口气。"何三道："我命里穷，可有什么法儿呢？"那人道："你才说，荣府的银子这么多，为什么不去拿些使唤使唤？"何三道："我的哥哥，他家的金银虽多，你我去白要一二钱，他们给咱们吗？"那人笑道："他不给咱们，咱们就不会拿吗？"

第一百十一回　鸳鸯女殉主登太虚　狗彘奴欺天招伙盗

何三听了这话里有话，便问道："依你说，怎么样拿呢？"那人道："我说你没有本事。若是我，早拿了来了。"何三道："你有什么本事？"那人便轻轻的说道："你若要发财，你就引个头儿。我有好些朋友，都是通天的本事。不要说他们送殡去了，家里剩下几个女人，就让有多少男人也不怕。只怕你没这么大胆子罢咧。"何三道："什么敢不敢！你打谅我怕那个干老子么？我是瞧着干妈的情儿上头，才认他做干老子罢咧，他又算了人了！你刚才的话，就只怕弄不来，倒招了饥荒。他们那个衙门不熟？别说拿不来，倘或拿了来，也要闹出来的。"

那人道："这么说，你的运气来了。我的朋友还有海边上的呢，现今都在这里看个风头，等个门路。若到了手，你我在这里也无益，不如大家下海去受用，不好么？你若撂不下你干妈，咱们索性把你干妈也带了去，大家伙儿乐一乐，好不好？"何三道："老大，你别是醉了罢？这些话混说的什么！"说着，拉了那人走到一个僻静地方，两个人商量了一回，各人分头而去。暂且不提。

且说包勇自被贾政吆喝派去看园，贾母的事出来也忙了，不曾派他差使，他也不理会，总是自做自吃，闷来睡一觉，醒时便在园里耍刀弄棍，倒也无拘无束。

> 太平世界的另一面是多少坏人在伺机作乱。

那日,贾母一早出殡,他虽知道,因没有派他差事,他任意闲游。

只见一个女尼,带了一个道婆,来到园内腰门那里叩门。包勇走来,说道:"女师父那里去?"道婆道:"今日听得老太太的事完了,不见四姑娘送殡,想必是在家看家。想他寂寞,我们师父来瞧他一瞧。"包勇道:"主子都不在家,园门是我看的,请你们回去罢。要来呢,等主子们回来了再来。"婆子道:"你是那里来的个黑炭头,也要管起我们的走动来了?"包勇道:"我嫌你们这些人。我不叫你们来,你们有什么法儿?"婆子生了气,嚷道:"这都是反了天的事了!连老太太在日,还不能拦我们的来往走动呢,你是那里的这么个横强盗,这样没法没天的?我偏要打这里走!"说着,便把手在门环上狠狠的打了几下。

> 包勇不让妙玉进去,却又有婆子出来放行。如无婆子放行,则妙姑之祸可免,似冥冥之中自有天意。

妙玉已气的不言语,正要回身便走,不料里头看二门的婆子听见有人拌嘴似的,开门一看,见是妙玉,已经回身走去,明知必是包勇得罪了走了。近日婆子们都知道上头太太们、四姑娘都亲近得很,恐他日后说出门上不放他进来,那时如何耽得住,赶忙走来,说:"不知师父来,我们开门迟了。我们四姑娘在家里,还正想师父呢。快请回来。看园的小子,是个新来的,他不知咱们的事,回来回了太太,打他一顿,撵出去就完了。"妙玉虽是听见,总不理他。那经得看腰门

第一百十一回　鸳鸯女殉主登太虚　狗彘奴欺天招伙盗

的婆子赶上再四央求，后来才说出怕自己担不是，几乎急的跪下，妙玉无奈，只得随了那婆子过来。包勇见这般光景，自然不好拦他，气得瞪眼叹气而回。

这里，妙玉带了道婆，走到惜春那里，道了恼，叙了些闲话。惜春说起："在家看家，只好熬个几夜。但是二奶奶病着，一个人又闷，又是害怕。能有一个人在这里，我就放心。如今里头一个男人也没有。今儿你既光降，肯伴我一宵，咱们下棋说话儿，可使得么？"妙玉本自不肯，见惜春可怜，又提起下棋，一时高兴应了，打发道婆回去取了他的茶具、衣褥，命侍儿送了过来，大家坐谈一夜。

惜春如不强留妙玉，则妙玉不致遭祸。

惜春欣幸异常，便命彩屏去开上年蠲的雨水，预备好茶。那妙玉自有茶具。那道婆去了不多一时，又来了个侍者，带了妙玉日用之物。惜春亲自烹茶。两人言语投机，说了半天，那时已是初更时候，彩屏放下棋枰，两人对弈。惜春连输两盘，妙玉又让了四个子儿，惜春方赢了半子。这时已到四更，天空地阔，万籁无声。妙玉道："我到五更须得打坐一回，我自有人服侍，你自去歇息。"惜春犹是不舍，见妙玉要自己养神，不便扭他。

正要歇去，猛听得东边上屋内上夜的人一片声喊起，惜春那里的老婆子们也接着声嚷道："了不得了！有了人了！"唬得惜春、彩屏等心胆俱裂，听见外头

平地风波，祸事从天而降。

2045

上夜的男人便声喊起来。妙玉道："不好了，必是这里有了贼了。"正说着，这里不敢开门，便掩了灯光。在窗户眼内往外一瞧，只是几个男人站在院内，唬得不敢作声，回身摆着手，轻轻的爬下来说："了不得，外头有几个大汉站着。"

说犹未了，又听得房上响声不绝，便有外头上夜的人进来吆喝拿贼。一个人说道："上屋里的东西都丢了，并不见人。东边有人去了，咱们到西边去。"惜春的老婆子听见有自己的人，便在外间屋里说道："这里有好些人上了房了。"上夜的都道："你瞧，这可不是吗？"大家一齐嚷起来。只听房上飞下好些瓦来，众人都不敢上前。

正在没法，只听园门腰门一声大响，打进门来，见一个梢长大汉，手执木棍，众人唬得藏躲不及。听得那人喊说道："不要跑了他们一个！你们都跟我来。"这些家人听了这话，越发唬的骨软筋酥，连跑也跑不动了。只见这人站在当地，只管乱喊。家人中有一个眼尖些的看出来了，你道是谁？正是甄家荐来的包勇。这些家人不觉胆壮起来，便颤巍巍的说道："有一个走了，有的在房上呢。"包勇便向地下一扑，耸身上房追赶那贼。

这些贼人明知贾家无人，先在院内偷看惜春房内，见有个绝色女尼，便顿起淫心，又欺上屋俱是女人，

妙玉从此危矣。

第一百十一回　鸳鸯女殉主登太虚　狗彘奴欺天招伙盗

且又畏惧，正要踹进门去，因听外面有人进来追赶，所以贼众上房。见人不多，还想抵挡，猛见一人上房赶来，那些贼见是一人，越发不理论了，便用短兵抵住。那经得包勇用力一棍打去，将贼打下房来。那些贼飞奔而逃，从园墙过去，包勇也在房上追捕。

岂知园内早藏下了几个在那里接赃，已经接过好些。见贼伙跑回，大家举械保护，见追的只有一人，明欺寡不敌众，反倒迎上来。包勇一见，生气道："这些毛贼！敢来和我斗斗！"那伙贼便说："我们有一个伙计被他们打倒了，不知死活，咱们索性抢了他出来。"这里，包勇闻声即打。那伙贼便抡起器械，四五个人围住包勇乱打起来。外头上夜的人也都仗着胆子，只顾赶了来。众贼见斗他不过，只得跑了。 包勇不愧"勇"字。

包勇还要赶时，被一个箱子一绊，立定看时，心想东西未丢，众贼远逃，也不追赶。便叫众人将灯照看，地下只有几个空箱，叫人收拾，他便欲跑回上房。因路径不熟，走到凤姐那边，见里面灯烛辉煌，便问："这里有贼没有？"里头的平儿战兢兢的说道："这里也没开门，只听上屋叫喊，说有贼呢。你到那里去罢。"包勇正摸不着路头，遥见上夜的人过来，才跟着一齐寻到上屋。见是门开户启，那些上夜的在那里啼哭。

一时贾芸、林之孝都进来了，见是失盗，大家着急。进内查点，老太太的房门大开，将灯一照，锁头拧折,进内一瞧,箱柜已开,便骂那些上夜女人道:"你们都是死人么!贼人进来,你们不知道的么?"那些上夜的人啼哭着说道:"我们几个人轮更上夜,是管二三更的,我们都没有住脚前后走的。他们是四更、五更,我们的下班儿。只听见他们喊起来,并不见一个人,赶着照看,不知什么时候把东西早已丢了。求爷们问管四五更的。"林之孝道:"你们个个要死,回来再说。咱们先到各处看去。"

上夜的男人领着走到尤氏那边,门儿关紧,有几个接音说:"唬死我们了。"林之孝问道:"这里没有丢东西?"里头的人方开了门,道:"这里没丢东西。"

林之孝带着人走到惜春院内,只听得里面说道:"了不得了!唬死了姑娘了,醒醒儿罢。"林之孝便叫人开门,问是怎样了。里头婆子开门说:"贼在这里打仗,把姑娘都唬坏了,亏得妙师父和彩屏才将姑娘救醒。东西是没失。"林之孝道:"贼人怎么打仗?"上夜的男人说:"幸亏包大爷上了房,把贼打跑了去了,还听见打倒一个人呢。"包勇道:"在园门那里呢。"

贾芸等走到那边,果见一人躺在地下死了。细细一瞧,好像周瑞的干儿子。众人见了诧异,派一个人看守着,又派两个人照看前后门,俱仍旧关锁着。

> 偏偏是死了何三,可以认出踪迹。

林之孝便叫人开了门,报了营官,立刻到来查勘。踏察贼迹,是从后夹道上屋的,到了西院房上,见那

第一百十一回　鸳鸯女殉主登太虚　狗彘奴欺天招伙盗

瓦破碎不堪，一直过了后园去了。众上夜的齐声说道："这不是贼，是强盗。"营官着急道："并非明火执杖，怎算是盗？"上夜的道："我们赶贼，他在房上掷瓦，我们不能近前。幸亏我们家的姓包的上房打退。赶到园里，还有好几个贼竟与姓包的打仗，打不过姓包的，才都跑了。"营官道："可又来，若是强盗，倒打不过你们的人么？不用说了，你们快查清了东西，递了失单，我们报就是了。"

<small>打官腔，是公门中人口气。</small>

贾芸等又到上屋，已见凤姐扶病过来，惜春也来。贾芸请了凤姐的安，问了惜春的好。大家查看失物，因鸳鸯已死，琥珀等又送灵去了，那些东西都是老太太的，并没见数，只用封锁，如今打从那里查去。众人都说："箱柜东西不少，如今一空。偷的时候不小，那些上夜的人管什么的？况且打死的贼，是周瑞的干儿子，必是他们通同一气的。"凤姐听了，气的眼睛直瞪瞪的，便说："把那些上夜的女人都拴起来，交给营里审问。"众人叫苦连天，跪地哀求。

<small>已经抢劫一空。贾政等不肯花的钱，全归强盗所有。</small>

不知怎生发放，并失去的物有无着落，下回分解。

【回后评】

　　鸳鸯之死，贾政喜其得殉主之名，是出于封建礼教的正统立场；宝钗之哭鸳鸯，亦是同贾政的思想；宝玉悲而又喜，是喜其天地灵气独钟于女子身上，鸳鸯即是其一。紫鹃哭得哀哀欲绝，是想到自己未随黛玉而去，未全主仆恩义，至今自己一无着落。鸳鸯之嫂则是喜得一百两赏银，只得假意哭嚎。一鸳鸯之死，却是各人心里各有想法。然鸳鸯之死，若以殉主论，则是封建礼教之吃人，若以鸳鸯失去贾母庇护，已无路可走，只有一死可逃贾赦之灾而论，则是封建奴隶主势力所迫，皆与"天地灵气"无涉，此续作者之不察也。

　　包勇一向被贾府冷落，却于劫难中独仗忠勇，力退群盗，捍卫贾家。周瑞是王夫人的陪房，荣府的管家，却竟由其义子引来群盗，祸及贾家，世事皆不可逆料。

　　贾母为自己所留银子，原为自己丧葬所用，不料贾政等竟不遵遗言，欲留后用，不想竟为群盗所趁，此更非贾政等所能逆料也。

第一百十二回　　活冤孽妙尼遭大劫
　　　　　　　　死雠仇赵妾赴冥曹

话说凤姐命捆起上夜众女人，送营审问，女人跪地哀求。林之孝同贾芸道："你们求也无益，老爷派我们看家，没有事是造化，如今有了事，上下都耽不是，谁救得你？若说是周瑞的干儿子，连太太起，里里外外的都不干净。"凤姐喘吁吁的说道："这都是命里所招，和他们说什么，带了他们去就是了。那丢的东西，你告诉营里去说，实在是老太太的东西，问老爷们才知道。等我们报了去，请了老爷们回来，自然开了失单送来。文官衙门里，我们也是这样报。"贾芸、林之孝答应出去。

惜春一句话也没有，只是哭道："这些事，我从来没有听见过。为什么偏偏碰在咱们两个人身上？明儿老爷、太太回来，叫我怎么见人？说把家里交给咱们，如今闹到这个分儿，还想活着么！"凤姐道："咱们愿意吗？现在有上夜的人在那里。"惜春道："你还

_{强盗行劫，与惜春何干，惜春看家，岂能拒盗乎？惜春自是过于自责。}

能说，况且你又病着。我是没有说的。这都是我大嫂子害了我的，他撺掇着太太派我看家的。如今我的脸搁在那里呢？"说着，又痛哭起来。凤姐道："姑娘，你快别这么想。若说没脸，大家一样的。你若这么糊涂想头，我更搁不住了。"

二人正说着，只听见外头院子里有人大嚷的说道："我说那三姑六婆是再要不得的，我们甄府里，从来是一概不许上门的。不想这府里倒不讲究这个呢。昨儿老太太的殡才出去，那个什么庵里的尼姑，死要到咱们这里来。我吆喝着不准他们进来，腰门上的老婆子倒骂我，死央及叫放那姑子进去。那腰门子一会儿开着，一会儿关着，不知做什么。我不放心，没敢睡，听到四更这里就嚷起来。我来叫门，倒不开了。我听见声儿紧了，打开了门，见西边院子里有人站着，我便赶走打死了。我今儿才知道，这是四姑奶奶的屋子。那个姑子就在里头，今儿天没亮溜出去了。可不是那姑子引进来的贼么？"

平儿等听着，都说："这是谁这么没规矩？姑娘、奶奶都在这里，敢在外头混嚷吗？"凤姐道："你听见说'他甄府里'，别就是甄家荐来的那个厌物罢。"惜春听得明白，更加心里过不的。凤姐接着问惜春道："那个人混说什么姑子，你们那里弄了个姑子住下了？"惜春便将妙玉来瞧他，留着下棋守夜的话说

第一百十二回　活冤孽妙尼遭大劫　死雠仇赵妾赴冥曹

了。凤姐道："是他么？他怎么肯这样？是再没有的话。但是叫这讨人嫌的东西嚷出来，老爷知道了也不好。"惜春愈想愈怕，站起来要走。

凤姐虽说坐不住，又怕惜春害怕弄出事来，只得叫他先别走，"且看着人把偷剩下的东西收起来，再派了人看着，才好走呢。"平儿道："咱们不敢收，等衙门里来了踏看了，才好收呢。咱们只好看着。但只不知老爷那里有人去了没有？"凤姐道："你叫老婆子问去。"一回，进来说："林之孝是走不开，家下人要伺候查验的，再有的是说不清楚的。已经芸二爷去了。"凤姐点头，同惜春坐着发愁。

且说那伙贼，原是何三等邀的，偷抢了好些金银财宝接运出去，见人追赶，知道都是那些不中用的人，要往西边屋内偷去。在窗外看见里面灯光底下两个美人：一个姑娘，一个姑子。那些贼那顾性命，顿起不良，就要蹿进来。因见包勇来赶，才获赃而逃。只不见了何三。大家且躲入窝家，到第二天打听动静，知是何三被他们打死，已经报了文武衙门，这里是躲不住的，便商量趁早归入海洋大盗一处去。若迟了，通缉文书一行，关津上就过不去了。

内中一个人，胆子极大，便说："咱们走是走，我就只舍不得那个姑子，长的实在好看。不知是那个庵里的雏儿呢？"一个人道："啊呀，我想起来了，究竟贼心不死。

必就是贾府园里的什么栊翠庵里的姑子。不是前年外头说他和他们家什么宝二爷有原故，后来不知怎么又害起相思病来了，请大夫吃药的，就是他！"那一个人听了，说："咱们今日躲一天，叫咱们大哥借钱置办些买卖行头，明儿亮钟时候陆续出关。你们在关外二十里坡等我。"众贼议定，分赃俵散。不提。

且说贾政等送殡，到了寺内，安厝毕，亲友散去。贾政在外厢房伴灵，邢、王二夫人等在内，一宿无非哭泣。到了第二日，重新上祭。

正摆饭时，只见贾芸进来，在老太太灵前磕了个头，忙忙的跑到贾政跟前跪下，请了安，喘吁吁的将昨夜被盗，将老太太上房的东西都偷去，包勇赶贼打死了一个，已经呈报文武衙门的话说了一遍。贾政听了发怔。邢、王二夫人等在里头也听见了，都唬得魂不附体，并无一言，只有啼哭。贾政过了一会子，问失单怎样开的。贾芸回道："家里的人都不知道，还没有开单。"贾政道："还好，咱们动过家的，若开出好的来，反耽罪名。快叫琏儿。"

贾琏领了宝玉等，去别处上祭未回，贾政叫人赶了回来。贾琏听了，急得直跳，一见芸儿，也不顾贾政在那里，便把贾芸狠狠的骂了一顿，说："不配抬举的东西！我将这样重任托你，押着人上夜巡更，你

第一百十二回　活冤孽妙尼遭大劫　死雠仇赵妾赴冥曹

是死人么！亏你还有脸来告诉！"说着，往贾芸脸上啐了几口。贾芸垂手站着，不敢回一言。贾政道："你骂他也无益了。"

贾琏然后跪下，说："这便怎么样？"贾政道："也没法儿，只有报官缉贼。但只是一件，老太太遗下的东西，咱们都没动。你说要银子，我想老太太死得几天，谁忍得动他那一项银子。原打谅完了事，算了账，还人家。再有的，在这里和南边置坟产的。再有东西也没见数儿，如今说文武衙门要失单，若将几件好的东西开上恐有碍。若说金银若干，衣饰若干，又没有实在数目，谎开使不得。倒可笑你如今竟换了一个人了，为什么这样料理不开？你跪在这里是怎么样呢！"贾琏也不敢答言，只得站起来就走。

> 连失单都无法开，真是哑子吃黄连，说不出的苦。

贾政又叫道："你那里去？"贾琏又跪下，道："赶回去料理清楚再来回。"贾政哼的一声，贾琏把头低下。贾政道："你进去回了你母亲，叫了老太太的一两个丫头去，叫他们细细的想了开单子。"贾琏心里明知老太太的东西都是鸳鸯经管，他死了问谁？就问珍珠，他们那里记得清楚？只不敢驳回，连连的答应了，起来走到里头。

邢、王夫人又埋怨了一顿，叫贾琏快回去，问他们这些看家的说："明儿怎么见我们！"贾琏也只得答应了出来，一面命人套车，预备琥珀等进城，自己骑上骡子，跟了几个小厮，如飞的回去。贾芸也不敢再回贾政，斜签着身子慢慢的溜出来，骑上了马来赶贾琏。一路无话。

到回了家中，林之孝请了安，一直跟了进来。贾琏到了老太太上屋，见了凤姐、惜春在那里，心里又恨又说不出来，便问林之孝道："衙门里瞧了没有？"林之孝自知有罪，便跪下回道："文武衙门都瞧了，来踪去迹也看了，尸也验了。"贾琏吃惊道："又验什么尸？"林之孝又将包勇打死的伙贼似周瑞的干儿子的话回了贾琏。

贾琏道："叫芸儿。"贾芸进来也跪着听话。贾琏道："你见老爷时，怎么没有回周瑞的干儿子做了贼，被包勇打死的话？"贾芸说道："上夜的人说像他的，恐怕不真，所以没有回。"贾琏道："好糊涂东西！你若告诉了我，就带了周瑞来一认，可不就知道了？"林之孝回道："如今衙门里把尸首放在市口儿招认去了。"贾琏道："这又是个糊涂东西！谁家的人做了贼，被人打死，要偿命么？"林之孝回道："这不用人家认，奴才就认得是他。"贾琏听了，想道："是啊，我记得珍大爷那一年要打的可不是周瑞家的么。"林之孝回说："他和鲍二打架来着，还见过的呢。"

贾琏听了更生气，便要打上夜的人。林之孝哀告道："请二爷息怒。那些上夜的人，派了他们，还敢

第一百十二回　活冤孽妙尼遭大劫　死雠仇赵妾赴冥曹

偷懒？只是爷府上的规矩，三门里一个男人不敢进去的。就是奴才们，里头不叫也不敢进去。奴才在外同芸哥儿刻刻查点，见三门关的严严的，外头的门一重没有开。那贼是从后夹道子来的。"贾琏道："里头上夜的女人呢？"林之孝将分更上夜奉奶奶的命捆着等爷审问的话回了。

贾琏又问："包勇呢？"林之孝说："又往园里去了。"贾琏便说："去叫来。"小厮们便将包勇带来。说："还亏你在这里。若没有你，只怕所有房屋里的东西都抢了去了呢。"包勇也不言语。惜春恐他说出那话，心下着急。凤姐也不敢言语。

只见外头说："琥珀姐姐等回来了。"大家见了，不免又哭一场。贾琏叫人检点偷剩下的东西，只有些衣服、尺头，钱箱未动，余者都没有了。贾琏心里更加着急，想着"外头的棚杠银、厨房的钱，都没有付给，明儿拿什么还呢？"便呆想了一会。只见琥珀等进去，哭了一会，见箱柜开着，所有的东西怎能记忆，便胡乱想猜，虚拟了一张失单，命人即送到文武衙门。

贾琏复又派人上夜。凤姐、惜春各自回房。贾琏不敢在家安歇，也不及埋怨凤姐，竟自骑马赶出城外。这里凤姐又恐惜春短见，又打发了丰儿过去安慰。

天已二更，不言这里贼去关门，众人更加小心，谁敢睡觉？且说伙贼一心想着妙玉，知是孤庵女众，不难欺负。到了三更夜静,便拿了短兵器,带了些闷香,跳上高墙。远远瞧见栊翠庵内灯光犹亮,便潜身溜下,藏在房头僻处。等到四更,见里头只有一盏海灯,妙玉一人在蒲团上打坐。歇了一会,便嗳声叹气的说道:"我自玄墓到京,原想传个名的,为这里请来,不能又栖他处。昨儿好心去瞧四姑娘,反受了这蠢人的气,夜里又受了大惊。今日回来,那蒲团再坐不稳,只觉肉跳心惊。"因素常一个打坐的,今日又不肯叫人相伴。岂知到了五更,寒颤起来。正要叫人,只听见窗外一响,想起昨晚的事,更加害怕,不免叫人。岂知那些婆子都不答应。自己坐着,觉得一股香气透入囟门,便手足麻木,不能动弹,口里也说不出话来,心中更自着急。只见一个人拿着明晃晃的刀进来。此时妙玉心中却是明白,只不能动,想是要杀自己,索性横了心,倒也不怕。那知那个人把刀插在背后,腾出手来将妙玉轻轻的抱起,轻薄了一会子,便拖起背在身上。此时妙玉心中只是如醉如痴。可怜一个极洁极净的女儿,被这强盗的闷香熏住,由着他掇弄了去了。

> 妙玉遭劫,亦是判词所预示。

却说这贼背了妙玉,来到园后墙边,搭了软梯,爬上墙,跳出去了。外边早有伙计弄了车辆,在园外等着。那人将妙玉放倒在车上,反打起官衔灯笼,叫开栅栏,急急行到城门,正是开门之时。门官只知是有公干出城的,也不及查诘。赶出城去,那伙贼加鞭

第一百十二回　活冤孽妙尼遭大劫　死雠仇赵妾赴冥曹

赶到二十里坡，和众强徒打了照面，各自分头奔南海而去。不知妙玉被劫，或是甘受污辱，还是不屈而死，不知下落，也难妄拟。

只言栊翠庵一个跟妙玉的女尼，他本住在静室后面，睡到五更，听见前面有人声响，只道妙玉打坐不安。后来听见有男人脚步，门窗响动，欲要起来瞧看，只是身子发软，懒怠开口，又不听见妙玉言语，只睁着两眼听着。到了天亮，终觉得心里清楚，披衣起来，叫了道婆，预备妙玉茶水，他便往前面来看妙玉。岂知妙玉的踪迹全无，门窗大开。心里诧异，昨晚响动甚是疑心，说："这样早，他到那里去了？"走出院门一看，有一个软梯靠墙立着，地下还有一把刀鞘，一条搭膊，便道："不好了，昨晚是贼烧了闷香了！"急叫人起来查看，庵门仍是紧闭。那些婆子、女侍们都说："昨夜煤气熏着了，今早都起不起来。这么早，叫我们做什么？"那女尼道："师父不知那里去了？"众人道："在观音堂打坐呢。"女尼道："你们还做梦呢，你来瞧瞧。"众人不知，也都着忙，开了庵门，满园里都找到了，"想来或是到四姑娘那里去了。"

众人来叩腰门，又被包勇骂了一顿。众人说道："我们妙师父昨晚不知去向，所以来找。求你老人家叫开腰门，问一问来了没来就是了。"包勇道："你们师父引了贼来偷我们，已经偷到手了，他跟了贼去受用去了。"众人道:"阿弥陀佛!说这些话的,防着下割舌地狱!"包勇生气道:"胡说,你们再闹我就要打了。"众人陪笑央告道:"求爷叫开门,我们瞧瞧,若没有,再不敢惊动你太爷了。"包勇道:"你不信你去找。若没有,回来问你们。"包勇说着叫开腰门,众人找到惜春那里。

惜春正是愁闷,惦着:"妙玉清早去后,不知听见我们姓包的话了没有?只怕又得罪了他,以后总不肯来。我的知己是没有了。况我现在实难见人。父母早死,嫂子嫌我。头里有老太太,到底还疼我些,如今也死了,留下我孤苦伶仃,如何了局?"想到:"迎春姐姐磨折死了,史姐姐守着病人,三姐姐远去,这都是命里所招,不能自由。独有妙玉,如闲云野鹤,无拘无束。我能学他,就造化不小了。但我是世家之女,怎能遂意?这回看家已大耽不是,还有何颜在这里?又恐太太们不知我的心事,将来的后事如何呢?"想到其间,便要把自己的青丝铰去,要想出家。彩屏等听见急忙来劝,岂知已将一半头发铰去。彩屏愈加着忙,说道:"一事不了,又出一事,这可怎么好呢?"

正在吵闹,只见妙玉的道婆来找妙玉。彩屏问起来由,先唬了一跳,说是昨日一早去了没来。里面惜春听见,急忙问道:"那里去了?"道婆们将昨夜听见的响动,被煤气熏着,今早不见有妙玉,庵内软梯、

_{惜春正羡慕妙玉,岂知妙玉已遭劫。}

_{既知有软梯、刀鞘,则是遭劫无疑,如何还以为是在惜春处?}

第一百十二回　活冤孽妙尼遭大劫　死雠仇赵妾赴冥曹

刀鞘的话说了一遍。惜春惊疑不定，想起昨日包勇的话来，必是那些强盗看见了他，昨晚抢去了，也未可知，但是他素来孤洁的很，岂肯惜命！"怎么你们都没听见么？"众人道："怎么不听见。只是我们这些人都是睁着眼，连一句话也说不出，必是那贼子烧了闷香。妙姑一人想也被贼闷住，不能言语。况且贼人必多，拿刀弄杖威逼着，他还敢声喊么？"

正说着，包勇又在腰门那里嚷，说："里头快把这些混账的婆子赶了出来罢，快关腰门！"彩屏听见恐耽不是，只得叫婆子出去，叫人关了腰门。

惜春于是更加苦楚，无奈彩屏等再三以礼相劝，仍旧将一半青丝笼起。大家商议不必声张，就是妙玉被抢也当作不知，且等老爷、太太回来再说。惜春心里已死定下一个出家的念头。暂且不提。

且说贾琏回到铁槛寺，将到家中查点了上夜的人，开了失单报去的话回了。贾政道："怎样开的？"贾琏便将琥珀所记得的数目单子呈出，并说："这上头元妃赐的东西已经注明，还有那人家不大有的东西，不便开上。等侄儿脱了孝，出去托人细细的缉访，少不得弄出来的。"贾政听了合意，就点头不言。

贾琏进内，见了邢、王二夫人，商量着："劝老爷早些回家才好呢。不然，都是乱麻似的。"邢夫人道：

"可不是，我们在这里也是惊心吊胆。"贾琏道："这是我们不敢说的。还是太太的主意，二老爷是依的。"邢夫人便与王夫人商议妥了。

过了一夜，贾政也不放心，打发宝玉进来说："请太太们今日回家，过两三日再来。家人们已经派定了，里头请太太们派人罢。"邢夫人派了鹦哥等一干人伴灵，将周瑞家的等人派了总管，其余上下人等都回去。一时忙乱，套车备马。贾政等在贾母灵前辞别，众人又哭了一场。

都起来正要走时，只见赵姨娘还爬在地下不起。周姨娘打量他还哭，便去拉他。岂知赵姨娘满嘴白沫，眼睛直竖，把舌头吐出，反把家人唬了一大跳。贾环过来乱嚷，赵姨娘醒来，说道："我是不回去的，跟着老太太回南去。"众人道："老太太那用你来？"赵姨娘道："我跟了一辈子老太太，大老爷还不依，弄神弄鬼的来算计我。——我想仗着马道婆要出出我的气，银子白花了好些，也没有弄死了一个。如今我回去了，又不知谁来算计我。"

赵姨娘的话，一半是鸳鸯的话，一半是她自己的话。

众人听见，早知是鸳鸯附在他身上。邢、王二夫人都不言语瞅着。只有彩云等代他央告道："鸳鸯姐姐，你死是自己愿意的，与赵姨娘什么相干？放了他罢。"见邢夫人在这里，也不敢说别的。赵姨娘道："我不是鸳鸯。他早到仙界去了。我是阎王差人拿我去的，

第一百十二回　活冤孽妙尼遭大劫　死雠仇赵妾赴冥曹

要问我为什么和马婆子用魇魔法的案件。"说着，便叫："好琏二奶奶，你在这里老爷面前少顶一句儿罢，我有一千日的不好，还有一天的好呢。好二奶奶，亲二奶奶，并不是我要害你，我一时糊涂，听了那个老娼妇的话。"

正闹着，贾政打发人进来叫环儿。婆子们去回说："赵姨娘中了邪了，三爷看着呢。"贾政道："没有的事，我们先走了。"于是爷们等先回。

这里，赵姨娘还是混说，一时救不过来，邢夫人恐他又说出什么来，便说："多派几个人在这里瞧着他，咱们先走。到了城里，打发大夫出来瞧罢。"王夫人本嫌他，也打撒手儿。宝钗本是仁厚的人，虽想着他害宝玉的事，心里究竟过不去，背地里托了周姨娘在这里照应。周姨娘也是个好人，便应承了。李纨说道："我也在这里罢。"王夫人道："可以不必。"于是大家都要起身。贾环急忙道："我也在这里吗？"王夫人啐道："糊涂东西！你姨妈的死活都不知，你还要走吗！"贾环就不敢言语了。宝玉道："好兄弟，你是走不得的。我进了城，打发人来瞧你。"说毕，都上车回家。寺里只有赵姨娘、贾环、鹦鹉等人。

贾政、邢夫人等先后到家，到了上房，哭了一场。林之孝带了家下众人请了安，跪着。贾政喝道："去

<small>贾环也想回去，可见其略无亲子之痛，浑至极矣。</small>

罢！明日问你！"凤姐那日发晕了几次，竟不能出接。只有惜春见了，觉得满面羞惭。邢夫人也不理他，王夫人仍是照常，李纨、宝钗拉着手，说了几句话。独有尤氏说道："姑娘，你操心了，倒照应了好几天！"惜春一言不答，只紫涨了脸。宝钗将尤氏一拉，使了个眼色，尤氏等各自归房去了。贾政略略的看了一看，叹了口气，并不言语。到书房席地坐下，叫了贾琏、贾蓉、贾芸，吩咐了几句话。宝玉要在书房来陪贾政，贾政道："不必。"兰儿仍跟他母亲。一宿无话。

次日，林之孝一早进书房跪着，贾政将前后被盗的事问了一遍，并将周瑞供了出来，又说："衙门拿住了鲍二，身边搜出了失单上的东西。现在夹讯，要在他身上要这一伙贼呢。"贾政听了，大怒道："家奴负恩，引贼偷窃家主，真是反了！"立刻叫人到城外将周瑞捆了，送到衙门审问。林之孝只管跪着，不敢起来。贾政道："你还跪着做什么？"林之孝道："奴才该死，求老爷开恩。"正说着，赖大等一干办事家人上来请了安，呈上丧事账簿。贾政道："交给琏二爷，算明了来回。"吆喝着林之孝起来，出去了。

贾琏一腿跪着，在贾政身边说了一句话。贾政把眼一瞪，道："胡说！老太太的事，银两被贼偷去，就该罚奴才拿出来么？"贾琏红了脸，不敢言语，站起来也不敢动。贾政道："你媳妇怎么样？"贾琏又跪下，说："看来是不中用了。"　　　　　　　　　　凤姐已临末日。

贾政叹口气道："我不料家运衰败，一至如此！况且环哥儿他妈尚在庙中病着，也不知是什么症候，你们知道不知道？"贾琏也不敢言语。贾政道："传出话去，叫人带了大夫瞧去。"

贾琏即忙答应着出来，叫人带了大夫，到铁槛寺去瞧赵姨娘。未知死活，下回分解。

【回后评】

妙玉被劫,亦是据前判词曲文所拟。判词云:"欲洁何曾洁,云空未必空。可怜金玉质,终陷淖泥中。"曲文云:"气质美如兰,才华复比仙。天生成孤癖人皆罕。你道是啖肉食腥膻,视绮罗俗厌;却不知太高人愈妒,过洁世同嫌。可叹这,青灯古殿人将老,辜负了,红粉朱楼春色阑。到头来,依旧是风尘肮脏违心愿。好一似,无瑕白玉遭泥陷;又何须,王孙公子叹无缘。"从判词和曲文来看,妙玉的结局是很不幸的。她有才华又美丽,她孤高而有洁癖。她年轻轻就出了家,她厌弃世俗,连黛玉她都认为是"大俗人",所以更看不起刘姥姥等人,连刘姥姥喝过一口茶的名贵的成窑杯都弃而不要,可见她孤高厌俗到何等程度。但她对宝玉却很有好感,连宝玉的生日都没有忘记。她过于矫情,所以与人落落寡合。续书写她凡心未净,尘欲未断,故遭劫持等,未见能合前八十回原意。结尾处说:"不知妙玉被劫,或是甘受污辱,还是不屈而死,不知下落,也难妄拟。"用虚笔描写,未过于写妙玉的"无瑕白玉遭泥陷",是续写者聪明处,因很难把握判词等的具体内容也。

赵姨娘受冥判,是写恶有恶报,借以结束赵姨娘耳。总属因果报应等俗笔。

第一百十三回　忏宿冤凤姐托村妪
　　　　　　　释旧憾情婢感痴郎

话说赵姨娘在寺内得了暴病，见人少了，更加混说起来，唬的众人都恨，就有两个女人搀着。赵姨娘双膝跪在地下，说一回哭一回，有时爬在地下叫饶，说："打杀我了！红胡子的老爷，我再不敢了。"有一时双手合着，也是叫疼，眼睛突出，嘴里鲜血直流，头发披散。人人害怕，不敢近前。

那时又将天晚，赵姨娘的声音只管喑哑起来了，居然鬼嚎一般。无人敢在他跟前，只得叫了几个有胆量的男人进来坐着。赵姨娘一时死去，隔了些时又回过来，整整的闹了一夜。到了第二天，也不言语，只装鬼脸，自己拿手撕开衣服，露出胸膛，好像有人剥他的样子。可怜赵姨娘虽说不出来，其痛苦之状实在难堪。

正在危急，大夫来了，也不敢诊脉，只嘱咐："办后事罢。"说了起身就走。那送大夫的家人再三央告说：

种种描摹，总是俗极之笔。

"请老爷看看脉,小的好回禀家主。"那大夫用手一摸,已无脉息。贾环听了,然后大哭起来。众人只顾贾环,谁料理赵姨娘。只有周姨娘心里苦楚,想到:"做偏房侧室的下场头不过如此!况他还有儿子的,我将来死起来,还不知怎样呢!"于是反哭的悲切。

且说那人赶回家去回禀了。贾政即派家人去照例料理,陪着环儿住了三天,一同回来。

那人去了,这里一人传十,十人传百,都知道赵姨娘使了毒心害人,被阴司里拷打死了。又说是:"琏二奶奶只怕也好不了。怎么说琏二奶奶告的呢?"

这些话传到平儿耳内,甚是着急,看着凤姐的样子实在是不能好的了,看着贾琏近日并不似先前的恩爱,本来事也多,竟像不与他相干的。平儿在凤姐跟前只管劝慰,又想着邢、王二夫人回家几日,只打发人来问问,并不亲身来看。凤姐心里更加悲苦。贾琏回来也没有一句贴心的话。凤姐此时只求速死,心里一想,邪魔悉至。只见尤二姐从房后走来,渐近床前说:

写凤姐临终末路。

"姐姐,许久的不见了。做妹妹的想念的很,要见不能,如今好容易进来见见姐姐。姐姐的心机也用尽了,咱们的二爷糊涂,也不领姐姐的情,反倒怨姐姐作事过于苛刻,把他的前程去了,叫他如今见不得人。我替姐姐气不平。"凤姐恍惚说道:"我如今也后悔我的心忒窄了,妹妹不念旧恶,还来瞧我。"平儿在旁听见,

第一百十三回　忏宿冤凤姐托村妪　释旧憾情婢感痴郎

说道："奶奶说什么？"凤姐一时苏醒，想起尤二姐已死，必是他来索命。被平儿叫醒，心里害怕，又不肯说出，只得勉强说道："我神魂不定，想是说梦话。给我捶捶。"

平儿上去捶着，见个小丫头子进来，说是"刘姥姥来了，婆子们带着来请奶奶的安"。平儿急忙下来说："在那里呢？"小丫头子说："他不敢就进来，还听奶奶的示下。"平儿听了点头，想凤姐病里必是懒待见人，便说道："奶奶现在养神呢，暂且叫他等着。你问他来有什么事么？"小丫头子说道："他们问过了，没有事。说知道老太太去世了，因没有报才来迟了。"小丫头子说着，凤姐听见，便叫："平儿，你来。人家好心来瞧，不要冷淡人家。你去请了刘姥姥进来，我和他说说话儿。"平儿只得出来，请刘姥姥这里坐。

刘姥姥来得正是时候，还是庄家人诚朴。

凤姐刚要合眼，又见一个男人、一个女人走向炕前，就像要上炕似的。凤姐着忙，便叫平儿说："那里来了一个男人，跑到这里来了？"连叫两声，只见丰儿、小红赶来，说："奶奶要什么？"凤姐睁眼一瞧，不见有人，心里明白，不肯说出来，便问丰儿道："平儿这东西那里去了？"丰儿道："不是奶奶叫去请刘姥姥去了么？"凤姐定了一会神，也不言语。只见平儿同刘姥姥带了一个小女孩儿进来，说："我们姑

凤姐恍惚中见一男一女，张金哥和守备之子也。凤姐受贿害命，总是心债，至此当还矣。

> 凤姐一生机变奸诈，对此诚朴乡民能无愧乎！

奶奶在那里？"平儿引到炕边，刘姥姥便说："请姑奶奶安。"凤姐睁眼一看，不觉一阵伤心，说："姥姥，你好？怎么这时候才来？你瞧你外孙女儿，也长的这么大了。"刘姥姥看着凤姐骨瘦如柴，神情恍惚，心里也就悲惨起来，说："我的奶奶，怎么这几个月不见，就病到这个分儿？我糊涂的要死，怎么不早来请姑奶奶的安。"便叫青儿给姑奶奶请安。青儿只是笑，凤姐看了倒也十分喜欢，便叫小红招呼着。

刘姥姥道："我们屯乡里的人不会病的。若一病了就要求神许愿，从不知道吃药的。我想，姑奶奶的病不要撞着什么了罢？"平儿听着那话不在理，便在背地里扯他。刘姥姥会意，便不言语。那里知道这句话倒合了凤姐的意，扎挣着说："姥姥，你是有年纪的人，说的不错。你见过的赵姨娘也死了，你知道么？"刘姥姥诧异道："阿弥陀佛！好端端一个人，怎么就死了？我记得他也有一个小哥儿，这便怎么样呢？"平儿道："这怕什么，他还有老爷、太太呢。"刘姥姥道："姑娘，你那里知道，不好死了是亲生的，隔了肚皮子是不中用的。"这句话又招起凤姐的愁肠，呜呜咽咽的哭起来了。众人都来解劝。

巧姐儿听见他母亲悲哭，便走到炕前，用手拉着凤姐的手，也哭起来。凤姐一面哭着道："你见过了姥姥了没有？"巧姐儿道："没有。"凤姐道："你的

第一百十三回　忏宿冤凤姐托村妪　释旧憾情婢感痴郎

名字还是他起的呢,就和干娘一样,你给他请个安。"巧姐儿便走到跟前,刘姥姥忙拉着道:"阿弥陀佛,不要折杀我了!巧姑娘,我一年多不来,你还认得我么?"巧姐儿道:"怎么不认得。那年,在园里见的时候,我还小。前年你来,我还合你要来年的蝈蝈儿,你也没有给我,必是忘了。"刘姥姥道:"好姑娘,我是老糊涂了。若说蝈蝈儿,我们屯里多得很。只是不到我们那里去,若去了,要一车也容易。"凤姐道:"不然,你带了他去罢。"

刘姥姥笑道:"姑娘这样千金贵体,绫罗裹大了的,吃的是好东西,到了我们那里,我拿什么哄他顽,拿什么给他吃呢?这倒不是坑杀我了么。"说着,自己还笑,因说:"那么着,我给姑娘做个媒罢。我们那里,虽说是屯乡里,也有大财主人家,几千顷地,几百牲口,银子钱亦不少,只是不像这里有金的,有玉的。姑奶奶是瞧不起这种人家。我们庄家人瞧着这样大财主,也算是天上的人了。"凤姐道:"你说去,我愿意就给。"刘姥姥道:"这是顽话儿罢咧。放着姑奶奶这样,大官大府的人家,只怕还不肯给,那里肯给庄家人?就是姑奶奶肯了,上头太太们也不给。"

> 幸亏当年凤姐款待过刘姥姥,留此余德,算于末路处为巧姐留一生路。

巧姐因他这话不好听,便走了去和青儿说话。两个女孩儿倒说得上,渐渐的就熟起来了。

这里，平儿恐刘姥姥话多，搅烦了凤姐，便拉了刘姥姥说："你提起太太来，你还没有过去呢。我出去叫人带了你去见见，也不枉来这一趟。"刘姥姥便要走。凤姐道："忙什么，你坐下。我问你，近来的日子还过的么？"

刘姥姥千恩万谢的说道："我们若不仗着姑奶奶，"说着，指着青儿说："他的老子娘都要饿死了。如今虽说是庄家人苦，家里也挣了好几亩地，又打了一眼井，种些菜蔬瓜果，一年卖的钱也不少，尽够他们嚼吃的了。这两年姑奶奶还时常给些衣服布匹，在我们村里算过得的了。阿弥陀佛，前日他老子进城，听见姑奶奶这里动了家，我就几乎唬杀了。亏得又有人说，不是这里，我才放心。后来又听见说，这里老爷升了，我又喜欢，就要来道喜，为的是满地的庄稼来不得。昨日又听见说，老太太没有了，我在地里打豆子，听见了这话，唬得连豆子都拿不起来了，就在地里狠狠的哭了一大场。我和女婿说，我也顾不得你们了，不管真话谎话，我是要进城瞧瞧去的。我女儿、女婿也不是没良心的，听见了也哭了一回子，今儿天没亮，就赶着我进城来了。我也不认得一个人，没有地方打听，一径来到后门，见是门神都糊了，我这一唬又不小。进了门找周嫂子，再找不着，撞见一个小姑娘，说周嫂子他得了不是了，撵了。我又等了好半

> 还是布衣蔬食能平安一世。

天，遇见了熟人才得进来。不打谅姑奶奶也是那么病。”说着，又掉下泪来。

平儿等着急，也不等他说完，拉着就走，说：“你老人家说了半天，口干了，咱们喝碗茶去罢。”拉着刘姥姥到下房坐着，青儿在巧姐儿那边。刘姥姥道：“茶倒不要。好姑娘，叫人带了我去请太太的安，哭哭老太太去罢。”平儿道：“你不用忙，今儿也赶不出城的了。方才我是怕你说话不防头，招的我们奶奶哭，所以催你出来的。别思量。”刘姥姥道：“阿弥陀佛，姑娘，是你多心，我知道。倒是奶奶的病怎么好呢？”平儿道：“你瞧去妨碍不妨碍？”刘姥姥道：“说是罪过，我瞧着不好。”

刘姥姥也看出来凤姐已不能好了。

正说着，又听凤姐叫呢。平儿及到床前，凤姐又不言语了。平儿正问丰儿，贾琏进来，向炕上一瞧，也不言语，走到里间气哼哼的坐下。只有秋桐跟了进去，倒了茶，殷勤一回，不知嘁嘁喳喳的说些什么。回来贾琏叫平儿来，问道：“奶奶不吃药么？”平儿道：“不吃药。怎么样呢？”贾琏道：“我知道么？你拿柜子上的钥匙来罢。”平儿见贾琏有气，又不敢问，只得出来凤姐耳边说了一声。凤姐不言语，平儿便将一个匣子搁在贾琏那里就走。

贾琏道：“有鬼叫你吗？你搁着，叫谁拿呢？”平儿忍气打开，取了钥匙，开了柜子，便问道：“拿什么?"贾琏道:"咱们有什么吗?"平儿气得哭道:"有话明白说,人死了也愿意!"贾琏道:"这还要说么?头里的事,是你们闹的。如今老太太的还短了四五千银子,老爷叫我拿公中的地账弄银子,你说有么?外头拉的账不开发,使得么?谁叫我应这个名儿!只好把老太太给我的东西折变去罢了。你不依么?"平儿听了,一句不言语,将柜里东西搬出。

> 写贾琏因家中失盗后,更加不能周转。

只见小红过来说:"平姐姐快走,奶奶不好呢。"平儿也顾不得贾琏,急忙过来,见凤姐用手空抓,平儿用手攥着哭叫。贾琏也过来一瞧,把脚一跺,道:"若是这样,是要我的命了。"说着,掉下泪来。丰儿进来说:"外头找二爷呢。"贾琏只得出去。

这里凤姐愈加不好,丰儿等不免哭起来。巧姐听见赶来,刘姥姥也急忙走到炕前,嘴里念佛,捣了些鬼,果然凤姐好些。一时,王夫人听了丫头的信,也过来了,先见凤姐安静些,心下略放心,见了刘姥姥,便说:"刘姥姥,你好?什么时候来的?"刘姥姥便说:"请太太安。"不及细说,只言凤姐的病。讲究了半天,彩云进来说:"老爷请太太呢。"王夫人叮咛了平儿几句话,便过去了。

> 凤姐在弄权铁槛寺时,说"从来不信什么是阴司地狱报应的",此刻已临末路,却要求神祷告了。

凤姐闹了一回,此时又觉清楚些,见刘姥姥在这里,心里信他求神祷告,便把丰儿等支开,叫刘姥姥坐在头边,告诉他心神不宁如见鬼怪的样。刘姥姥便

第一百十三回　忏宿冤凤姐托村妪　释旧憾情婢感痴郎

说我们屯里什么菩萨灵，什么庙有感应。凤姐道："求你替我祷告，要用供献的银钱，我有。"便在手腕上褪下一只金镯子来交给他。刘姥姥道："姑奶奶，不用那个。我们村庄人家许了愿，好了，花上几百钱就是了，那用这些。就是我替姑奶奶求去，也是许愿，等姑奶奶好了，要花什么自己去花罢。"

凤姐明知刘姥姥一片好心，不好勉强，只得留下，说："姥姥，我的命交给你了。我的巧姐儿也是千灾百病的，也交给你了。"刘姥姥顺口答应，便说："这么着，我看天气尚早，还赶得出城去，我就去了。明儿姑奶奶好了，再请还愿去。"凤姐因被众冤魂缠绕害怕，巴不得他就去，便说："你若肯替我用心，我能安稳睡一觉，我就感激你了。你外孙女儿，叫他在这里住下罢。"刘姥姥道："庄家孩子没有见过世面，没的在这里打嘴。我带他去的好。"凤姐道："这就是多心了。既是咱们一家，这怕什么。虽说我们穷了，这一个人吃饭也不碍什么。"刘姥姥见凤姐真情，落得叫青儿住几天，又省了家里的嚼吃。只怕青儿不肯，不如叫他来问问，若是他肯就留下。于是和青儿说了几句，青儿因与巧姐儿顽得熟了，巧姐又不愿他去，青儿又愿意在这里。刘姥姥便吩咐了几句，辞了平儿，忙忙的赶出城去。不提。

且说栊翠庵原是贾府的地址，因盖省亲园子，将那庵圈在里头，向来食用香火并不动贾府的钱粮。今日妙玉被劫，那女尼呈报到官，一则候官府缉盗的下落，二则是妙玉基业不便离散，依旧住下。不过回明了贾府。那时贾府的人虽都知道，只为贾政新丧，且又心事不宁，也不敢将这些没要紧的事回禀。只有惜春知道此事，日夜不安。渐渐传到宝玉耳边，说妙玉被贼劫去，又有的说妙玉凡心动了，跟人而去。

宝玉听得十分纳闷，想来必是被强徒抢去，这个人必不肯受，一定不屈而死。但是一无下落，心下甚不放心，每日长嘘短叹。还说："这样一个人，自称为'槛外人'，怎么遭此结局！"又想到："当日园中何等热闹，自从二姐姐出阁以来，死的死，嫁的嫁。我想他一尘不染是保得住的了，岂知风波顿起，比林妹妹死的更奇！"由是一而二，二而三，追思起来，想到《庄子》上的话，虚无缥缈，人生在世，难免风流云散，不禁的大哭起来。袭人等又道是他的疯病发作，百般的温柔解劝。

> 因妙玉被劫，又引出宝玉的悲感。

宝钗初时不知何故，也用话箴规。怎奈宝玉抑郁不解，又觉精神恍惚。宝钗想不出道理，再三打听，方知妙玉被劫不知去向，也是伤感，只为宝玉愁烦，便用正言解释。因提起"兰儿自送殡回来，虽不上学，闻得日夜攻苦。他是老太太的重孙，老太太素来望你成人，老爷为你日夜焦心，你为闲情痴意糟蹋自己，

第一百十三回　忏宿冤凤姐托村妪　释旧憾情婢感痴郎

我们守着你如何是个结果！"说得宝玉无言可答，过了一回才说道："我那管人家的闲事。只可叹，咱们家的运气衰颓。"宝钗道："可又来，老爷太太原为是要你成人，接续祖宗遗绪。你只是执迷不悟，如何是好？"宝玉听来，话不投机，便靠在桌上睡去。宝钗也不理他，叫麝月等伺候着，自己却去睡了。

宝玉见屋里人少，想起："紫鹃到了这里，我从没和他说句知心的话儿，冷冷清清撂着他，我心里甚不过意。他呢，又比不得麝月、秋纹，我可以安放得的。想起从前我病的时候，他在我这里伴了好些时，如今他的那一面小镜子还在我这里，他的情义却也不薄了。如今不知为什么，见我就是冷冷的。若说为我们这一个呢，他是和林妹妹最好的，我看他待紫鹃也不错。我有不在家的日子，紫鹃原与他有说有讲的；到我来了，紫鹃便走开了。想来自然是为林妹妹死了，我便成了家的原故。嗳，紫鹃，紫鹃，你这样一个聪明女孩儿，难道连我这点子苦处都看不出来么？"因又一想："今晚他们睡的睡，做活的做活，不如趁着这个空儿，我找他去，看他有什么话。倘或我还有得罪之处，便陪个不是也使得。"想定主意，轻轻的走出了房门，来找紫鹃。

那紫鹃的下房也就在西厢里间。宝玉悄悄的走到窗下，只见里面尚有灯光，便用舌头舔破窗纸，往里

> 补写一段紫鹃情事。

一瞧，见紫鹃独自挑灯，又不是做什么，呆呆的坐着。宝玉便轻轻的叫道："紫鹃姐姐，还没有睡么？"紫鹃听了，唬了一跳，怔怔的半日才说："是谁？"宝玉道："是我。"紫鹃听着，似乎是宝玉的声音，便问："是宝二爷么？"宝玉在外轻轻的答应了一声。

紫鹃问道："你来做什么？"宝玉道："我有一句心里的话，要和你说说。你开了门，我到你屋里坐坐。"紫鹃停了一会儿，说道："二爷有什么话？天晚了，请回罢，明日再说罢。"宝玉听了，寒了半截。自己还要进去，恐紫鹃未必开门。欲要回去，这一肚子的隐情，越发被紫鹃这一句话勾起。无奈，说道："我也没有多余的话，只问你一句。"紫鹃道："既是一句，就请说。"宝玉半日反不言语。

紫鹃口气，宛如当日黛玉。

紫鹃在屋里不见宝玉言语，知他素有痴病，恐怕一时实在抢白了他，勾起他的旧病，倒也不好了，因站起来细听了一听，又问道："是走了，还是傻站着呢？有什么又不说，尽着在这里怄人。已经怄死了一个，难道还要怄死一个么？这是何苦来呢？"说着，也从宝玉舔破之处往外一张，见宝玉在那里呆听。紫鹃不便再说，回身剪了剪烛花。

忽听宝玉叹了一声道："紫鹃姐姐，你从来不是这样铁心石肠，怎么近来连一句好好儿的话都不和我说了？我固然是个浊物，不配你们理我。但只我有什

第一百十三回　忏宿冤凤姐托村妪　释旧憾情婢感痴郎

么不是，只望姐姐说明了，那怕姐姐一辈子不理我，我死了倒作个明白鬼呀！"紫鹃听了，冷笑道："二爷就是这个话呀，还有什么？若就是这个话呢，我们姑娘在时，我也跟着听俗了！若是我们有什么不好处呢，我是太太派来的，二爷倒是回太太去。左右我们丫头们更算不得什么了。"说到这里，那声儿便哽咽起来，说着又醒鼻涕。宝玉在外知他伤心哭了，便急的跺脚道："这是怎么说？我的事情，你在这里几个月，还有什么不知道的？就便别人不肯替我告诉你，难道你还不叫我说，叫我憋死了不成！"说着，也呜咽起来了。

紫鹃总是冷然相对。

宝玉正在这里伤心，忽听背后一个人接言道："你叫谁替你说呢？谁是谁的什么？自己得罪了人，自己央及呀。人家赏脸不赏在人家。何苦来拿我们这些没要紧的垫喘儿呢？"这一句话把里外两个人都吓了一跳。你道是谁？原来却是麝月。宝玉自觉脸上没趣。只见麝月又说道："到底是怎么着？一个陪不是，一个人又不理。你倒是快快的央及呀。嗳，我们紫鹃姐姐也就太狠心了，外头这么怪冷的，人家央及了这半天，总连个活动气儿也没有。"又向宝玉道："刚才二奶奶说了，多早晚了，打谅你在那里呢？你却一个人站在这房檐底下做什么？"紫鹃里面接着说道："这可是什么意思呢？早就请二爷进去，有话明日说罢。

这是何苦来!"

宝玉还要说话,因见麝月在那里,不好再说别的,只得一面同麝月走回,一面说道:"罢了,罢了!我今生今世也难剖白这个心了。惟有老天知道罢了!"说到这里,那眼泪也不知从何处来的,滔滔不断了。麝月道:"二爷,依我劝,你死了心罢。白陪眼泪,也可惜了儿的。"

宝玉也不答言,遂进了屋子。只见宝钗睡了,宝玉也知宝钗装睡。却是袭人说了一句,道:"有什么话,明日说不得,巴巴儿的跑那里去闹,闹出——"说到这里,也就不肯说,迟了一迟,才接着道:"身上不觉怎么样?"宝玉也不言语,只摇摇头儿。袭人一面才打发睡下。一夜无眠,自不必说。

<small>写紫鹃一段,能得神理。</small>

这里,紫鹃被宝玉一招,越发心里难受,直直的哭了一夜。思前想后,"宝玉的事,明知他病中不能明白,所以众人弄鬼弄神的办成了。后来宝玉明白了,旧病复发,常时哭想,并非忘情负义之徒。今日这种柔情,一发叫人难受,只可怜我们林姑娘真真是无福消受他。如此看来,人生缘分都有一定。在那未到头时,大家都是痴心妄想。及至无可如何,那糊涂的也就不理会了,那情深义重的也不过临风对月,洒泪悲啼。可怜那死的倒未必知道,这活的真真是苦恼伤心,无休无了。算来,竟不如草木石头,无知无觉,倒也

心中干净。"想到此处,倒把一片酸热之心一时冰冷了。才要收拾睡时,只听东院里吵嚷起来。未知何事,下回分解。

【回后评】

凤姐病重，神思恍惚，时见尤二姐来，又见长安守备之子来，种种幻象，皆写其生平件件恶事，至此俱幻形索报。此写凤姐内心之恐惧，良知之自罚，心理之反映也，与赵姨娘临终鬼魂索命之恐怖不同。

刘姥姥于凤姐临危时来，是从刘姥姥之眼中写出贾府衰败后光景，与盛时作对照，尤其写出凤姐前后之变化。凤姐已是末路哀鸣，与当年叱咤风云之时判若两人，人之盛衰一至于此，亦为世人警也。

刘姥姥不以贾府之败落而改其态，反临危受命，愿受凤姐之托，遂使凤姐一点骨血不致飘零无着，此凤姐当年一丝善意所留之善报也。又富贵不可恃，唯贫贱者不移，眼看贾府泼天之荣耀富贵转眼化为烟云，而贫贱布衣之刘姥姥依然青山如旧，不变故人之心，此真贫贱不移也！

黛玉死后，紫鹃于宝玉总以冷眼待之，虽宝玉百计就之，而紫鹃终不改其态。此紫鹃之一片丹诚于黛玉也，此紫鹃之为黛玉衔恨负怨也。不如此写，则黛玉之怨之恨一死已矣，唯留一紫鹃以泄其长恨耳。宝玉因不得谅于紫鹃，故夜叩紫鹃，又被紫鹃坚拒，方将哀诉之际，又逢麝月之讥，于是宝玉终不得如祭晴雯之一诉痛肠于紫鹃矣。然唯其如此，此恨方能绵绵无尽耳！

第一百十四回　　王熙凤历幻返金陵
　　　　　　　　甄应嘉蒙恩还玉阙

　　却说宝玉、宝钗听说凤姐病的危急，赶忙起来。丫头秉烛伺候。正要出院，只见王夫人那边打发人来说："琏二奶奶不好了，还没有咽气。二爷、二奶奶且慢些过去罢。琏二奶奶的病有些古怪，从三更天起，到四更时候，琏二奶奶没有住嘴说些胡话，要船要轿的，说到金陵归入册子去。众人不懂，他只是哭哭喊喊的。琏二爷没有法儿，只得去糊了船轿，还没拿来，琏二奶奶喘着气等呢。叫我们过来说，等琏二奶奶去了再过去罢。"宝玉道："这也奇，他到金陵做什么？"袭人轻轻的和宝玉说道："你不是那年做梦，我还记得说有多少册子，不是琏二奶奶也到那里去么？"

　　宝玉听了，点头道："是呀，可惜我都不记得那上头的话了。这么说起来，人都有个定数的了。但不知林妹妹又到那里去了？我如今被你一说，我有些懂得了。若再做这个梦时，我得细细的瞧一瞧，便有未

> 凤姐已病极。

卜先知的分儿了。"袭人道："你这样的人可是不可和你说话的，偶然提了一句，你便认起真来了吗？就算你能先知了，你有什么法儿？"宝玉道："只怕不能先知，若是能了，我也犯不着为你们瞎操心了。"

两人正说着，宝钗走来，问道："你们说什么？"宝玉恐他盘诘，只说："我们谈论凤姐姐。"宝钗道："人要死了，你们还只管议论人。旧年你还说我咒人，那个签不是应了么？"宝玉又想了一想，拍手道："是的，是的。这么说起来，你倒能先知了。我索性问问你，你知道我将来怎么样？"宝钗笑道："这是又胡闹起来了。我是就他求的签上的话混解的，你就认了真了。你就和邢妹妹一样的了。你失了玉，他去求妙玉扶乩，批出来的，众人不解，他还背地里和我说，妙玉怎么前知，怎么参禅悟道。如今他遭此大难，他如何自己都不知道？这可是算得前知吗？就是我偶然说着了二奶奶的事情，其实知道他是怎么样了？只怕我连我自己也不知道呢。这样下落可不是虚诞的事，是信得的么！"

> 凤姐已临危，这边还在议论而不去看视，无乃不情乎？

宝玉道："别提他了。你只说邢妹妹罢，自从我们这里连连的有事，把他这件事竟忘记了。你们家这么一件大事，怎么就草草的完了，也没请亲唤友的。"宝钗道："你这话又是迂了。我们家的亲戚只有咱们这里和王家最近。王家没了什么正经人了。咱们家遭

> 交代邢岫烟、薛蝌的婚事。

第一百十四回　王熙凤历幻返金陵　甄应嘉蒙恩还玉阙

了老太太的大事，所以也没请，就是琏二哥张罗了张罗。别的亲戚，虽也有一两门子，你没过去，如何知道？算起来，我们这二嫂子的命和我差不多，好好的许了我二哥哥，我妈妈原想要体体面面的给二哥哥娶这房亲事的。一则为我哥哥在监里，二哥哥也不肯大办；二则为咱们家的事；三则为我二嫂子在大太太那边忒苦，又加着抄了家，大太太是苛刻一点的，他也实在难受。所以我和妈妈说了，便将将就就的娶了过去。我看二嫂子如今倒是安心乐意的孝敬我妈妈，比亲媳妇还强十倍呢。待二哥哥也是极尽妇道的。和香菱又甚好，二哥哥不在家，他两个和和气气的过日子。虽说是穷些，我妈妈近来倒安逸好些。就是想起我哥哥来，不免悲伤。况且常打发人家里来要使用，多亏二哥哥在外头账头儿上讨来应付他的。我听见说，城里有几处房子已经典去，还剩了一所在那里，打算着搬去住。"宝玉道："为什么要搬？住在这里，你来去也便宜些。若搬远了，你去就要一天了。"宝钗道："虽说是亲戚，到底各自的稳便些。那里有个一辈子住在亲戚家的呢？"

宝玉还要讲出不搬去的理，王夫人打发人来，说："琏二奶奶咽了气了。所有的人多过去了，请二爷、二奶奶就过去。"宝玉听了，也撑不住跺脚要哭。宝钗虽也悲戚，恐宝玉伤心，便说："有在这里哭的，

> 凤姐已咽气，宝玉终未过去，实不合常情。

不如到那边哭去。"于是两人一直到凤姐那里,只见好些人围着哭呢。宝钗走到跟前,见凤姐已经停床,便大放悲声。宝玉也拉着贾琏的手大哭起来。贾琏也重新哭泣。平儿等因见无人劝解,只得含悲上来劝止了。众人都悲哀不止。贾琏此时手足无措,叫人传了赖大来,叫他办理丧事。自己回明了贾政去然后行事。但是手头不济,诸事拮据。又想起凤姐素日来的好处,更加悲哭不已,又见巧姐哭的死去活来,越发伤心。哭到天明,即刻打发人去请他大舅子王仁过来。

那王仁自从王子腾死后,王子胜又是无能的人,任他胡为,已闹的六亲不和,今知妹子死了,只得赶着过来哭了一场。见这里诸事将就,心下便不舒服,说:"我妹妹在你家辛辛苦苦,当了好几年家,也没有什么错处,你们家该认真的发送发送才是。怎么这时候诸事还没有齐备?"贾琏本与王仁不睦,见他说些混账话,知他不懂的什么,也不大理他。

王仁又打坏主意。

王仁便叫了他外甥女儿巧姐过来,说:"你娘在时,本来办事不周到,只知道一味的奉承老太太,把我们的人都不大看在眼里。外甥女儿,你也大了,看见我曾经沾染过你们没有?如今你娘死了,诸事要听着舅舅的话。你母亲娘家的亲戚,就是我和你二舅舅了。你父亲的为人,我也早知道的了,只有重别人。那年什么尤姨娘死了,我虽不在京,听见人说花了好些银子。如今你娘死了,你父亲倒是这样的将就办去吗?你也不快些劝劝你父亲。"

巧姐道:"我父亲巴不得要好看,只是如今比不得从前了。现在手里没钱,所以诸事省些是有的。"王仁道:"你的东西还少么?"巧姐儿道:"旧年抄去,何尝还了呢?"王仁道:"你也这样说。我听见老太太又给了好些东西,你该拿出来。"巧姐又不好说父亲用去,只推不知道。王仁便道:"哦,我知道了,不过是你要留着做嫁妆罢咧。"巧姐听了不敢回言,只气得哽噎难鸣的哭起来了。

平儿生气说道:"舅老爷有话,等我们二爷进来再说。姑娘这么点年纪,他懂的什么。"王仁道:"你们是巴不得二奶奶死了,你们就好为王了。我并不要什么,好看些也是你们的脸面。"说着,赌气坐着。

巧姐满怀的不舒服,心想:"我父亲并不是没情。我妈妈在时,舅舅不知拿了多少东西去,如今说得这样干净!"于是便不大瞧得起他舅舅了。岂知王仁心里想来,他妹妹不知积攒了多少,虽说抄了家,那屋里的银子还怕少吗?"必是怕我来缠他们,所以也帮着这么说,这小东西儿也是不中用的。"从此王仁也嫌了巧姐儿了。

贾琏并不知道,只忙着弄银钱使用。外头的大事叫赖大办了,里头也要用好些钱,一时实在不能张罗。

王仁,忘仁也。

平儿知他着急,便叫贾琏道:"二爷也别过于伤了自己的身子。"贾琏道:"什么身子!现在日用的钱都没有,这件事怎么办?偏有个糊涂行子,又在这里蛮缠。你想,有什么法儿?"平儿道:"二爷也不用着急。若说没钱使唤,我还有些东西,旧年幸亏没有抄去,在里头。二爷要,就拿去当着使唤罢。"贾琏听了,心想:"难得这样。"便笑道:"这样更好,省得我各处张罗。等我银子弄到手了还你。"平儿道:"我的也是奶奶给的,什么还不还?只要这件事办的好看些就是了。"贾琏心里倒着实感激他,便将平儿的东西拿了去当钱使用,诸凡事情便与平儿商量。

> 还是平儿能顾大局。

秋桐看着心里就有些不甘,每每口角里头便说:"平儿没有了奶奶,他要上去了。我是老爷的人,他怎么就越过我去了呢?"平儿也看出来了,只不理他。

倒是贾琏一时明白,越发把秋桐嫌了,一时有些烦恼便拿着秋桐出气。邢夫人知道,反说贾琏不好。贾琏忍气。不提。

再说凤姐停了十余天,送了殡。贾政守着老太太的孝,总在外书房。那时,清客相公渐渐的都辞去了,只有个程日兴还在那里,时常陪着说说话儿。提起:"家运不好,一连人口死了好些。大老爷和珍大爷又在外头,家计一天难似一天。外头东庄地亩,也不知

> 程日兴又来趁人兴了。

第一百十四回　王熙凤历幻返金陵　甄应嘉蒙恩还玉阙

道怎么样，总不得了呀！"程日兴道："我在这里好些年，也知道府上的人，那一个不是肥己的？一年一年都往他家里拿，那自然府上是一年不够一年了。又添了大老爷、珍大爷那边两处的费用，外头又有些债务，前儿又破了好些财。要想衙门里缉贼追赃，是难事。老世翁若要安顿家事，除非传那些管事的来，派一个心腹的人各处去清查清查。该去的去，该留的留。有了亏空，着在经手的身上赔补，这就有了数儿了。那一座大的园子人家是不敢买的。这里头的出息也不少，又不派人管了。那年老世翁不在家，这些人就弄神弄鬼儿的，闹的一个人不敢到园里。这都是家人的弊。此时把下人查一查，好的使着，不好的便撵了，这才是道理。"

贾政点头道："先生你所不知，不必说下人，便是自己的侄儿也靠不住。若要我查起来，那能一一亲见亲知？况我又在服中，不能照管这些了。我素来又兼不大理家，有的没的，我还摸不着呢。"程日兴道："老世翁最是仁德的人，若在别家的，这样的家计，就穷起来，十年五载还不怕。便向这些管家的要，也就够了。我听见世翁的家人，还有做知县的呢。"

贾政道："一个人若要使起家人们的钱来，便了不得了，只好自己俭省些。但是册子上的产业，若是实有还好，生怕有名无实了。"程日兴道："老世翁所见极是。晚生为什么说要查查呢？"贾政道："先生必有所闻。"程日兴道："我虽知道些，那些管事的神通，晚生也不敢言语的。"贾政听了，便知话里有因，便叹道："我自祖父以来，都是仁厚的，从没有刻薄过下人。我看如今这些人，一日不似一日了。在我手里行出主子样儿来，又叫人笑话。"

两人正说着，门上的进来回道："江南甄老爷到来了。"贾政便问道："甄老爷进京为什么？"那人道："奴才也打听了，说是蒙圣恩起复了。"贾政道："不用说了，快请罢。"那人出去，请了进来。

<small>甄应嘉，真应假也。</small>

那甄老爷，即是甄宝玉之父，名叫甄应嘉，字表友忠，也是金陵人氏，功勋之后。原与贾府有亲，素来走动的。因前年挂误，革了职，动了家产。今遇主上眷念功臣，赐还世职，行取来京陛见。知道贾母新丧，特备祭礼，择日到寄灵的地方拜奠，所以先来拜望。

贾政有服不能远接，在外书房门口等着。那位甄老爷一见，便悲喜交集，因在制中不便行礼，便拉着了手，叙了些阔别思念的话。然后分宾主坐下，献了茶，彼此又将别后事情的话说了。贾政问道："老亲翁几时陛见的？"甄应嘉道："前日。"贾政道："主上隆恩，必有温谕。"甄应嘉道："主上的恩典真是比天还高，下了好些旨意。"贾政道："什么好旨意？"甄应嘉道："近来越寇猖獗，海疆一带小民不安，派了安国公征

第一百十四回　王熙凤历幻返金陵　甄应嘉蒙恩还玉阙

剿贼寇。主上因我熟悉土疆，命我前往安抚，但是即日就要起身。昨日知老太太仙逝，谨备瓣香，至灵前拜奠，稍尽微忱。"

贾政即忙叩首拜谢，便说："老亲翁即此一行，必是上慰圣心，下安黎庶，诚哉莫大之功，正在此行。但弟不克亲睹奇才，只好遥聆捷报。现在镇海统制是弟舍亲，会时务望青照。"甄应嘉道："老亲翁与统制是什么亲戚？"贾政道："弟那年在江西粮道任时，将小女许配与统制少君，结褵已经三载。因海口案内未清，继以海寇聚奸，所以音信不通。弟深念小女，俟老亲翁安抚事竣后，拜恳便中请为一视。弟即修数行烦尊纪带去，便感激不尽了。"

甄应嘉道："儿女之情，人所不免。我正在有奉托老亲翁的事。日蒙圣恩召取来京，因小儿年幼，家下乏人，将贱眷全带来京。我因钦限迅速，昼夜先行，贱眷在后缓行，到京尚需时日。弟奉旨出京，不敢久留。将来贱眷到京，少不得要到尊府，定叫小犬叩见。如可进教，遇有姻事可图之处，望乞留意为感。"贾政一一答应。那甄应嘉又说了几句话，就要起身，说："明日在城外再见。"贾政见他事忙，谅难再坐，只得送出书房。

贾琏、宝玉早已伺候在那里代送，因贾政未叫，不敢擅入。甄应嘉出来，两人上去请安。应嘉一见宝玉，呆了一呆，心想："这个怎么甚像我家宝玉？只是浑身缟素。"因问："至亲久阔，爷们都不认得了。"贾政忙指贾琏道："这是家兄名赦之子，琏二侄儿。"又指着宝玉道："这是第二小犬，名叫宝玉。"应嘉拍手道奇："我在家听见说，老亲翁有个衔玉生的爱子，名叫宝玉。因与小儿同名，心中甚为罕异。后来想着，这个也是常有的事，不在意了。岂知今日一见，不但面貌相同，且举止一般，这更奇了。"问起年纪，比这里的哥儿略小一岁。

贾政便因提起承属包勇，问及"令郎哥儿与小儿同名"的话述了一遍。应嘉因属意宝玉，也不暇问及那包勇的得妥，只连连的称道："真真罕异！"因又拉了宝玉的手，极致殷勤。又恐安国公起身甚速，急须预备长行，勉强分手徐行。贾琏、宝玉送出，一路又问了宝玉好些的话。及至登车去后，贾琏、宝玉回来见了贾政，便将应嘉问的话回了一遍。贾政命他二人散去。贾琏又去张罗，算明凤姐丧事的账目。

宝玉回到自己房中，告诉了宝钗，说是："常提的甄宝玉，我想一见不能，今日倒先见了他父亲了。我还听得说，宝玉也不日要到京了，要来拜望我老爷呢。又人人说和我一模一样的，我只不信。若是他后儿到了咱们这里来，你们都去瞧去，看他果然和我像不像。"宝钗听了，道："嗳，你说话怎么越发不留神了。

什么男人同你一样都说出来了，还叫我们瞧去吗？"

宝玉听了，知是失言，脸上一红，连忙的还要解说。不知何话，下回分解。

【回后评】

凤姐之死,只是按册词草草收束,然凤姐于前八十回中写得何等有神彩,虽是机关算尽,而其聪明机智、杀伐决断、艳丽放浪、狠毒贪婪、机变百出等为古今小说中所无。续作者难以接笔,固无疑矣。凤姐临终,邢、王二夫人均甚冷淡,薛姨妈亦未看视,其兄王仁(忘仁)则更不怀好意,人情炎凉,于此可见。

邢岫烟、薛蝌之婚事,于叙谈中写明,亦是文章收束之笔,用简笔作交代也。

程日兴之话虽反映出贾府下人之自肥,然程日兴(趁人兴)者,安得不是趁贾政危急之际讨好进谗乎。程日兴说:"府上的人,那一个不是肥己的?"一句话骂尽贾府所有的人,然程日兴自己亦在贾府,则其自身"肥己"否?可见其仍在"趁人兴"而讨好趋奉也。贾政始终在清客之包围中,毫无主见,此真"假正"也。

甄应嘉,"真应假"也。甄家之起复,亦如贾府之起复。续作者总不欲使世家大族"落了片白茫茫大地真干净"也。从文章结构看,亦欲使真假宝玉相会,以作归结耳。

第一百十五回　惑偏私惜春矢素志
　　　　　　　证同类宝玉失相知

　　话说宝玉为自己失言被宝钗问住，想要掩饰过去，只见秋纹进来说："外头老爷叫二爷呢。"宝玉巴不得一声，便走了。去到贾政那里，贾政道："我叫你来，不为别的。现在你穿着孝，不便到学里去。你在家里，必要将你念过的文章温习温习。我这几天倒也闲着，隔两三日要作几篇文章我瞧瞧，看你这些时进益了没有。"宝玉只得答应着。贾政又道："你环兄弟、兰侄儿，我也叫他们温习去了。倘若你作的文章不好，反倒不及他们，那可就不成事了。"宝玉不敢言语，答应了个"是"，站着不动。贾政道："去罢。"宝玉退了出来，正撞见赖大诸人拿着些册子进来。

　　宝玉一溜烟回到自己房中，宝钗问了，知道叫他作文章，倒也喜欢。惟有宝玉不愿意，也不敢怠慢。正要坐下静静心，见有两个姑子进来，宝玉看是地藏庵的，来和宝钗说："请二奶奶安。"宝钗待理不理的说:"你们好?"因叫人来:"倒茶给师父们喝。"宝玉原要和那姑子说话,见宝钗似乎厌恶这些,也不好兜搭。那姑子知道宝钗是个冷人,也不久坐,辞了要去。宝钗道:"再坐坐去罢。"那姑子道:"我们因在铁槛寺做了功德,好些时没来请太太、奶奶们的安,今日来了,见过了奶奶、太太们,还要看四姑娘呢。"宝钗点头,由他去了。

那姑子便到惜春那里,见了彩屏,说:"姑娘在那里呢?"彩屏道:"不用提了。姑娘这几天饭都没吃,只是歪着。"那姑子道:"为什么?"彩屏道:"说也话长。你见了姑娘,只怕他便和你说了。"惜春早已听见,急忙坐起来,说:"你们两个人好啊?见我们家事差了,便不来了。"那姑子道:"阿弥陀佛!有也是施主,没也是施主。别说我们是本家庵里的,受过老太太多少恩惠呢。如今老太太的事,太太、奶奶们都见了,只没有见姑娘,心里惦记。今儿是特特的来瞧姑娘来的。"

惜春便问起水月庵的姑子来,那姑子道:"他们庵里闹了些事,如今门上也不肯常放进来了。"便问惜春道:"前儿听见说,栊翠庵的妙师父怎么跟了人去了?"惜春道:"那里的话!说这个话的人,堤防着割舌头。人家遭了强盗抢去,怎么还说这样的坏话。"那姑子道:"妙师父的为人怪僻,只怕是假惺惺罢。

<!-- 批注:地藏庵的姑子来,又引起惜春出家的念头。 -->

第一百十五回　惑偏私惜春矢素志　证同类宝玉失相知

在姑娘面前，我们也不好说的。那里像我们这些粗夯人，只知道讽经念佛，给人家忏悔，也为着自己修个善果。"

惜春道："怎么样就是善果呢？"那姑子道："除了咱们家这样善德人家儿不怕。若是别人家，那些诰命夫人、小姐也保不住一辈子的荣华。到了苦难来了，可就救不得了。只有个观世音菩萨大慈大悲，遇见人家有苦难的，就慈心发动设法儿救济。为什么如今都说大慈大悲、救苦救难的观世音菩萨呢？我们修了行的人，虽说比夫人、小姐们苦多着呢，只是没有险难的了。虽不能成佛作祖，修修来世，或者转个男身，自己也就好了。不像如今脱生了个女人胎子，什么委屈烦难都说不出来。姑娘，你还不知道呢，要是人家姑娘们出了门子，这一辈子跟着人是更没法儿的。若说修行，也只要修得真。那妙师父自为才情比我们强，他就嫌我们这些人俗，岂知俗的才能得善缘呢。他如今到底是遭了大劫了。"

地藏庵尼姑损毁妙玉，惜春如何倒能与她们"合在机上"。

惜春被那姑子一番话说得合在机上，也顾不得丫头们在这里，便将尤氏待他怎样，前儿看家的事说了一遍，并将头发指给他瞧，道："你打谅我是什么没主意、恋火坑的人么？早有这样的心，只是想不出道儿来。"那姑子听了，假作惊慌道："姑娘再别说这个话！珍大奶奶听见，还要骂杀我们，撵出庵去呢！姑娘这样人品，这样人家，将来配个好姑爷，享一辈子的荣华富贵。"惜春不等说完，便红了脸说："珍大奶奶撑得你，我就撑不得么？"那姑子知是真心，便索性激他一激，说道："姑娘别怪我们说错了话，太太、奶奶们那里就依得姑娘的性子呢？那时闹出没意思来倒不好。我们倒是为姑娘的话。"惜春道："这也瞧罢咧。"彩屏等听这话头不好，便使个眼色儿给姑子，叫他走。那姑子会意，本来心里也害怕，不敢挑逗，便告辞出去。惜春也不留他，便冷笑道："打谅天下就是你们一个地藏庵么？"那姑子也不敢答言，去了。

彩屏见事不妥，恐耽不是，悄悄的去告诉了尤氏，说："四姑娘铰头发的念头还没有息呢。他这几天，不是病，竟是怨命。奶奶堤防些，别闹出事来，那会子归罪我们身上。"尤氏道："他那里是为要出家？他为的是大爷不在家，安心和我过不去，也只好由他罢了。"彩屏等没法，也只好常常劝解。岂知惜春一天一天的不吃饭，只想铰头发。彩屏等吃不住，只得到各处告诉。邢、王二夫人等也都劝了好几次，怎奈惜春执迷不解。

尤氏又偏偏认为惜春是与她过不去。其实惜春出家岂在尤氏。

邢、王二夫人正要告诉贾政。只听外头传进来说："甄家的太太，带了他们家的宝玉来了。"众人急忙接出，便在王夫人处坐下。众人行礼，叙些寒温，不必

第一百十五回　惑偏私惜春矢素志　证同类宝玉失相知

细述。只言王夫人提起甄宝玉与自己的宝玉无二，要请甄宝玉进来一见。传话出去，回来说道："甄少爷在外书房同老爷说话，说的投了机了，打发人来请我们二爷、三爷，还叫兰哥儿，在外头吃饭。吃了饭进来。"说毕，里头也便摆饭，不提。

且说贾政见甄宝玉相貌果与宝玉一样，试探他的文才，竟应对如流，甚是心敬，故叫宝玉等三人出来警励他们。再者到底叫宝玉来比一比。宝玉听命，穿了素服，带了兄弟、侄儿出来，见了甄宝玉，竟是旧相识一般。那甄宝玉也像那里见过的，两人行了礼，然后贾环、贾兰相见。本来贾政席地而坐，要让甄宝玉在椅子上坐。甄宝玉因是晚辈，不敢上坐，就在地下铺了褥子坐下。如今宝玉等出来，又不能同贾政一处坐着，为甄宝玉又是晚一辈，又不好叫宝玉等站着。甄、贾宝玉此时方会合。

贾政知是不便，站着又说了几句话，叫人摆饭，说："我失陪，叫小儿辈陪着，大家说说话儿，好叫他们领领大教。"甄宝玉逊谢道："老伯大人请便。侄儿正欲领世兄们的教呢。"贾政回复了几句，便自往内书房去。那甄宝玉反要送出来，贾政拦住。宝玉等先抢了一步出了书房门槛，站立着看贾政进去，然后进来让甄宝玉坐下。彼此套叙了一回，诸如久慕渴想的话，也不必细述。

且说贾宝玉见了甄宝玉，想到梦中之景，并且素知甄宝玉为人必是和他同心,以为得了知己。因初次见面,不便造次。且又贾环、贾兰在坐,只有极力夸赞说:"久仰芳名,无由亲炙。今日见面,真是谪仙一流的人物。"

那甄宝玉素来也知贾宝玉的为人:"今日一见,果然不差。只是可与我共学,不可与你适道。他既和我同名同貌,也是三生石上的旧精魂了。既我略知了些道理,怎么不和他讲讲?但是初见,尚不知他的心与我同不同,只好缓缓的来。"便道:"世兄的才名,弟所素知的,在世兄是数万人的里头选出来最清最雅的,在弟是庸庸碌碌一等愚人,忝附同名,殊觉玷辱了这两个字。"

自"可与共学"两句出《论语·子罕》。

贾宝玉听了,心想:"这个人果然同我的心一样的。但是你我都是男人,不比那女孩儿们清洁,怎么他拿我当作女孩儿看待起来?"便道:"世兄谬赞,实不敢当。弟是至浊至愚,只不过一块顽石耳,何敢比世兄品望高清,实称此两字。"甄宝玉道:"弟少时不知分量,自谓尚可琢磨。岂知家遭消索,数年来更比瓦砾犹贱,虽不敢说历尽甘苦,然世道人情略略的领悟了好些。世兄是锦衣玉食,无不遂心的,必是文章经济高出人上,所以老伯钟爱,将为席上之珍。弟所以才说尊名方称。"

甄宝玉经劫难后已改易其心性,欲走文章经济之道。

贾宝玉听这话头,又近了禄蠹的旧套,想话回答。

第一百十五回　惑偏私惜春矢素志　证同类宝玉失相知

贾环见未与他说话，心中早不自在。倒是贾兰听了这话甚觉合意，便说道："世叔所言固是太谦，若论到文章经济，实在从历练中出来的，方为真才实学。在小侄年幼，虽不知文章为何物，然将读过的细味起来，那膏粱文绣比着令闻广誉，真是不啻百倍的了。"

贾兰已完全入于文章经济之途。

甄宝玉未及答言，贾宝玉听了兰儿的话，心里越发不合，想道："这孩子从几时也学了这一派酸论。"便说道："弟闻得世兄也诋尽流俗，性情中另有一番见解。今日弟幸会芝范，想欲领教一番超凡入圣的道理，从此可以净洗俗肠，重开眼界。不意视弟为蠢物，所以将世路的话来酬应。"甄宝玉听说，心里晓得："他知我少年的性情，所以疑我为假。我索性把话说明，或者与我作个知心朋友，也是好的。"便说道："世兄高论，固是真切。但弟少时也曾深恶那些旧套陈言，只是一年长似一年，家君致仕在家，懒于酬应，委弟接待。后来见过那些大人先生，尽都是显亲扬名的人，便是著书立说，无非言忠言孝，自有一番立德立言的事业，方不枉生在圣明之时，也不致负了父亲、师长养育教诲之恩，所以把少时那一派迂想痴情渐渐的淘汰了些。如今尚欲访师觅友，教导愚蒙，幸会世兄，定当有以教我。适才所言，并非虚意。"

自述改变之因，确是真改，不是假改。从此甄宝玉是确走仕途经济、言忠言孝，立德立言之人，再无别意矣。

贾宝玉愈听愈不耐烦，又不好冷淡，只得将言语支吾。幸喜里头传出话来，说："若是外头爷们吃了饭，请甄少爷里头去坐呢。"宝玉听了，趁势便邀甄宝玉进去。那甄宝玉依命前行，贾宝玉等陪着来见王夫人。

贾宝玉见是甄太太上坐，便先请过了安，贾环、贾兰也见了。甄宝玉也请了王夫人的安，两母、两子互相厮认。虽是贾宝玉是娶过亲的，那甄夫人年纪已老，又是老亲，因见贾宝玉的相貌、身材与他儿子一般，不禁亲热起来。王夫人更不用说，拉着甄宝玉问长问短，觉得比自己家的宝玉老成些。回看贾兰，也是清秀超群的，虽不能像两个宝玉的形像，也还随得上。只有贾环粗夯，未免有偏爱之色。

众人一见两个宝玉在这里，都来瞧看，说道："真真奇事，名字同了也罢，怎么相貌、身材都是一样的？亏得是我们宝玉穿孝，若是一样的衣服穿着，一时也认不出来。"内中紫鹃一时痴意发作，便想起黛玉来，心里说道："可惜林姑娘死了。若不死时，就将那甄宝玉配了他，只怕也是愿意的。"

<small>紫鹃忽作此想，唐突黛玉甚矣。此作者之恶札也。</small>

正想着，只听得甄夫人道："前日听得我们老爷回来说，我们宝玉年纪也大了，求这里老爷留心一门亲事。"王夫人正爱甄宝玉，顺口便说道："我也想要与令郎作伐。我家有四个姑娘，那三个都不用说，死的死、嫁的嫁了。还有我们珍大侄儿的妹子，只是年纪过小几岁，恐怕难配。倒是我们大媳妇的两个堂妹子，生得人才齐整。二姑娘呢，已经许了人家，三姑

第一百十五回　惑偏私惜春矢素志　证同类宝玉失相知

娘正好与令郎为配。过一天，我给令郎做媒。但是他家的家计如今差些。"甄夫人道："太太这话又客套了。如今我们家还有什么，只怕人家嫌我们穷罢了。"王夫人道："现今府上复又出了差，将来不但复旧，必是比先前更要鼎盛起来。"甄夫人笑着道："但愿依着太太的话更好。这么着，就求太太作个保山。"

甄宝玉听他们说起亲事，便告辞出来。贾宝玉等只得陪着来到书房，见贾政已在那里，复又立谈几句。听见甄家的人来回甄宝玉道："太太要走了，请爷回去罢。"于是甄宝玉告辞出来。贾政命宝玉、环、兰相送。不提。

且说宝玉自那日见了甄宝玉之父，知道甄宝玉来京，朝夕盼望。今儿见面，原想得一知己，岂知谈了半天，竟有些冰炭不投。闷闷的回到自己房中，也不言，也不笑，只管发怔。宝钗便问："那甄宝玉果然像你么？"宝玉道："相貌倒还是一样的。只是言谈间看起来并不知道什么，不过也是个禄蠹。"

宝钗道："你又编派人家了。怎么就见得也是个禄蠹呢？"宝玉道："他说了半天，并没个明心见性之谈，不过说些什么文章经济，又说什么为忠为孝。这样人，可不是个禄蠹么！只可惜他也生了这样一个相貌。我想来，有了他，我竟要连我这个相貌都不要了。"宝钗见他又发呆话，便说道："你真真说出句话

> 甄、贾宝玉截然分道。

来叫人发笑,这相貌怎么能不要呢。况且人家这话是正理,做了一个男人,原该要立身扬名的,谁像你一味的柔情私意。不说自己没有刚烈,倒说人家是禄蠹。"

宝玉本听了甄宝玉的话甚不耐烦,又被宝钗抢白了一场,心中更加不乐,闷闷昏昏,不觉将旧病又勾起来了,并不言语,只是傻笑。宝钗不知,只道是"我的话错了,他所以冷笑",也不理他。岂知那日便有些发呆,袭人等怄他也不言语。过了一夜,次日起来,只是发呆,竟有前番病的样子。

一日,王夫人因为惜春定要铰发出家,尤氏不能拦阻,看着惜春的样子,是若不依他必要自尽的,虽然昼夜着人看着,终非常事,便告诉了贾政。贾政叹气跺脚,只说:"东府里不知干了什么,闹到如此地位!"叫了贾蓉来,说了一顿,叫他去和他母亲说,认真劝解劝解。"若是必要这样,就不是我们家的姑娘了。"

> 惜春决意出家。

岂知尤氏不劝还好,一劝了更要寻死,说:"做了女孩儿,终不能在家一辈子的,若像二姐姐一样,老爷、太太们倒要烦心,况且死了。如今譬如我死了似的,放我出了家,干干净净的一辈子,就是疼我了。况且我又不出门,就是栊翠庵,原是咱们家的基趾,我就在那里修行。我有什么,你们也照应得着。现在妙玉的当家的在那里。你们依我呢,我就算得了命了。

第一百十五回　惑偏私惜春矢素志　证同类宝玉失相知

若不依我呢，我也没法，只有死就完了。我如若遂了自己的心愿，那时哥哥回来，我和他说，并不是你们逼着我的。若说我死了，未免哥哥回来倒说你们不容我。"尤氏本与惜春不合，听他的话也似乎有理，只得去回王夫人。

王夫人已到宝钗那里，见宝玉神魂失所，心下着忙，便说袭人道："你们忒不留神，二爷犯了病，也不来回我。"袭人道："二爷的病，原来是常有的，一时好，一时不好。天天到太太那里仍旧请安去，原是好好儿的，今儿才发糊涂些。二奶奶正要来回太太，恐防太太说我们大惊小怪。"宝玉听见王夫人说他们，心里一时明白，恐他们受委屈，便说道："太太放心，我没什么病，只是心里觉着有些闷闷的。"

王夫人道："你是有这病根子，早说了，好请大夫瞧瞧，吃两剂药好了不好！若再闹到头里丢了玉的时候似的，就费事了。"宝玉道："太太不放心，便叫个人来瞧瞧，我就吃药。"王夫人便叫丫头传话出来，请大夫。这一个心思都在宝玉身上，便将惜春的事忘了。迟了一回，大夫看了，服药。王夫人回去。

过了几天，宝玉更糊涂了，甚至于饭食不进，大家着急起来。恰又忙着脱孝，家中无人，又叫了贾芸来照应大夫。贾琏家下无人，请了王仁来在外帮着料理。那巧姐儿是日夜哭母，也是病了。所以荣府中又

宝玉自会见甄宝玉后，受宝钗抢白，旧病发作，愈来愈重。

闹得马仰人翻。

一日，又当脱孝来家。王夫人亲身又看宝玉，见宝玉人事不醒，急得众人手足无措。一面哭着，一面告诉贾政说："大夫回了，不肯下药，只好预备后事。"贾政叹气连连，只得亲自看视，见其光景果然不好，便又叫贾琏办去。贾琏不敢违拗，只得叫人料理，手头又短，正在为难，只见一个人跑进来，说："二爷，不好了，又有饥荒来了。"

大夫已不肯下药，宝玉已到临危时刻。

贾琏不知何事，这一唬非同小可，瞪着眼说道："什么事？"那小厮道："门上来了一个和尚，手里拿着二爷的这块丢的玉，说要一万赏银。"贾琏照脸啐道："我打量什么事，这样慌张。前番那假的你不知道么？就是真的，现在人要死了，要这玉做什么！"小厮道："奴才也说了。那和尚说，给他银子就好了。"又听着外头嚷进来说："这和尚撒野，各自跑进来了，众人拦他拦不住。"贾琏道："那里有这样怪事？你们还不快打出去呢！"正闹着，贾政听见了，也没了主意了。里头又哭出来说："宝二爷不好了！"贾政益发着急。只见那和尚嚷道："要命，拿银子来！"贾政忽然想起，头里宝玉的病是和尚治好的，这会子和尚来，或者有救星。但是这玉倘或是真，他要起银子来，怎么样呢？想了一想，姑且不管他，果真人好了再说。

绝处逢生。

贾政叫人去请，那和尚已进来了，也不施礼，也

第一百十五回　惑偏私惜春矢素志　证同类宝玉失相知

不答话，便往里就跑。贾琏拉着道："里头都是内眷，你这野东西混跑什么？"那和尚道："迟了就不能救了！"贾琏急得一面走，一面乱嚷道："里头的人不要哭了，和尚进来了！"王夫人等只顾着哭，那里理会。贾琏走近来又嚷，王夫人等回过头来，见一个长大的和尚，唬了一跳，躲避不及。那和尚直走到宝玉炕前，宝钗避过一边，袭人见王夫人站着，不敢走开。只见那和尚道："施主们，我是送玉来的。"说着，把那块玉擎着，道："快把银子拿出来，我好救他！"王夫人等惊惶无措，也不择真假，便说道："若是救活了人，银子是有的。"那和尚笑道："拿来！"王夫人道："你放心，横竖折变的出来。"

和尚哈哈大笑，手拿着玉，在宝玉耳边叫道："宝玉，宝玉！你的宝玉回来了！"说了这一句，王夫人等见宝玉把眼一睁。袭人说道："好了。"只见宝玉便问道："在那里呢？"那和尚把玉递给他手里。宝玉先前紧紧的攥着，后来慢慢的得过手来，放在自己眼前，细细的一看，说："嗳呀，久违了！"里外众人都喜欢的念佛，连宝钗也顾不得有和尚了。贾琏也走过来一看，果见宝玉回过来了，心里一喜，疾忙躲出去了。

"入我门来一笑逢"也。

那和尚也不言语，赶来拉着贾琏就跑。贾琏只得跟着，到了前头，赶着告诉贾政。贾政听了喜欢，即找和尚施礼叩谢。和尚还了礼坐下。贾琏心下狐疑："必是要了银子才走。"贾政细看那和尚，又非前次见的，便问："宝刹何方？法师大号？这玉是那里得的？怎么小儿一见便会活过来呢？"那和尚微微笑道："我也不知道，只要拿一万银子来，就完了。"贾政见这和尚粗鲁，也不敢得罪，便说："有。"和尚道："有，便快拿来罢，我要走了。"贾政道："略请少坐，待我进内瞧瞧。"和尚道："你去，快出来才好。"

贾政果然进去，也不及告诉，便走到宝玉炕前。宝玉见是父亲来，欲要爬起，因身子虚弱起不来。王夫人按着，说道："不要动。"宝玉笑着拿这玉给贾政瞧道："宝玉来了。"贾政略略一看，知道此事有些根源，也不细看，便和王夫人道："宝玉好过来了。这赏银怎么样？"王夫人道："尽着我所有的，折变了给他就是了。"宝玉道："只怕这和尚不是要银子的罢。"贾政点头道："我也看来古怪，但是他口口声声的要银子。"王夫人道："老爷出去，先款留着他再说。"贾政出来。

宝玉便嚷饿了，喝了一碗粥，还说要饭。婆子们果然取了饭来，王夫人还不敢给他吃。宝玉说："不妨的，我已经好了。"便爬着吃了一碗，渐渐的神气果然好过来了，但要坐起来。麝月上去轻轻的扶起，因心里喜欢，忘了情，说道："真是宝贝，才看见了

第一百十五回　惑偏私惜春矢素志　证同类宝玉失相知

一会儿就好了。亏的当初没有砸破。"

宝玉听了这话,神色一变,把玉一摔,身子往后一仰。未知死活,下回分解。

【回后评】

　　惜春的出家，一是因为她孤僻的个性，二是因为她的社会家庭环境：眼见着众芳皆尽，迎春惨死，探春远嫁，虽元春贵为皇妃，亦是孤独而终，黛玉则明明是为情而死。诸种现实，说明青春少女没有出路，没有幸福，何况她又是东府里的人，东府已不堪至此，连贾政都"叹气跺脚，只说：'东府里不知干了什么？闹到如此地位！'"所以惜春之出家，固有她孤僻个性的一面，更还有社会逼迫的一面，而且是更重要的一面。假定她的姐妹们个个欢欢喜喜，找到了自己的理想出路，她又何必定要出家！

　　甄、贾宝玉至此方合。前八十回甄宝玉未有具体描写，直到此处甄、贾宝玉方会合，然后又开始明确分道扬镳。此一构思，是续作者完成的。甄宝玉走仕途经济之路，在世人目中是"真宝玉"。贾宝玉失玉后心性模糊摇荡，至玉归后又复原始本性，贾宝玉终是"假宝玉"，续作者以此来归结全书。然贾宝玉在失玉前已与前八十回开始游离，故续书之贾宝玉与前八十回之贾宝玉终未能成一体也。

第一百十六回　　得通灵幻境悟仙缘
　　　　　　　　送慈柩故乡全孝道

话说宝玉一听麝月的话，身往后仰，复又死去，急得王夫人等哭叫不止。麝月自知失言致祸，此时王夫人等也不及说他。那麝月一面哭着，一面打定主意，心想："若是宝玉一死，我便自尽，跟了他去！"

不言麝月心里的事。且言王夫人等见叫不回来，赶着叫人出来，找和尚救治。岂知贾政进内出去时，那和尚已不见了。

贾政正在诧异，听见里头又闹，急忙进来。见宝玉又是先前的样子，口关紧闭，脉息全无。用手在心窝中一摸，尚是温热。贾政只得急忙请医灌药救治。

那知那宝玉的魂魄早已出了窍了。你道死了不成？却原来恍恍惚惚赶到前厅，见那送玉的和尚坐着，便施了礼。那知和尚站起身来，拉着宝玉就走。宝玉跟了和尚，觉得身轻如叶，飘飘飖飖，也没出大门，不知从那里走了出来。行了一程，到了个荒野地方，

<small>宝玉刚刚清醒过来，忽又死去，情节倏忽变化，令人不可捉摸。</small>

<small>宝玉又入幻境。</small>

远远的望见一座牌楼,好像曾到过的。

正要问那和尚时,只见恍恍惚惚来了一个女人。宝玉心里想道:"这样旷野地方,那得有如此的丽人,必是神仙下界了。"宝玉想着,走近前来,细细一看,竟有些认得的,只是一时想不起来。见那女人和和尚打了一个照面,就不见了。宝玉一想,竟是尤三姐的样子,越发纳闷:"怎么他也在这里?"

<small>先遇尤三姐。</small>

又要问时,那和尚拉着宝玉过了那牌楼,只见牌上写着"真如福地"四个大字,两边一副对联,乃是:

<small>与第五回太虚幻境的对联正好意思相反。</small>

> 假去真来真胜假,
>
> 无原有是有非无。

转过牌坊,便是一座宫门,门上横书四个大字道:"福善祸淫"。又有一副对子,大书云:

> 过去未来,莫谓智贤能打破;
>
> 前因后果,须知亲近不相逢。

宝玉看了,心下想道:"原来如此。我倒要问问因果来去的事了。"这么一想,只见鸳鸯站在那里招手儿叫他。宝玉想道:"我走了半日,原不曾出园子,怎么改了样子了呢?"赶着要和鸳鸯说话,岂知一转眼便不见了,心里不免疑惑起来。走到鸳鸯站的地方儿,乃是一溜配殿,各处都有匾额。宝玉无心去看,只向鸳鸯立的所在奔去。

<small>又见鸳鸯。</small>

见那一间配殿的门半掩半开,宝玉也不敢造次进

第一百十六回　得通灵幻境悟仙缘　送慈柩故乡全孝道

去，心里正要问那和尚一声，回过头来，和尚早已不见了。宝玉恍惚，见那殿宇巍峨，绝非大观园景象。便立住脚，抬头看那匾额上写道："引觉情痴"。两边写的对联道：

喜笑悲哀都是假，

贪求思慕总因痴。

宝玉看了，便点头叹息。想要进去找鸳鸯，问他是什么所在。细细想来，甚是熟识，便仗着胆子推门进去。满屋一瞧，并不见鸳鸯，里头只是黑漆漆的，心下害怕。正要退出，见有十数个大橱，橱门半掩。

宝玉忽然想起："我少时做梦，曾到过这样个地方。如今能够亲身到此也是大幸。"恍惚间，把找鸳鸯的念头忘了。便壮着胆把上首的大橱开了橱门一瞧，见有好几本册子，心里更觉喜欢，想道："大凡人做梦，说是假的，岂知有这梦便有这事。我常说，还要做这个梦再不能的，不料今儿被我找着了。但不知那册子是那个见过的不是？"伸手在上头取了一本，册上写着"金陵十二钗正册"。宝玉拿着一想，道："我恍惚记得是那个，只恨记不得清楚。"便打开头一页看去，见上头有画，但是画迹模糊，再瞧不出来。后面有几行字迹也不清楚，尚可摹拟，便细细的看去，见有什么"玉带"，上头有个好像"林"字，心里想道："不要是说林妹妹罢？"便认真看去,底下又有"金簪雪里"

四字，诧异道："怎么又像他的名字呢？"复将前后四句合起来一念道："也没有什么道理，只是暗藏着他两个名字，并不为奇。独有那'怜'字'叹'字不好。这是怎么解？"想到那里，又自啐道："我是偷着看，若只管呆想起来，倘有人来，又看不成了。"

遂往后看去，也无暇细玩那画图，只从头看去。看到尾儿有几句词，什么"相逢大梦归"一句，便恍然大悟道："是了，果然机关不爽，这必是元春姐姐了。若都是这样明白，我要抄了去细玩起来，那些姊妹们的寿夭穷通没有不知的了。我回去自不肯泄漏，只做一个未卜先知的人，也省了多少闲想。"又向各处一瞧，并没有笔砚，又恐人来，只得忙着看去。

只见图上影影有一个放风筝的人儿，也无心去看。急急的将那十二首诗词都看遍了。也有一看便知的，也有一想便得的，也有不大明白的，心下牢牢记着。一面叹息，一面又取那《金陵又副册》一看，看到"堪羡优伶有福，谁知公子无缘"，先前不懂，见上面尚有花席的影子，便大惊痛哭起来。

待要往后再看，听见有人说道："你又发呆了！林妹妹请你呢。"好似鸳鸯的声气，回头却不见人。心中正自惊疑，忽鸳鸯在门外招手。宝玉一见，喜得赶出来。但见鸳鸯在前影影绰绰的走，只是赶不上。宝玉叫道："好姐姐，等等我。"那鸳鸯并不理，只顾

第一百十六回　得通灵幻境悟仙缘　送慈柩故乡全孝道

前走。宝玉无奈，尽力赶去。

忽见别有一洞天，楼阁高耸，殿角玲珑，且有好些宫女隐约其间。宝玉贪看景致，竟将鸳鸯忘了。宝玉顺步走入一座宫门，内有奇花异卉，都也认不明白。惟有白石花栏，围着一棵青草，叶头上略有红色，但不知是何名草，这样矜贵。只见微风动处，那青草已摇摆不休，虽说是一枝小草，又无花朵，其妩媚之态，不禁心动神怡，魂消魄丧。　　绛珠草。

宝玉只管呆呆的看着，只听见旁边有一人说道："你是那里来的蠢物，在此窥探仙草？"宝玉听了，吃了一惊，回头看时，却是一位仙女，便施礼道："我找鸳鸯姐姐，误入仙境，恕我冒昧之罪。请问神仙姐姐，这里是何地方？怎么我鸳鸯姐姐到此，还说是林妹妹叫我？望乞明示。"那人道："谁知你的姐姐妹妹，我是看管仙草的，不许凡人在此逗留。"宝玉欲待要出来，又舍不得，只得央告道："神仙姐姐既是那管理仙草的，必然是花神姐姐了。但不知这草有何好处？"那仙女道："你要知道这草，说起来话长着呢。那草本在灵河岸上，名曰绛珠草，因那时萎败，幸得一个神瑛侍者，日以甘露灌溉，得以长生。后来降凡历劫，还报了灌溉之恩，今返归真境。所以警幻仙子命我看管，不令蜂缠蝶恋。"

宝玉听了不解，一心疑定必是遇见了花神了，今日断不可当面错过,便问:"管这草的是神仙姐姐了。还有无数名花必有专管的,我也不敢烦问,只有看管芙蓉花的是那位神仙?"那仙女道:"我却不知,除是我主人方晓。"宝玉便问道:"姐姐的主人是谁?"那仙女道:"我主人是潇湘妃子。"宝玉听道:"是了,你不知道,这位妃子就是我的表妹林黛玉。"那仙女道:"胡说。此地乃上界神女之所,虽号为潇湘妃子,并不是娥皇、女英之辈,何得与凡人有亲?你少来混说,瞧着叫力士打你出去。"宝玉听了发怔,只觉自形秽浊,正要退出,又听见有人赶来,说道:"里面叫请神瑛侍者。"那人道:"我奉命等了好些时,总不见有神瑛侍者过来。你叫我那里请去?"那一个笑道:"才退去的不是么?"那侍女慌忙赶出来,说:"请神瑛侍者回来。"宝玉只道是问别人,又怕被人追赶,只得踉跄而逃。

正走时,只见一人手提宝剑,迎面拦住,说:"那里走!"唬得宝玉惊惶无措,仗着胆抬头一看,却不是别人,就是尤三姐。宝玉见了,略定些神,央告道:"姐姐,怎么你也来逼起我来了?"那人道:"你们弟兄,没有一个好人,败人名节,破人婚姻。今儿你到这里,是不饶你的了!"宝玉听去,话头不好,正自着急,只听后面有人叫道:"姐姐快快拦住,不要放他走了。"尤三姐道:"我奉妃子之命,等候已久,今

_{又见尤三姐。}

第一百十六回　得通灵幻境悟仙缘　送慈柩故乡全孝道

儿见了，必定要一剑斩断你的尘缘。"宝玉听了，益发着忙，又不懂这些话到底是什么意思，只得回头要跑。

岂知身后说话的并非别人，却是晴雯。宝玉一见，悲喜交集，便说："我一个人走迷了道儿，遇见仇人，我要逃回，却不见你们一人跟着我。如今好了，晴雯姐姐，快快的带我回家去罢。"晴雯道："侍者不必多疑，我非晴雯。我是奉妃子之命，特来请你一会，并不难为你。"宝玉满腹狐疑，只得问道："姐姐说是妃子叫我，那妃子究是何人？"晴雯道："此时不必问。到了那里，自然知道。"宝玉没法，只得跟着走。细看那人背后举动，恰是晴雯，那面目声音是不错的了，"怎么他说不是？我此时心里模糊。且别管他，到了那边见了妃子，就有不是，那时再求他，到底女人的心肠是慈悲的，必是恕我冒失。"

又见晴雯。

正想着，不多时到了一个所在。只见殿宇精致，彩色辉煌，庭中一丛翠竹，户外数本苍松，廊檐下立着几个侍女，都是宫妆打扮。见了宝玉进来，便悄悄的说道："这就是神瑛侍者么？"引着宝玉的说道："就是。你快进去通报罢。"有一侍女笑着招手，宝玉便跟着进去。过了几层房舍，见一正房，珠帘高挂。那侍女说："站着候旨。"宝玉听了，也不敢则声，只得在外等着。

> 又见黛玉。

　　那侍女进去不多时，出来说："请侍者参见。"又有一人卷起珠帘。只见一女子，头戴花冠，身穿绣服，端坐在内。宝玉略一抬头，见是黛玉的形容，便不禁的说道："妹妹在这里，叫我好想！"那帘外的侍女悄咤道："这侍者无礼，快快出去！"说犹未了，又见一个侍儿将珠帘放下。

　　宝玉此时欲待进去又不敢，要走又不舍，待要问明，见那些侍女并不认得，又被驱逐，无奈出来。心想要问晴雯，回头四顾，并不见有晴雯。心下狐疑，只得快快出来，又无人引着，正欲找原路而去，却又找不出旧路了。

> 又见凤姐。

　　正在为难，见凤姐站在一所房檐下招手。宝玉看见，喜欢道："可好了，原来回到自己家里了。我怎么一时迷乱如此。"急奔前来，说："姐姐在这里么？我被这些人捉弄到这个分儿。林妹妹又不肯见我，不知是何原故？"说着，走到凤姐站的地方，细看起来，

> 又见可卿。

并不是凤姐，原来却是贾蓉的前妻秦氏。宝玉只得立住脚，要问"凤姐姐在那里"。那秦氏也不答言，竟自往屋里去了。

　　宝玉恍恍惚惚的又不敢跟进去，只得呆呆的站着，叹道："我今儿得了什么不是，众人都不理我。"便痛哭起来。见有几个黄巾力士执鞭赶来，说："是何处男人，敢闯入我们这天仙福地来。快走出去！"宝玉

第一百十六回　得通灵幻境悟仙缘　送慈柩故乡全孝道

听得，不敢言语。正要寻路出来，远远望见一群女子说笑前来。宝玉看时，又像有迎春等一干人走来，心里喜欢，叫道："我迷住在这里，你们快来救我！"正嚷着，后面力士赶来。宝玉急得往前乱跑，忽见那一群女子都变作鬼怪形像也来追扑。

> 又见迎春等人。

宝玉正在情急，只见那送玉来的和尚，手里拿着一面镜子一照，说道："我奉元妃娘娘旨意，特来救你。"登时鬼怪全无，仍是一片荒郊。宝玉拉着和尚，说道："我记得是你领我到这里，你一时又不见了。看见了好些亲人，只是都不理我，忽又变作鬼怪，到底是梦是真，望老师明白指示。"那和尚道："你到这里曾偷看什么东西没有？"宝玉一想，道："他既能带我到天仙福地，自然也是神仙了，如何瞒得他，况且正要问个明白。"便道："我倒见了好些册子来着。"那和尚道："可又来，你见了册子，还不解么？世上的情缘都是那些魔障。只要把历过的事情细细记着，将来我与你说明。"说着把宝玉狠命的一推，说："回去罢！"宝玉站不住脚，一跤跌倒，口里嚷道："呵哟！"

> 一段历幻缘的情节，都是从前面第五回来，然第五回文笔何等灵动，此处只见模拟痕迹。

王夫人等正在哭泣，听见宝玉苏来，连忙叫唤。宝玉睁眼看时，仍躺在炕上，见王夫人、宝钗等哭的眼泡红肿。定神一想，心里说道："是了，我是死去过来的。"遂把神魂所历的事呆呆的细想，幸喜多还记得，便哈哈的笑道："是了，是了！"王夫人只道旧病复发，便好延医调治，即命丫头、婆子快去告诉贾政，说是："宝玉回过来了。头里原是心迷住了，如今说出话来，不用备办后事了。"

贾政听了，即忙进来看视，果见宝玉苏来，便道："没福的痴儿，你要唬死谁么！"说着，眼泪也不知不觉流下来了。又叹了几口气，仍出去叫人请医生诊脉服药。

这里麝月正思自尽，见宝玉一过来也放了心。只见王夫人叫人端了桂圆汤，叫他喝了几口，渐渐的定了神。王夫人等放心，也没有说麝月，只叫人仍把那玉交给宝钗给他带上。"想起那和尚来，这玉不知那里找来的，也是古怪。怎么一时要银，一时又不见了，莫非是神仙不成？"

宝钗道："说起那和尚来的踪迹去的影响，那玉并不是找来的。头里丢的时候，必是那和尚取去的。"王夫人道："玉在家里怎么能取的了去？"宝钗道："既可送来，就可取去。"袭人、麝月道："那年丢了玉，林大爷测了个字，后来二奶奶过了门，我还告诉过二奶奶，说测的那字是什么'赏'字。二奶奶还记得么？"宝钗想道："是了。你们说测的是当铺里找去，如今才明白了，竟是个和尚的'尚'字在上头。可不是和尚取了去的么？"

王夫人道："那和尚本来古怪。那年宝玉病的时候,那和尚来说是我们家有宝贝可解,说的就是这块玉了。他既知道,自然这块玉到底有些来历。况且你女婿养下来就嘴里含着的。古往今来,你们听见过这么第二个么?只是不知终久这块玉到底是怎么着,就连咱们这一个也还不知是怎么着。病也是这块玉,好也是这块玉,生也是这块玉——"说到这里,忽然住了,不免又流下泪来。宝玉听了,心里却也明白,更想死去的事愈加有因,只不言语,心里细细的记忆。

那时,惜春便说道:"那年失玉,还请妙玉请过仙,说是'青埂峰下倚古松',还有什么'入我门来一笑逢'的话,想起来'入我门'三字大有讲究。佛教的法门最大,只怕二哥不能入得去。"宝玉听了,又冷笑几声。宝钗听了,不觉的把眉头儿肐揪着发起怔来。尤氏道:"偏你一说又是佛门了。你出家的念头还没有歇么?"惜春笑道:"不瞒嫂子说,我早已断了荤了。"王夫人道:"好孩子,阿弥陀佛,这个念头是起不得的。"惜春听了,也不言语。

宝玉想"青灯古佛前"的诗句,不禁连叹几声。忽又想起一床席、一枝花的诗句来,拿眼睛看着袭人,不觉又流下泪来。众人都见他忽笑忽悲,也不解是何意,只道是他的旧病。岂知宝玉触处机来,竟能把偷看册上诗句俱牢牢记住了,只是不说出来,心中早有一个成见在那里了。暂且不提。

且说众人见宝玉死去复生,神气清爽,又加连日服药,一天好似一天,渐渐的复原起来。便是贾政见宝玉已好,现在丁忧无事,想起贾赦不知几时遇赦,老太太的灵柩久停寺内,终不放心,欲要扶柩回南安葬,便叫了贾琏来商议。

贾琏便道:"老爷想得极是。如今趁着丁忧,干了一件大事更好。将来老爷起了服,生恐又不能遂意了。但是我父亲不在家,侄儿呢又不敢僭越。老爷的主意很好,只是这件事也得好几千银子。衙门里缉赃,那是再缉不出来的。"贾政道:"我的主意是定了。只为大爷不在家,叫你来商议商议怎么个办法。你是不能出门的。现在这里没有人,我为是好几口棺材都要带回去的,一个怎么样的照应呢?想起把蓉哥儿带了去。况且有他媳妇的棺材也在里头。还有你林妹妹的,那是老太太的遗言,说跟着老太太一块儿回去的。我想,这一项银子只好在那里挪借几千,也就够了。"

<small>贾政要扶柩南归。</small>

贾琏道:"如今的人情过于淡薄。老爷呢,又丁忧;我们老爷呢,又在外头。一时借是借不出来的了。只好拿房地文书出去押去。"贾政道:"住的房子是官盖的,那里动得?"贾琏道:"住房是不能动的。外头还有几所可以出脱的,等老爷起复后再赎也使得。将来我父亲回来了,倘能也再起用也好赎的。只是老爷

第一百十六回　得通灵幻境悟仙缘　送慈柩故乡全孝道

这么大年纪，辛苦这一场，侄儿们心里实不安。"

贾政道："老太太的事，是应该的。只要你在家谨慎些，把持定了才好。"贾琏道："老爷这倒只管放心，侄儿虽糊涂，断不敢不认真办理的。况且老爷回南少不得多带些人去，所留下的人也有限了。这点子费用还可以过的来。就是老爷路上短少些，必经过赖尚荣的地方，可也叫他出点力儿。"贾政道："自己的老人家的事，叫人家帮什么。"贾琏答应了"是"，便退出来打算银钱。

贾政便告诉了王夫人，叫他管了家，自己便择了发引长行的日子，就要起身。宝玉此时身体复元，贾环、贾兰倒认真念书，贾政都交付给贾琏，叫他管教："今年是大比的年头。环儿是有服的，不能入场。兰儿是孙子，服满了也可以考的。务必叫宝玉同着侄儿考去。能够中一个举人，也好赎一赎咱们的罪名。"贾琏等唯唯应命。贾政又吩咐了在家的人，说了好些话，才别了宗祠，便在城外念了几天经，就发引下船，带了林之孝等而去。也没有惊动亲友，惟有自家男女送了一程回来。

> 安排宝玉、贾兰应试。

宝玉因贾政命他赴考，王夫人便不时催逼，查考起他的工课来。那宝钗、袭人时常劝勉，自不必说。那知宝玉病后虽精神日长，他的念头一发更奇僻了，竟换了一种。不但厌弃功名仕进，竟把那儿女情缘也看淡了好些。只是众人不大理会，宝玉也并不说出来。

一日，恰遇紫鹃送了林黛玉的灵柩回来，闷坐自己屋里啼哭，想着："宝玉无情，见他林妹妹的灵柩回去，并不伤心落泪，见我这样痛哭，也不来劝慰，反瞅着我笑。这样负心的人，从前都是花言巧语来哄着我们！前夜亏我想得开，不然几乎又上了他的当。只是一件叫人不解，如今我看他待袭人等也是冷冷儿的。二奶奶是本来不喜欢亲热的，麝月那些人就不抱怨他么？我想，女孩子们多半是痴心的，白操了那些时的心，看将来怎样结局！"正想着，只见五儿走来瞧他，见紫鹃满面泪痕，便说："姐姐又想林姑娘了？想一个人闻名不如眼见，头里听着宝二爷女孩子跟前是最好的，我母亲再三的把我弄进来。岂知我进来了，尽心竭力的服侍了几次病，如今病好了，连一句好话也没有剩出来，如今索性连眼儿也都不瞧了。"紫鹃听他说的好笑，便"噗嗤"的一笑，啐道："呸，你这小蹄子！你心里要宝玉怎么个样儿待你才好？女孩儿家也不害臊，连名公正气的屋里人瞧着他还没事人一大堆呢，有功夫理你去！"因又笑着拿个指头往脸上抹着，问道："你到底算宝玉的什么人哪？"

那五儿听了，自知失言，便飞红了脸。待要解说不是要宝玉怎样看待，说他近来不怜下的话，只听院

> 宝玉已断尘缘。

门外乱嚷说:"外头和尚又来了,要那一万银子呢。太太着急,叫琏二爷和他讲去,偏偏琏二爷又不在家,那和尚在外头说些疯话,太太叫请二奶奶过去商量。"

不知怎样打发那和尚,下回分解。

【回后评】

　　宝玉得通灵后重游幻境,是为作全书之结也。故幻境中重见鸳鸯、黛玉、晴雯、尤三姐、凤姐、可卿诸人,然尤二姐、妙玉诸人均未见,则文有参差也。幻境中联语都偏于实,无前缥缈之意,然终不免有雷同前文之感。

　　贾政扶柩南归,亦是为全书作收缩。

　　宝玉游幻境后复苏,便渐生解脱之意,亦为后文预作伏笔。

第一百十七回　　阻超凡佳人双护玉
　　　　　　　　欣聚党恶子独承家

　　话说王夫人打发人来，叫宝钗过去商量。宝玉听见说是和尚在外头，赶忙的独自一人走到前头，嘴里乱嚷道："我的师父在那里？"叫了半天，并不见有和尚，只得走到外面。见李贵将和尚拦住，不放他进来。宝玉便说道："太太叫我请师父进去。"李贵听了松了手。那和尚便摇摇摆摆的进去。

　　宝玉看见那僧的形状，与他死去时所见的一般，心里早有些明白了，便上前施礼，连叫："师父，弟子迎候来迟。"那僧说："我不要你们接待，只要银子。拿了来，我就走。"宝玉听来，又不像有道行的话，看他满头癞疮，混身腌臜破烂，心里想道："自古说'真人不露相，露相不真人'，也不可当面错过，我且应了他谢银，并探探他的口气。"便说道："师父不必性急，现在家母料理，请师父坐下，略等片刻。弟子请问，师父可是从太虚幻境而来？"那和尚道："什么幻境，不过是来处来，去处去罢了！我是送还你的玉来的。我且问你，那玉是从那里来的？"宝玉一时对答不来。那僧笑道："你自己的来路还不知，便来问我！"宝玉本来颖悟，又经点化，早把红尘看破，只是自己的底里未知；一闻那僧问起玉来，好像当头一棒，便说道："你也不用银子了，我把那玉还你罢。"那僧笑道："也该还我了。"

> 来处来，去处去，答得既超且玄，嫌太虚幻境还实。

> "自己的来路还不知，便来问我"，一语点化，是归来路之时矣。

> 宝玉知道还玉，已得其化矣，是归真之时矣。

宝玉也不答言，往里就跑，走到自己院内，见宝钗、袭人等都到王夫人那里去了，忙向自己床边取了那玉便走出来。迎面碰见了袭人，撞了一个满怀，把袭人唬了一跳，说道："太太说，你陪着和尚坐着很好，太太在那里打算送他些银两。你又回来做什么？"宝玉道："你快去回太太，说不用张罗银两了，我把这玉还了他就是了。"袭人听说，即忙拉住宝玉，道："这断使不得的。那玉就是你的命，若是他拿去了，你又要病着了。"宝玉道："如今不再病的了，我已经有了心了，要那玉何用！"摔脱袭人，便要想走。

> 还他玉，比还银子更直截，更本真。

> 玉是灵的象征，早已入心，玉已是其第二义矣。

袭人急得赶着嚷道："你回来，我告诉你一句话。"宝玉回过头来，道："没有什么说的了。"袭人顾不得什么，一面赶着跑，一面嚷道："上回丢了玉，几乎没有把我的命要了！刚刚儿的有了，你拿了去，你也活不成，我也活不成了。你要还他，除非是叫我死了！"说着，赶上一把拉住。宝玉急了，道："你死也要还，

第一百十七回　阻超凡佳人双护玉　欣聚党恶子独承家

你不死也要还！"狠命的把袭人一推，抽身要走。怎奈袭人两只手绕着宝玉的带子不放松，哭喊着坐在地下。里面的丫头听见，连忙赶来，瞧见他两个人的神情不好，只听见袭人哭道："快告诉太太去，宝二爷要把那玉去还和尚呢！"丫头赶忙飞报王夫人，那宝玉更加生气，用手来掰开了袭人的手，幸亏袭人忍痛不放。

> 宝玉要离尘而去，袭人自然不放。

紫鹃在屋里听见宝玉要把玉给人，这一急比别人更甚，把素日冷淡宝玉的主意都忘在九霄云外了，连忙跑出来，帮着抱住宝玉。那宝玉虽是个男人，用力摔打，怎奈两个人死命的抱住不放，也难脱身，叹口气道："为一块玉，这样死命的不放，若是我一个人走了，又待怎么样呢？"袭人、紫鹃听到那里，不禁嚎啕大哭起来。

> 紫鹃何以也不放宝玉，紫鹃乃黛玉之心也。然宝玉之离尘，是因黛玉之化去也。
> 玉还是其次，人还要走呢！

正在难分难解，王夫人、宝钗急忙赶来，见是这样形景，便哭着喝道："宝玉，你又疯了吗！"宝玉见王夫人来了，明知不能脱身，只得陪笑说道："这当什么，又叫太太着急。他们总是这样大惊小怪的，我说那和尚不近人情，他必要一万银子，少一个不能。我生气进来，拿这玉还他，就说是假的，要这玉干什么。他见得我们不希罕那玉，便随意给他些就过去了。"王夫人道："我打谅真要还他，这也罢了。为什么不告诉明白了他们，叫他们哭哭喊喊的像什么！"

宝钗道："这么说呢，倒还使得。要是真拿那玉给他，那和尚有些古怪，倘或一给了他，又闹到家口不宁，岂不是不成事了么？至于银钱呢，就把我的头面折变了，也还够了呢。"王夫人听了，道："也罢了，且就这么办罢。"宝玉也不回答。只见宝钗走上来，在宝玉手里拿了这玉，说道："你也不用出去，我合太太给他钱就是了。"宝玉道："玉不还他也使得，只是我还得当面见他一见才好。"袭人等仍不肯放手，到底宝钗明决，说："放了手，由他去就是了。"袭人只得放手。宝玉笑道："你们这些人，原来重玉不重人哪。你们既放了我，我便跟着他走了，看你们就守着那块玉怎么样！"袭人心里又着急起来，仍要拉他，只碍着王夫人和宝钗的面前，又不好太露轻薄。恰好宝玉一撒手就走了。袭人忙叫小丫头在三门口传了焙茗等："告诉外头，照应着二爷，他有些疯了。"小丫头答应了出去。

> 玉还不还，还是次要，要见真面才是第一。

王夫人、宝钗等进来坐下，问起袭人来由。袭人便将宝玉的话细细说了。王夫人、宝钗甚是不放心，又叫人出去吩咐众人伺候，听着和尚说些什么。回来小丫头传话进来，回王夫人道："二爷真有些疯了。外头小厮们说，里头不给他玉，他也没法，如今身子出来了，求着那和尚带了他去。"王夫人听了，说道："这还了得！那和尚说什么来着？"小丫头回道："和

第一百十七回　阻超凡佳人双护玉　欣聚党恶子独承家

尚说，要玉不要人。"宝钗道："不要银子了么？"小丫头道："没听见说。后来和尚和二爷两个人说着笑着，有好些话外头小厮们都不大懂。"王夫人道："糊涂东西，听不出来，学是自然学得来的。"便叫小丫头："你把那小厮叫进来。"小丫头连忙出去叫进那小厮，站在廊下，隔着窗户请了安。王夫人便问道："和尚和二爷的话，你们不懂，难道学也学不来吗？"那小厮回道："我们只听见说什么'大荒山'，什么'青埂峰'，又说什么'太虚境'，'斩断尘缘'这些话。"王夫人听了也不懂。宝钗听了，唬得两眼直瞪，半句话都没有了。

正要叫人出去，拉宝玉进来，只见宝玉笑嘻嘻的进来，说："好了，好了！"宝钗仍是发怔。王夫人道："你疯疯颠颠的，说的是什么？"宝玉道："正经话，又说我疯颠。那和尚与我原认得的，他不过也是要来见我一见。他何尝是真要银子呢，也只当化个善缘就是了。所以说明了，他自己就飘然而去了。这可不是好了么？"

王夫人不信，又隔着窗户问那小厮。那小厮连忙出去问了门上的人，进来回说："果然和尚走了。说请太太们放心，我原不要银子，只要宝二爷时常到他那里去去就是了。诸事只要随缘，自有一定的道理。"王夫人道："原来是个好和尚，你们曾问住在那里？"

旁批：

"要玉不要人"者，要其灵性、悟性，不要其臭皮囊也。

"斩断尘缘"，宝钗当然能懂。

已经其点化，启其悟性，结善缘矣。证其果则尚在后也。

门上道:"奴才也问来着,他说我们二爷是知道的。"王夫人问宝玉道:"他到底住在那里?"宝玉笑道:"这个地方说远就远,说近就近。"

<small>二爷已知道"去处去"矣,就在方寸之间。</small>

宝钗不待说完,便道:"你醒醒儿罢,别尽着迷在里头。现在老爷、太太就疼你一个人,老爷还吩咐叫你干功名长进呢。"宝玉道:"我说的不是功名么?你们不知道,'一子出家,七祖升天'呢。"王夫人听到那里,不觉伤心起来,说:"我们的家运怎么好,一个四丫头口口声声要出家,如今又添出一个来了。我这样的日子过他做什么?"说着,大哭起来。宝钗见王夫人伤心,只得上前苦劝。宝玉笑道:"我说了这一句顽话,太太又认起真来了。"王夫人止住哭声道:"这些话也是混说的么!"

正闹着,只见丫头来回话:"琏二爷回来了,颜色大变,说请太太回去说话。"王夫人又吃了一惊,说道:"将就些,叫他进来罢。小婶子也是旧亲,不用回避了。"

贾琏进来,见了王夫人请了安。宝钗迎着,也问了贾琏的安。贾琏回说道:"刚才接了我父亲的书信,说是病重的很,叫我就去。若迟了,恐怕不能见面。"说到那里,眼泪便掉下来了。王夫人道:"书上写的是什么病?"贾琏道:"写的是感冒风寒起来的,如

<small>贾赦急病,贾琏离家,为后文贾环等人诱卖巧姐先下伏笔。</small>

第一百十七回　阻超凡佳人双护玉　欣聚党恶子独承家

今成了痨病了。现在危急，专差一个人连日连夜赶来的，说如若再耽搁一两天，就不能见面了。故来回太太，侄儿必得就去才好。只是家里没人照管。蔷儿、芸儿虽说糊涂，到底是个男人，外头有了事来还可传个话。侄儿家里倒没有什么事，秋桐是天天哭着喊着，不愿意在这里，侄儿叫了他娘家的人来领了去了，倒省了平儿好些气。虽是巧姐没人照应，还亏平儿的心不很坏。妞儿心里也明白，只是性气比他娘还刚硬些，求太太时常管教管教他。"说着眼圈儿一红，连忙把腰里拴槟榔荷包的小绢子拉下来擦眼。王夫人道："放着他亲祖母在那里，托我做什么？"贾琏轻轻的说道："太太要说这个话，侄儿就该活活儿的打死了。没什么说的，总求太太始终疼侄儿就是了。"说着，就跪下来了。王夫人也眼圈儿红了，说："你快起来，娘儿们说话儿，这是怎么说？只是一件，孩子也大了，倘或你父亲有个一差二错，又耽搁住了，或者有个门当户对的来说亲，还是等你回来，还是你太太作主？"贾琏道："现在太太们在家，自然是太太们做主，不必等我。"

王夫人道："你要去，就写了禀帖，给二老爷送个信，说家下无人，你父亲不知怎样，快请二老爷将老太太的大事早早的完结，快快回来。"贾琏答应了"是"，正要走出去，复转回来，回说道："咱们家的家下人家

〔打发了秋桐。〕

里还够使唤,只是园里没有人,太空了。包勇又跟了他们老爷去了。姨太太住的房子,薛二爷已搬到自己的房子内住了。园里一带屋子都空着,戈没照应,还得太太叫人常查看查看。那栊翠庵原是咱们家的地基,如今妙玉不知那里去了,所有的根基,他的当家女尼不敢自己作主,要求府里一个人管理管理。"

> 交代包勇。

王夫人道:"自己的事还闹不清,还搁得住外头的事么?这句话好歹别叫四丫头知道。若是他知道了,又要吵着出家的念头出来了。你想,咱们家什么样的人家,好好的姑娘出了家,还了得!"贾琏道:"太太不提起,侄儿也不敢说。四妹妹到底是东府里的,又没有父亲,他亲哥哥又在外头,他亲嫂子又不大说的上话。侄儿听见要寻死觅活了好几次。他既是心里这么着的了,若是牛着他,将来倘或认真寻了死,比出家更不好了。"王夫人听了,点头道:"这件事真真叫我也难担。我也做不得主,由他大嫂子去就是了。"

贾琏又说了几句才出来,叫了众家人来交代清楚,写了书,收拾了行装,平儿等不免叮咛了好些话。只有巧姐儿惨伤的了不得。贾琏又欲托王仁照应,巧姐到底不愿意;听见外头托了芸、蔷二人,心里更不受用,嘴里却说不出来。只得送了他父亲,谨谨慎慎的随着平儿过日子。丰儿、小红因凤姐去世,告假的告假,告病的告病。平儿意欲接了家中一个姑娘来,一

> 交代丰儿、小红。

第一百十七回　阻超凡佳人双护玉　欣聚党恶子独承家

则给巧姐作伴,二则可以带量他。遍想无人,只有喜鸾、四姐儿是贾母旧日钟爱的,偏偏四姐儿新近出了嫁了,喜鸾也有了人家儿,不日就要出阁,也只得罢了。

且说贾芸、贾蔷送了贾琏,便进来见了邢、王二夫人。他两个倒替着在外书房住下,日间便与家人厮闹,有时找了几个朋友吃个车箍辘会,甚至聚赌,里头那里知道。一日,邢大舅、王仁来,瞧见了贾芸、贾蔷住在这里,知他热闹,也就借着照看的名儿,时常在外书房设局赌钱、喝酒。所有几个正经的家人,贾政带了几个去,贾琏又跟去了几个,只有那赖、林诸家的儿子、侄儿。那些少年托着老子、娘的福,吃喝惯了的,那知当家立计的道理。况且他们长辈都不在家,便是没笼头的马了,又有两个旁主人怂恿,无不乐为。这一闹,把个荣国府闹得没上没下,没里没外。

那贾蔷还想勾引宝玉,贾芸拦住,道:"宝二爷那个人没运气的,不用惹他。那一年我给他说了一门子绝好的亲,父亲在外头做税官,家里开几个当铺,姑娘长的比仙女儿还好看。我巴巴儿的细细的写了一封书子给他,谁知他没造化……"说到这里,瞧了瞧左右无人,又说:"他心里早和咱们这个二婶娘好上了。你没听见说,还有一个林姑娘呢,弄的害了相思病死的,谁不知道。这也罢了,各自的姻缘罢咧。谁知他为这件事倒恼了我了,总不大理。他打谅谁必是

贾芸在前八十回中乖巧伶俐,他比宝玉年长却愿认作宝玉的干儿子,后又奉承凤姐,得在大观园中种树的差使,因而得与丫鬟红玉恋爱,后来结为夫妇。三十七回贾芸给宝玉送白海棠,成为海棠诗社的因由。二十四回脂评说:"此人后来荣府事败,必有一番作为。"二十七回甲戌本脂评说:"红玉后有宝玉大得力处,此于千里外伏线也。"庚辰本第二十六回脂批云:"狱神庙回有茜雪、红玉一大回文字。"从以上脂批及书中所写贾芸情节,与此处所写完全不接。

贾府进入无人管理状态。

偏是赖大、林之孝两个管家的子弟在胡闹。

> 贾蔷在前八十回中，虽有闹学堂，受凤姐指使与贾蓉一起捉弄贾瑞等事，以后又有为龄官所爱，为龄官买来一个会串戏的笼鸟，龄官以为是故意嘲讽她是笼鸟一样的玩物，不得自由，反而生气，贾蔷遂将笼子拆了，将鸟放飞等情节，但无坑害人之事。此处写贾蔷与贾芸勾结王仁、邢大舅吃酒赌钱，想勾引宝玉，坑害巧姐等，与前八十回不接。

> 宝玉欲断尘缘，与钗、袭皆淡薄，独与惜春可语。

> 贾环越发不学好，独贾兰一心攻书。

借谁的光儿呢。"贾蔷听了，点点头，才把这个心歇了。

他两个还不知道宝玉自会那和尚以后，他是欲断尘缘，一则在王夫人跟前，不敢任性，已与宝钗、袭人等皆不大款洽了。那些丫头不知道，还要逗他，宝玉那里看得到眼里。他也并不将家事放在心里。时常王夫人、宝钗劝他念书，他便假作攻书，一心想着那个和尚引他到那仙境的机关。心目中触处皆为俗人，却在家难受，闲来倒与惜春闲讲。他们两个人讲得上了，那种心更加准了几分，那里还管贾环、贾兰等。

那贾环为他父亲不在家，赵姨娘已死，王夫人不大理会他，便入了贾蔷一路。倒是彩云时常规劝，反被贾环辱骂。玉钏儿见宝玉疯颠更甚，早和他娘说了要求着出去。如今宝玉、贾环他哥儿两个，各有一种脾气，闹得人人不理。独有贾兰跟着他母亲上紧攻书，作了文字送到学里请教代儒。因近来代儒老病在床，只得自己刻苦。李纨是素来沉静，除了请王夫人的安，会会宝钗，余者一步不走，只有看着贾兰攻书。所以荣府住的人虽不少，竟是各自过各自的，谁也不肯做谁的主。贾环、贾蔷等愈闹的不像事了，甚至偷典偷卖，不一而足。贾环更加宿娼滥赌，无所不为。

一日，邢大舅、王仁都在贾家外书房喝酒，一时高兴，叫了几个陪酒的来唱着喝着劝酒。贾蔷便说："你们闹的太俗。我要行个令儿。"众人道："使得。"

第一百十七回　阻超凡佳人双护玉　欣聚党恶子独承家

贾蔷道："咱们'月'字流觞罢。我先说起'月'字，数到那个，便是那个喝酒，还要酒面酒底。须得依着令官，不依者罚三大杯。"众人都依了。贾蔷喝了一杯令酒，便说："飞羽觞而醉月。"顺饮数到贾环。贾蔷说："酒面要个'桂'字。"贾环便说道："'冷露无声湿桂花。'酒底呢？"贾蔷道："说个'香'字。"贾环道："天香云外飘。"大舅说道："没趣，没趣。你又懂得什么字了，也假斯文起来！这不是取乐，竟是怄人了。咱们都蠲了，倒是搳搳拳，输家喝，输家唱，叫做'苦中苦'。若是不会唱的，说个笑话儿也使得，只要有趣。"众人都道："使得。"于是乱搳起来。王仁输了，喝了一杯，唱了一个。众人道好，又搳起来了。是个陪酒的输了，唱了一个什么"小姐小姐多丰彩"。

以后邢大舅输了，众人要他唱曲儿。他道："我唱不上来的，我说个笑话儿罢。"贾蔷道："若说不笑，仍要罚的。"邢大舅就喝了杯，便说道："诸位听着。村庄上有一座元帝庙，旁边有个土地祠。那元帝老爷常叫土地来说闲话儿。一日，元帝庙里被了盗，便叫土地去查访。土地禀道：'这地方没有贼的，必是神将不小心，被外贼偷了东西去。'元帝道：'胡说。你是土地，失了盗，不问你问谁去呢？你倒不去拿贼，反说我的神将不小心吗？'土地禀道：'虽说是不小心，到底是庙里的风水不好。'元帝道：'你倒会看风

此亦是重复前八十回文字。

这长长一段故事，只在取笑贾蔷，并无其他深意，似觉辞费。

水么？'土地道：'待小神看看。'那土地向各处瞧了一会，便来回禀道：'老爷坐的身子背后，两扇红门，就不谨慎。小神坐的背后，是砌的墙，自然东西丢不了。以后老爷的背后，亦改了墙就好了。'元帝老爷听来有理，便叫神将派人打墙。众神将叹口气道：'如今香火一炷也没有，那里有砖灰人工来打墙？'元帝老爷没法，叫众神将作法，却都没有主意。那元帝老爷脚下的龟将军站起来，道：'你们不中用，我有主意。你们将红门拆下来，到了夜里，拿我的肚子垫住这门口，难道当不得一堵墙么？'众神将都说道：'好，又不花钱，又便当结实。'于是龟将军便当这个差使，竟安静了。岂知过了几天，那庙里又丢了东西。众神将叫了土地来，说道：'你说，砌了墙，就不丢东西。怎么如今有了墙还要丢？'那土地道：'这墙砌的不结实。'众神将道：'你瞧去。'土地一看，果然是一堵好墙，怎么还有失事？把手摸了一摸，道：'我打谅是真墙，那里知道是个假墙！'"

众人听了，大笑起来。贾蔷也忍不住的笑，说道："傻大舅，你好！我没有骂你，你为什么骂我？快拿杯来。罚一大杯。"邢大舅喝了，已有醉意。

众人又喝了几杯，都醉起来。邢大舅说他姐姐不好，王仁说他妹妹不好，都说的狠狠毒毒的。贾环听了，趁着酒兴，也说凤姐不好，怎样苛刻我们，怎么

<贾环总是记恨凤姐。>

第一百十七回　阻超凡佳人双护玉　欣聚党恶子独承家

样踏我们的头。众人道："大凡做个人，原要厚道些。看凤姑娘仗着老太太这样的利害，如今焦了尾巴梢子了，只剩了一个姐儿，只怕也要现世现报呢。"贾芸想着凤姐待他不好，又想起巧姐儿见他就哭，也信着嘴儿混说。

> 说凤姐待贾芸不好，与前八十回文字不接。渐渐说到巧姐。

还是贾蔷道："喝酒罢，说人家做什么。"那两个陪酒的道："这位姑娘多大年纪了？长得怎么样？"贾蔷道："模样儿是好的很的。年纪也有十三四岁了。"那陪酒的说道："可惜这样人生在府里这样人家，若生在小户人家，父母兄弟都做了官，还发了财呢。"众人道："怎么样？"那陪酒的说："现今有个外藩王爷，最是有情的，要选一个妃子。若合了式，父母兄弟都跟了去。可不是好事儿吗？"众人都不大理会，只有王仁心里略动了一动，仍旧喝酒。

只见外头走进赖、林两家的子弟来，说："爷们好乐呀！"众人站起来，说道："老大、老三怎么这时候才来？叫我们好等！"那两个人说道："今早听见一个谣言，说是咱们家又闹出事来了，心里着急，赶到里头打听去，并不是咱们。"众人道："不是咱们就完了，为什么不就来？"那两个说道："虽不是咱们，也有些干系。你们知道是谁？就是贾雨村老爷。我们今儿进去，看见带着锁子，说要解到三法司衙门里审问去呢。我们见他常在咱们家里来往，恐有什么事，

> 贾雨村犯事。

便跟了去打听。"贾芸道："到底老大用心，原该打听打听。你且坐下喝一杯再说。"

两人让了一回，便坐下，喝着酒道："这位雨村老爷，人也能干，也会钻营，官也不小了，只是贪财，被人家参了个婪索属员的几款。如今的万岁爷是最圣明最仁慈的，独听了一个'贪'字，或因遭蹋了百姓，或因恃势欺良，是极生气的，所以旨意便叫拿问。若是问出来了，只怕搁不住。若是没有的事，那参的人也不便。如今真真是好时候，只要有造化做个官儿就好。"众人道："你的哥哥就是有造化的，现做知县还不好么？"赖家的说道："我哥哥虽是做了知县，他的行为只怕也保不住怎么样呢。"众人道："手也长么？"赖家的点点头儿，便举起杯来喝酒。

众人又道："里头还听见什么新闻？"两人道："别的事没有，只听见海疆的贼寇拿住了好些，也解到法司衙门里审问。还审出好些贼寇，也有藏在城里的，打听消息，抽空儿就劫抢人家。如今知道朝里那些老爷们都是能文能武，出力报效，所到之处早就消灭了。"众人道："你听见有在城里的，不知审出咱们家失盗了一案来没有？"两人道："倒没有听见。恍惚有人说是有个内地里的人，城里犯了事，抢了一个女人，下海去了。那女人不依，被这贼寇杀了。那贼寇正要逃出关去，被官兵拿住了，就在拿获的地方正了法了。"

> 贾雨村贪婪仗势，与前八十回一致。

> 赖尚荣也是贪官。

> 妙玉的下落。

第一百十七回　　阻超凡佳人双护玉　欣聚党恶子独承家

众人道："咱们栊翠庵的什么妙玉不是叫人抢去，不要就是他罢？"贾环道："必是他。"众人道："你怎么知道？"贾环道："妙玉这个东西是最讨人嫌的。他一日家捏酸，见了宝玉就眉开眼笑了。我若见了他，他从不拿正眼瞧我一瞧。真要是他，我才趁愿呢。"众人道："抢的人也不少，那里就是他？"贾芸道："有点信儿。前日有个人说，他庵里的道婆做梦，说看见是妙玉叫人杀了。"众人笑道："梦话算不得。"邢大舅道："管他梦不梦，咱们快吃饭罢。今夜做个大输赢。"众人愿意，便吃毕了饭，大赌起来。

贾环也想妙玉能正眼看他，可知人之不自知也。

赌到三更多天，只听见里头乱嚷，说是："四姑娘合珍大奶奶拌嘴，把头发都铰掉了。赶到邢夫人、王夫人那里去磕了头，说是要求容他做尼姑呢，送他一个地方，若不容他，他就死在眼前。那邢、王两位太太没主意，叫请蔷大爷、芸二爷进去。"贾芸瞧了，便知是那回看家的时候起的念头，想来是劝不过来的了，便合贾蔷商议道："太太叫我们进去，我们是做不得主的。况且也不好做主，只好劝去。若劝不住，只好由他们罢。咱们商量了，写封书给琏二叔，便卸了我们的干系了。"

写惜春与尤氏拌嘴。

两人商量定了主意，进去见了邢、王两位太太，便假意的劝了一回。无奈惜春立意必要出家，就不放他出去，只求一两间净屋子给他诵经拜佛。尤氏见他

2143

> 尤氏硬作主张，让惜春出家。尤氏与惜春本来就不好，惜春坚执要出家，尤氏顺势同意，亦借此拔去一刺。

两个不肯作主，又怕惜春寻死，自己便硬做主张，说是："这个不是，索性我耽了罢。说我做嫂子的容不下小姑子，逼他出了家了就完了。若说到外头去呢，断断使不得。若在家里呢，太太们都在这里，算我的主意罢。叫蔷哥儿写封书子给你珍大爷、琏二叔就是了。"贾蔷等答应了。

不知邢、王二夫人依与不依，下回分解。

第一百十七回　　阻超凡佳人双护玉　欣聚党恶子独承家

【回后评】

"佳人双护玉"是写出世与入世之纠葛也。和尚要银，非要银也，是来点化宝玉也。宝玉既知从来处来、向去处去以后，连玉也是无关紧要之事矣，宝玉原是通灵之物，此时宝玉之心已通灵，已超悟，则玉已是其次，并其人其身也是多余矣。故和尚既不要银，也不要玉，更不要人，飘然自去矣。因宝玉已知其归处也。

贾赦急病，贾琏一走，贾府真人无人管理之境矣，于是坏人便得可趁之机。

惜春终于出家。出家是其唯一出路也，不然只有死路耳。前已言之甚明，无须再批矣。

第一百十八回　记微嫌舅兄欺弱女　惊谜语妻妾谏痴人

话说邢、王二夫人听尤氏一段话，明知也难挽回。王夫人只得说道："姑娘要行善，这也是前生的夙根，我们也实在拦不住。只是咱们这样人家的姑娘出了家，不成了事体。如今你嫂子说了，准你修行，也是好处。却有一句话要说，那头发可以不剃的，只要自己的心真，那在头发上头呢。你想，妙玉也是带发修行的，不知他怎样凡心一动，才闹到那个分儿。姑娘执意如此，我们就把姑娘住的房子，便算了姑娘的静室。所有服侍姑娘的人，也得叫他们来问：他若愿意跟的，就讲不得说亲配人；若不愿意跟的，另打主意。"惜春听了，收了泪，拜谢了邢、王二夫人、李纨、尤氏等。王夫人说了，便问彩屏等谁愿跟姑娘修行。彩屏等回道："太太们派谁，就是谁。"王夫人知道不愿意，正在想人。

袭人立在宝玉身后，想来宝玉必要大哭，防着他

> 应第五回惜春判词："可怜绣户侯门女，独卧青灯古佛旁。"至此了结惜春故事。

第一百十八回　记微嫌舅兄欺弱女　惊谜语妻妾谏痴人

的旧病。岂知宝玉叹道："真真难得。"袭人心里更自伤悲。宝钗虽不言语，遇事试探，见是执迷不醒，只得暗中落泪。

王夫人才要叫了众丫头来问。忽见紫鹃走上前去，在王夫人面前跪下，回道："刚才太太问跟四姑娘的姐姐，太太看着怎么样？"王夫人道："这个如何强派得人的。谁愿意，他自然就说出来了。"紫鹃道："姑娘修行，自然姑娘愿意，并不是别的姐姐们的意思。我有句话回太太，我也并不是拆开姐姐们，各人有各人的心。我服侍林姑娘一场，林姑娘待我也是太太们知道的，实在恩重如山，无以可报。他死了，我恨不得跟了他去。但是他不是这里的人，我又受主子家的恩典，难以从死。如今四姑娘既要修行，我就求太太们将我派了，跟着姑娘，服侍姑娘一辈子。不知太太们准不准？若准了，就是我的造化了。"邢、王二夫人尚未答言，只见宝玉听到那里，想起黛玉，一阵心酸，眼泪早下来了。众人才要问他时，他又哈哈的大笑，走上来道："我不该说的。这紫鹃蒙太太派给我屋里，我才敢说。求太太准了他罢，全了他的好心。"王夫人道："你头里姊妹出了嫁，还哭得死去活来；如今看见四妹妹要出家，不但不劝，倒说好事。你如今到底是怎么个意思，我索性不明白了。"

宝玉道："四妹妹修行是已经准的了，四妹妹也

> 归结紫鹃，颇能得体。后部紫鹃与前部亦较一致，特别是九十七回要紫鹃去伴宝钗与宝玉成婚，藉以迷糊宝玉，紫鹃一口坚拒，极符前书紫鹃之为人，此处求随惜春出家，亦深合紫鹃情性，盖紫鹃因黛玉事已看透世情也。

是一定主意了。若是真的，我有一句话告诉太太，若是不定的，我就不敢混说了。"惜春道："二哥哥说话也好笑。一个人主意不定，便扭得过太太们来了？我也是像紫鹃的话：容我呢，是我的造化；不容我呢，还有一个死呢。那怕什么？二哥哥既有话，只管说。"

宝玉道："我这也不算什么泄漏了，这也是一定的。我念一首诗给你们听听罢！"众人道："人家苦得很的时候，你倒来做诗，怄人。"宝玉道："不是做诗，我到一个地方儿看了来的。你们听听罢。"众人道："使得。你就念念，别顺着嘴儿胡诌。"宝玉也不分辩，便说道：

宝玉重念判词，不仅重复，且亦一泄无余，续作者事事想作明白交代，不知文情之曲折也。

> 勘破三春景不长。缁衣顿改昔年妆。
> 可怜绣户侯门女，独卧青灯古佛旁！

李纨、宝钗听了，诧异道："不好了，这人入了迷了。"王夫人听了这话，点头叹息，便问宝玉："你到底是那里看来的？"宝玉不便说出来，回道："太太也不必问，我自有见的地方。"王夫人回过味来，细细一想，便更哭起来道："你说前儿是顽话，怎么忽然有这首诗？罢了，我知道了，你们叫我怎么样呢？我也没有法儿了，也只得由着你们去罢。但是要等我合上了眼，各自干各自的就完了！"

宝钗一面劝着，这个心比刀绞更甚，也撑不住便放声大哭起来。袭人已经哭的死去活来，幸亏秋纹扶着。宝玉也不啼哭，也不相劝，只不言语。贾兰、贾环听到那里，各自走开。李纨竭力的解说："总是宝兄弟见四妹妹修行，他想来是痛极了，不顾前后的疯话，这也作不得准的。独有紫鹃的事情准不准，好叫他起来。"王夫人道："什么依不依，横竖一个人的主意定了，那也是扭不过来的。可是宝玉说的，也是一定的了。"紫鹃听了磕头。惜春又谢了王夫人。紫鹃又给宝玉、宝钗磕了头。

> 紫鹃随惜春而去。

宝玉念声："阿弥陀佛！难得，难得。不料你倒先好了。"宝钗虽然有把持，也难撑住。只有袭人，也顾不得王夫人在上，便痛哭不止，说："我也愿意跟了四姑娘去修行。"宝玉笑道："你也是好心，但是你不能享这个清福的。"袭人哭道："这么说，我是要死的了。"宝玉听到这里，倒觉伤心，只是说不出来。

> 宝玉事事先要泄底，已成为预知者。

因时已五更，宝玉请王夫人安歇，李纨等各自散去。彩屏等暂且服侍惜春回去，后来指配了人家。紫鹃终身服侍，毫不改初。此是后话。

且言贾政扶了贾母灵柩，一路南行，因遇着班师的兵将、船只过境，河道拥挤，不能速行，在道实在心焦。幸喜遇见了海疆的官员，闻得镇海统制钦召回京，想来探春一定回家，略略解些烦心。只打听不出起程的日期，心里又烦躁，想到盘费算来不敷，不得已写书一封,差人到赖尚荣任上,借银五百,叫人沿途迎上来应需用。那人去了几日,贾政的船才行得十数里,那家人回来,迎上船只,将赖尚荣的禀启呈上。书内告了多少苦处,备上白银五十两。贾政看了生气,即命家人立刻送还,将原书发回,叫他不必费心。那家人无奈,只得回到赖尚荣任所。

> 借五百两,只给五十两,可见世情如此。

赖尚荣接到原书、银两,心中烦闷,知事办得不周到,又添了一百,央来人带回,帮着说些好话。岂知那人不肯带回,撂下就走了。赖尚荣心下不安,立刻修书到家,回明他父亲,叫他设法告假赎出身来。于是赖家托了贾蔷、贾芸等,在王夫人面前乞恩放出。贾蔷明知不能,过了一日,假说王夫人不依的话回复了。赖家一面告假,一面差人到赖尚荣任上,叫他告病辞官。王夫人并不知道。

> 赖尚荣解脱不了贾府奴才的身份,又得罪了贾府,故不敢再做官矣。

那贾芸听见贾蔷的假话,心里便没想头,连日在外又输了好些银钱,无所抵偿,便和贾环相商。贾环本是一个钱没有的,虽是赵姨娘积蓄些微,早被他弄光了,那能照应人家。便想起凤姐待他刻薄,要趁贾琏不在家,要摆布巧姐出气,遂把这个当叫贾芸来上,故意的埋怨贾芸道:"你们年纪又大,放着弄银钱的事又不敢办,倒和我没有钱的人相商。"贾芸道:"三叔,你这话说的倒好笑。咱们一块儿顽,一块儿闹,那里有银钱的事?"贾环道:"不是前儿有人说是外

第一百十八回　记微嫌舅兄欺弱女　惊谜语妻妾谏痴人

藩要买个偏房，你们何不和王大舅商量，把巧姐说给他呢？"贾芸道："叔叔，我说句招你生气的话，外藩花了钱买人，还想能和咱们走动么？"贾环在贾芸耳边说了些话，贾芸虽然点头，只道贾环是小孩子的话，也不当事。恰好王仁走来，说道："你们两个人商量些什么，瞒着我么？"贾芸便将贾环的话附耳低言的说了。王仁拍手道："这倒是一种好事，又有银子。只怕你们不能，若是你们敢办，我是亲舅舅，做得主的。只要环老三在大太太跟前那么一说，我找邢大舅再一说，太太们问起来，你们齐打伙说好就是了。"贾环等商议定了，王仁便去找邢大舅，贾芸便去回邢、王二夫人，说得锦上添花。

王夫人听了，虽然入耳，只是不信。邢夫人听得邢大舅知道，心里愿意，便打发人找了邢大舅来问他。那邢大舅已经听了王仁的话，又可分肥，便在邢夫人跟前说道："若说这位郡王，是极有体面的。若应了这门亲事，虽说是不是正配，保管一过了门，姊夫的官早复了，这里的声势又好了。"邢夫人本是没主意人，被傻大舅一番假话哄得心动，请了王仁来一问，更说得热闹。于是邢夫人倒叫人出去追着贾芸去说。王仁即刻找了人去到外藩公馆说了。那外藩不知底细，便要打发人来相看。贾芸又钻了相看的人，说明："原是瞒着合宅的，只说是王府相亲。等到成了，他祖母

按前八十回预示，贾芸与红玉终成眷属，据脂批红玉有狱神庙慰宝玉事，贾芸亦在"荣府事败（后），必有一番作为"，当不至于勾结坏人，坑害巧姐也。后部之贾芸已与前部之贾芸判若两人。

作主,亲舅舅的保山,是不怕的。"那相看的人应了。贾芸便送信与邢夫人,并回了王夫人。那李纨、宝钗等不知原故,只道是件好事,也都欢喜。

那日果然来了几个女人,都是艳妆丽服,邢夫人接了进去,叙了些闲话。那来人本知是个诰命,也不敢待慢。邢夫人因事未定,也没有和巧姐说明,只说有亲戚来瞧,叫他去见。那巧姐到底是个小孩子,那管这些,便跟了奶妈过来。平儿不放心,也跟着来。只见有两个宫人打扮的,见了巧姐,便浑身上下一看,更又起身来拉着巧姐的手,又瞧了一遍,略坐了一坐就走了。倒把巧姐看得羞臊,回到房中纳闷,想来没有这门亲戚,便问平儿。平儿先看见来头,却也猜着八九,必是相亲的。"但是二爷不在家,大太太作主,到底不知是那府里的。若说是对头亲,不该这样相看。瞧那几个人的来头,不像是本支王府,好像是外头路数。如今且不必和姑娘说明,且打听明白再说。"

平儿心下留神打听。那些丫头、婆子都是平儿使过的,平儿一问,所有听见外头的风声都告诉了。平儿便吓的没了主意,虽不和巧姐说,便赶着去告诉了李纨、宝钗,求他二人告诉王夫人。王夫人知道这事不好,便和邢夫人说知。怎奈邢夫人信了兄弟并王仁的话,反疑心王夫人不是好意,便说:"孙女儿也大了,现在琏儿不在家,这件事我还做得主。况且是他亲舅爷

幸亏平儿细心,能察知奸情,邢夫人反倒深信不疑,反疑王夫人不是好意,邢夫人之愚而蠢亦已极矣。

第一百十八回　记微嫌舅兄欺弱女　惊谜语妻妾谏痴人

爷和他亲舅舅打听的，难道倒比别人不真么？我横竖是愿意的。倘有什么不好，我和琏儿也抱怨不着别人。"

王夫人听了这些话，心下暗暗生气，勉强说些闲话，便走了出来，告诉了宝钗，自己落泪。宝玉劝道："太太别烦恼，这件事我看来是不成的。这又是巧姐儿命里所招，只求太太不管就是了。"王夫人道："你一开口就是疯话。人家说定了，就要接过去。若依平儿的话，你琏二哥可不抱怨我么？别说自己的侄孙女儿，就是亲戚家的，也是要好才好。邢姑娘是我们作媒的，配了你二大舅子，如今和和顺顺的过日子，不好么？那琴姑娘，梅家娶了去，听见说是丰衣足食的很好。就是史姑娘，是他叔叔的主意，头里原好，如今姑爷痨病死了，你史妹妹立志守寡，也就苦了。若是巧姐儿错给了人家儿，可不是我的心坏？"

_{倒是王夫人说的话在理。}

_{史湘云丈夫死，此处带出。}

正说着，平儿过来瞧宝钗，并探听邢夫人的口气。王夫人将邢夫人的话说了一遍。平儿呆了半天，跪下求道："巧姐儿终身全仗着太太。若信了人家的话，不但姑娘一辈子受了苦，便是琏二爷回来怎么说呢？"王夫人道："你是个明白人，起来，听我说。巧姐儿到底是大太太孙女儿，他要作主，我能够拦他么？"宝玉劝道："无妨碍的，只要明白就是了。"平儿生怕宝玉疯颠嚷出来，也并不言语，回了王夫人竟自去了。

_{平儿有肝胆，有头脑。}

这里王夫人想到烦闷，一阵心痛，叫丫头扶着，

勉强回到自己房中躺下,不叫宝玉、宝钗过来,说睡睡就好的。自己却也烦闷,听见说李婶娘来了,也不及接待。只见贾兰进来请了安,回道:"今早爷爷那里,打发人带了一封书子来,外头小子们传进来的。我母亲接了正要过来,因我老娘来了,叫我先呈给太太瞧,回来我母亲就过来,来回太太。还说,我老娘要过来呢。"说着,一面把书子呈上。

王夫人一面接书,一面问道:"你老娘来作什么?"贾兰道:"我也不知道。我只见我老娘说,我三姨儿的婆婆家有什么信儿来了。"王夫人听了,想起来还是前次给甄宝玉说了李绮,后来放定下茶,想来此时甄家要娶过门,所以李婶娘来商量这件事情,便点点头儿。一面拆开书信,见上面写着道:

近因沿途俱系海疆凯旋船只,不能迅速前行。闻探姐随翁婿来都,不知曾有信否?前接到琏侄手禀,知大老爷身体欠安,亦不知已有确信否?宝玉、兰哥场期已近,务须实心用功,不可怠惰。老太太灵柩抵家,尚需日时。我身体平善,不必挂念。此谕宝玉等知道。月日手书,蓉儿另禀。

王夫人看了,仍旧递给贾兰,说:"你拿去给你二叔叔瞧瞧,还交给你母亲罢。"

正说着,李纨同李婶娘过来,请安问好毕,王夫

第一百十八回　记微嫌舅兄欺弱女　惊谜语妻妾谏痴人

人让了坐。李婶娘便将甄家要娶李绮的话说了一遍。大家商议了一会子。李纨因问王夫人道："老爷的书子，太太看过了么？"王夫人道："看过了。"贾兰便拿着给他母亲瞧。李纨看了，道："三姑娘出门了好几年，总没有来。如今要回京了，太太也放了好些心。"王夫人道："我本是心痛，看见探丫头要回来了，心里略好些。只是不知几时才到。"李婶娘便问了贾政在路好。

李纨因向贾兰道："哥儿瞧见了？场期近了，你爷爷惦记的什么似的。你快拿了去，给二叔叔瞧去罢。"李婶娘道："他们爷儿两个又没进过学，怎么能下场呢？"王夫人道："他爷爷做粮道的起身时，给他们爷儿两个援了例监了。"李婶娘点头。贾兰一面拿着书子出来，来找宝玉。

却说宝玉送了王夫人去后，正拿着《秋水》一篇，在那里细玩。宝钗从里间走出，见他看的得意忘言，便走过来一看，见是这个，心里着实烦闷，细想："他只顾把这些'出世离群'的话当作一件正经事，终久不妥。看他这种光景，料劝不过来。"便坐在宝玉旁边，怔怔的坐着。宝玉见他这般，便道："你这又是为什么？"

宝钗道："我想你我既为夫妇，你便是我终身的倚靠，却不在情欲之私。论起荣华富贵，原不过是过眼烟云。但自古圣贤以人品根柢为重。"宝玉也没听完，

> 为宝玉离家出走事先写一笔。

把那书本搁在旁边,微微的笑道:"据你说,人品根柢,又是什么古圣贤,你可知古圣贤说过'不失其赤子之心'。那赤子有什么好处?不过是无知无识,无贪无忌。我们生来已陷溺在贪嗔痴爱中,犹如污泥一般,怎么能跳出这般尘网?如今才晓得'聚散浮生'四字,古人说了,不曾提醒一个。既要讲到人品根柢,谁是到那太初一步地位的?"

宝钗道:"你既说'赤子之心',古圣贤原以忠孝为赤子之心,并不是遁世离群、无关无系为赤子之心。尧、舜、禹、汤、周、孔,时刻以救民济世为心。所谓赤子之心,原不过是'不忍'二字。若你方才所说的,忍于抛弃天伦,还成什么道理?"宝玉点头笑道:"尧、舜不强巢、许,武、周不强夷、齐。"

> 宝钗想用入世的话劝回宝玉,已不能矣。

宝钗不等他说完,便道:"你这个话益发不是了。古来若都是巢、许、夷、齐,为什么如今人又把尧、舜、周、孔称为圣贤呢?况且你自比夷、齐,更不成话。伯夷、叔齐原是生在商末世,有许多难处之事,所以才有托而逃。当此圣世,咱们世受国恩,祖父锦衣玉食,况你自有生以来,自去世的老太太以及老爷、太太视如珍宝。你方才所说,自己想一想,是与不是?"宝玉听了,也不答言,只有仰头微笑。

> 宝玉是要博得一第,好向父母祖宗交代,以为出家辞世之由。其实作如此想,即是未断尘根。

宝钗因又劝道:"你既理屈词穷,我劝你从此把心收一收,好好的用用功。但能博得一第,便是从此

第一百十八回　记微嫌舅兄欺弱女　惊谜语妻妾谏痴人

而止，也不枉天恩祖德了。"宝玉点了点头，叹了口气，说道："一第呢，其实也不是什么难事。倒是你这个'从此而止，不枉天恩祖德'却还不离其宗。"

宝钗未及答言，袭人过来，说道："刚才二奶奶说的古圣先贤，我们也不懂。我只想着，我们这些人从小儿辛辛苦苦跟着二爷，不知陪了多少小心，论起理来原该当的。但只二爷也该体谅体谅。况且二奶奶替二爷在老爷、太太跟前行了多少孝道，就是二爷不以夫妻为事，也不可太辜负了人心。至于神仙那一层更是谎话，谁见过有走到凡间来的神仙呢？那里来的这么个和尚，说了些混话，二爷就信了真。二爷是读书的人，难道他的话比老爷、太太还重么？"宝玉听了，低头不语。

袭人还要说时，只听外面脚步走响，隔着窗户问道："二叔在屋里呢么？"宝玉听了，是贾兰的声音，便站起来，笑道："你进来罢。"宝钗也站起来。贾兰进来，笑容可掬的给宝玉、宝钗请了安，问了袭人的好，袭人也问了好，便把书子呈给宝玉瞧。宝玉接在手中看了，便道："你三姑姑回来了？"贾兰道："爷爷既如此写，自然是回来的了。"宝玉点头不语，默默如有所思。贾兰便问："叔叔看见爷爷后头写的叫咱们好生念书了？叔叔这一程子只怕总没作文章罢？"宝玉笑道："我也要作几篇，熟一熟手，好去诓这个功

袭人只是作世间想。

贾兰一心于仕途经济。

2157

名。"贾兰道:"叔叔既这样,就拟几个题目,我跟着叔叔作作,也好进去混场。别到那时交了白卷子,惹人笑话。不但笑话我,人家连叔叔都要笑话了。"

宝玉道:"你也不至如此。"说着,宝钗命贾兰坐下。宝玉仍坐在原处,贾兰侧身坐了。两个谈了一回文,不觉喜动颜色。

宝钗见他爷儿两个谈得高兴,便仍进屋里去了,心中细想:"宝玉此时光景,或者醒悟过来了。只是刚才说话,他把那'从此而止'四字单单的许可,这又不知是什么意思了。"宝钗尚自犹豫,惟有袭人看他爱讲文章,提到下场,更又欣然,心里想道:"阿弥陀佛,好容易讲《四书》似的才讲过来了。"这里宝玉和贾兰讲文,莺儿沏过茶来。贾兰站起来接了,又说了一会子下场的规矩,并请甄宝玉在一处的话,宝玉也甚似愿意。一时贾兰回去,便将书子留给宝玉了。

那宝玉拿着书子,笑嘻嘻走进来,递给麝月收了,便出来将那本《庄子》收了,把几部向来最得意的,如《参同契》《元命苞》《五灯会元》之类,叫出麝月、秋纹、莺儿等都搬了搁在一边。宝钗见他这番举动,甚为罕异,因欲试探他,便笑问道:"不看他倒是正经,但又何必搬开呢?"宝玉道:"如今才明白过来了。这些书都算不得什么,我还要一火焚之,方为干净。"宝钗听了,更欣喜异常。只听宝玉口中微吟道:

<small>岂知宝玉已心悟,则自不必此类书矣。</small>

第一百十八回　记微嫌舅兄欺弱女　惊谜语妻妾谏痴人

内典语中无佛性，金丹法外有仙舟。

宝钗也没很听真，只听得"无佛性""有仙舟"几个字，心中转又狐疑，且看他作何光景。宝玉便命麝月、秋纹等收拾一间静室，把那些语录名稿及应制诗之类都找出来，搁在静室中，自己却当真静静的用起功来。宝钗这才放了心。

那袭人此时真是闻所未闻，见所未见，便悄悄的笑着向宝钗道："到底奶奶说话透彻，只一路讲究，就把二爷劝明白了。就只可惜迟了一点儿，临场太近了。"宝钗点头，微笑道："功名自有定数。中与不中倒也不在用功的迟早。但愿他从此一心巴结正路，把从前那些邪魔永不沾染就是好了。"说到这里，见房里无人，便悄说道："这一番悔悟回来，固然很好，但只一件，怕又犯了前头的旧病，和女孩儿们打起交道来，也是不好。"

袭人道："奶奶说的也是。二爷自从信了和尚，才把这些姐妹冷淡了。如今不信和尚，真怕又要犯了前头的旧病呢。我想奶奶和我，二爷原不大理会，紫鹃去了，如今只他们四个。这里头，就是五儿有些个狐媚子，听见说，他妈求了大奶奶和奶奶，说要讨出去给人家儿呢。但是这两天到底在这里呢。麝月、秋纹虽没别的，只是二爷那几年也都有些顽顽皮皮的。如今算来，只有莺儿二爷倒不大理会，况且莺儿也稳

语录，当指《朱子语类》之类。

名稿，当指八股科举的范文读本，如《儒林外史》马纯上所编的《三科程墨持运》之类的书。正如马纯上说的："就是我们的文章选本了。"此类书皆为应科场之需。

应制诗，奉皇帝之命或由皇帝出题写作的诗文，如杜甫《大明宫早朝》之类的诗。前八十回元妃省亲出题命宝玉、钗、黛作诗，也即是应制。

宝钗只想宝玉从此回归世途，又怕宝玉回归世途后重犯旧病。钗、袭两人真患得患失也。

重。我想，倒茶弄水，只叫莺儿带着小丫头们服侍就够了。不知奶奶心里怎么样？"宝钗道："我也虑的是这些，你说的倒也罢了。"从此便派莺儿带着小丫头服侍。

那宝玉却也不出房门，天天只差人去给王夫人请安。王夫人听见他这番光景，那一种欣慰之情，更不待言了。到了八月初三，这一日正是贾母的冥寿。宝玉早晨过来磕了头，便回去，仍到静室中去了。饭后，宝钗、袭人等都和姊妹们跟着邢、王二夫人在前面屋里说闲话儿。宝玉自在静室冥心危坐，忽见莺儿端了一盘瓜果进来说："太太叫人送来，给二爷吃的。这是老太太的克什。"宝玉站起来，答应了，复又坐下，便道："搁在那里罢。"

<small>宝玉不出门，是宝玉另有想法也。</small>

莺儿一面放下瓜果，一面悄悄向宝玉道："太太那里夸二爷呢。"宝玉微笑。莺儿又道："太太说了，二爷这一用功，明儿进场中了出来，明年再中了进士，作了官，老爷、太太可就不枉了盼二爷了。"宝玉也只点头微笑。

莺儿忽然想起那年给宝玉打络子的时候，宝玉说的话来。便道："真要二爷中了，那可是我们姑奶奶的造化了。二爷还记得那一年在园子里，不是二爷叫我打梅花络子时说的，我们姑奶奶后来带着我不知到那一个有造化的人家儿去呢。如今二爷可是有造化的

第一百十八回　记微嫌舅兄欺弱女　惊谜语妻妾谏痴人

罢咧。"宝玉听到这里，又觉尘心一动，连忙敛神定息，微微的笑道："据你说来，我是有造化的，你们姑娘也是有造化的。你呢？"莺儿把脸飞红了，勉强道："我们不过当丫头一辈子罢咧，有什么造化呢！"宝玉笑道："果然能够一辈子是丫头，你这个造化比我们还大呢。"

宝玉之话，莺儿岂能尽解。

莺儿听见这话，似乎又是疯话了，恐怕自己招出宝玉的病根来，打算着要走。只见宝玉笑着说道："傻丫头，我告诉你罢。"未知宝玉又说出什么话来，且听下回分解。

【回后评】

　　惜春之坚决出家，实已无路可走也。紫鹃之愿随惜春出家，实亦无路可走也。黛玉已死，紫鹃亦已心死矣，其何以自处，今忽得此机会，终随惜春而去耳。

　　贾环、贾芸、王仁、邢大舅等欲骗卖巧姐。"王夫人听了，虽然入耳，只是不信。"王夫人听此谎言，"虽然入耳"，尚能"不信"，王夫人总算难得清醒一回也。邢夫人以巧姐祖母身份，竟能断然做主应允，则其人之心可知矣。

　　宝钗劝宝玉以功名为重，宝玉不与辩论，非不能辩论也，因宝玉自心已定，不必辩论矣。

　　袭人、宝钗见宝玉闭门读书，准备科考，既喜其"改"辙，又恐其重蹈旧疾，乃即防及五儿等，其偏妒之心，活活画出。

第一百十九回　　中乡魁宝玉却尘缘
　　　　　　　　沐皇恩贾家延世泽

话说莺儿见宝玉说话摸不着头脑，正自要走，只听宝玉又说道："傻丫头，我告诉你罢。你姑娘既是有造化的，你跟着他自然也是有造化的了。你袭人姐姐是靠不住的。只要往后你尽心服侍他就是了。日后或有好处，也不枉你跟着他熬了一场。"莺儿听了前头象话，后头说的又有些不像了，便道："我知道了。姑娘还等我呢。二爷要吃果子时，打发小丫头叫我就是了。"宝玉点头，莺儿才去了。一时宝钗、袭人回来，各自房中去了。不提。

且说过了几天，便是场期，别人只知盼望他爷儿两个作了好文章便可以高中的了，只有宝钗见宝玉的工课虽好，只是那有意无意之间，却别有一种冷静的光景。知他要进场了，头一件，叔侄两个都是初次赴考，恐人马拥挤，有什么失闪；第二件，宝玉自和尚去后，总不出门，虽然见他用功喜欢，只是改的太速太好了，

> 宝玉心中已有定见，不再犹豫不定，故"别有一种冷静的光景"也。

反倒有些信不及，只怕又有什么变故。所以进场的头一天，一面派了袭人带了小丫头们同着素云等给他爷儿两个收拾妥当，自己又都过了目，好好的搁起预备着；一面过来同李纨回了王夫人，拣家里的老成管事的多派了几个，只说怕人马拥挤碰了。

次日，宝玉、贾兰换了半新不旧的衣服，欣然过来见了王夫人。王夫人嘱咐道："你们爷儿两个都是初次下场，但是你们活了这么大，并不曾离开我一天。就是不在我眼前，也是丫鬟、媳妇们围着，何曾自己孤身睡过一夜。今日各自进去，孤孤凄凄，举目无亲，须要自己保重。早些作完了文章出来，找着家人，早些回来，也叫你母亲、媳妇们放心。"王夫人说着，不免伤心起来。贾兰听一句，答应一句。

只见宝玉一声不哼，待王夫人说完了，走过来给王夫人跪下，满眼流泪，磕了三个头，说道："母亲生我一世，我也无可答报。只有这一入场，用心作了文章，好好的中个举人出来，那时太太喜欢喜欢，便是儿子一辈子的事也完了，一辈子的不好也都遮过去了。"王夫人听了，更觉伤心起来，便道："你有这个心，自然是好的。可惜你老太太不能见你的面了！"一面说，一面拉他起来。那宝玉只管跪着，不肯起来，便说道："老太太见与不见，总是知道的，喜欢的。既能知道了，喜欢了，便不见也和见了的一样。只不过

<small>分明话里有话。</small>

第一百十九回　中乡魁宝玉却尘缘　沐皇恩贾家延世泽

隔了形质，并非隔了神气啊。"

李纨见王夫人和他如此，一则怕勾起宝玉的病来，二则也觉得光景不大吉祥，连忙过来，说道："太太，这是大喜的事，为什么这样伤心？况且宝兄弟近来很知好歹，很孝顺，又肯用功，只要带了侄儿进去，好好的作文章，早早的回来，写出来请咱们的世交老先生们看了，等着爷儿两个都报了喜就完了。"一面叫人搀起宝玉来。宝玉却转过身来，给李纨作了个揖，说："嫂子放心。我们爷儿两个都是必中的。日后兰哥还有大出息，大嫂子还要带凤冠穿霞帔呢。"李纨笑道："但愿应了叔叔的话，也不枉……"说到这里，恐怕又惹起王夫人的伤心来，连忙咽住了。宝玉笑道："只要有了个好儿子，能够接绪祖基，就是大哥哥不能见，也算他的后事完了。"李纨见天气不早了，也不肯尽着和他说话，只好点点头儿。

_{许多后事，都由宝玉一一说穿。}

此时，宝钗听得早已呆了，这些话不但宝玉，便是王夫人、李纨所说，句句都是不祥之兆，却又不敢认真，只得忍泪无言。那宝玉走到跟前，深深的作了一个揖。众人见他行事古怪，也摸不着是怎么样，又不敢笑他。只见宝钗的眼泪直流下来。众人更是纳罕。又听宝玉说道："姐姐，我要走了，你好生跟着太太，听我的喜信儿罢。"宝钗道："是时候了，你不必说这些唠叨话了。"

_{唯独宝钗已觉出句句不祥。}

_{竟是从此别矣。}

> "该走了"，宝玉自有另意。

宝玉道："你倒催的我紧，我自己也知道该走了。"回头见众人都在这里，只没惜春、紫鹃，便说道："四妹妹和紫鹃姐姐跟前，替我说一句罢，横竖是再见就完了。"众人见他的话又像有理，又像疯话。大家只说他从没出过门，都是太太的一套话招出来的，不如早早催他去了就完了事了，便说道："外面有人等你呢。你再闹，就误了时辰了。"

> 宝玉的话，是"却尘缘"，是红尘分离。

宝玉仰面大笑道："走了，走了！不用胡闹了，完了事了！"众人也都笑道："快走罢。"独有王夫人和宝钗娘儿两个，倒像生离死别的一般，那眼泪也不知从那里来的，直流下来，几乎失声哭出。但见宝玉嘻天哈地，大有疯傻之状，遂从此出门走了。正是：

走求名利无双地，打出樊笼第一关。

不言宝玉、贾兰出门赴考。且说贾环见他们考去，自己又气又恨，便自大为王说："我可要给母亲报仇了。家里一个男人没有，上头大太太依了我，还怕谁？"想定了主意，跑到邢夫人那边请了安，说了些奉承的话。

> 邢夫人反觉贾环明理，真是是非颠倒至极。

那邢夫人自然喜欢，便说道："你这才是明理的孩子呢。像那巧姐儿的事，原该我做主的。你琏二哥糊涂，放着亲奶奶，倒托别人去！"贾环道："人家那头儿也说了，只认得这一门子。现在定了，还要备

第一百十九回　中乡魁宝玉却尘缘　沐皇恩贾家延世泽

一分大礼,来送太太呢。如今太太有了这样的藩王孙女婿儿,还怕大老爷没大官做么?不是我说自己的太太,他们有了元妃姐姐,便欺压的人难受。将来巧姐儿别也是这样没良心,等我去问问他。"邢夫人道:"你也该告诉他,他才知道你的好处。只怕他父亲在家,也找不出这么门子好亲事来!但只平儿那个糊涂东西,他倒说这件事不好,说是你太太也不愿意。想来恐怕我们得了意。若迟了,你二哥回来,又听人家的话,就办不成了。"

> 邢夫人竟被他这几句假话说中。

贾环道:"那边都定了,只等太太出了八字。王府的规矩,三天就要来娶的。但是一件,只怕太太不愿意,那边说是不该娶犯官的孙女,只好悄悄的抬了去。等大老爷免了罪,做了官,再大家热闹起来。"邢夫人道:"这有什么不愿意,也是礼上应该的。"贾环道:"既这么着,这帖子,太太出了就是了。"邢夫人道:"这孩子又糊涂了。里头都是女人,你叫蔷哥儿写了一个就是了。"贾环听说,喜欢的了不得,连忙答应了出来,赶着和贾芸说了,邀着王仁到那外藩公馆立文书、兑银子去了。

> 邢夫人件件都依。

那知刚才所说的话,早被跟邢夫人的丫头听见。那丫头是求了平儿才挑上的,便抽空儿赶到平儿那里,一五一十的都告诉了。平儿早知此事不好,已和巧姐细细的说明。巧姐哭了一夜,必要等他父亲回来作主,

> 幸亏这个丫鬟有心,可见丫鬟已看出贾环的奸诈。

大太太的话不能遵。今儿又听见这话,便大哭起来,要和太太讲去。平儿急忙拦住道:"姑娘且慢着。大太太是你的亲祖母。他说,二爷不在家,大太太做得主的,况且还有舅舅做保山。他们都是一气,姑娘一个人那里说得过呢。我到底是下人,说不上话去。如今只可想法儿,断不可冒失的。"邢夫人那边的丫头道:"你们快快的想主意。不然,可就要抬走了。"说着,各自去了。

> 平儿冷静,否则就乱了。

> 越是这边无法,越是那边催得急。

平儿回过头来见巧姐哭作一团,连忙扶着道:"姑娘,哭是不中用的。如今是二爷够不着,听见他们的话头——"这句话还没说完,只见邢夫人那边打发人来告诉:"姑娘大喜的事来了。叫平儿将姑娘所有应用的东西料理出来。若是赔送呢,原说明了等二爷回来再办。"平儿只得答应了。

回来又见王夫人过来,巧姐儿一把抱住,哭得倒在怀里。王夫人也哭道:"妞儿不用着急,我为你吃了大太太好些话,看来是扭不过来的。我们只好应着缓下去,即刻差个家人赶到你父亲那里去告诉。"平儿道:"太太还不知道么?早起三爷在大太太跟前说了,什么外藩规矩,三日就要过去的。如今大太太已叫芸哥儿写了名字、年庚去了,还等得二爷么?"

王夫人听说是"三爷",便气得说不出话来,呆了半天,一叠声叫人找贾环。找了半日,人回:"今

> 王夫人知道贾环是不可靠的。

第一百十九回　中乡魁宝玉却尘缘　沐皇恩贾家延世泽

早同蔷哥儿、王舅爷出去了。"王夫人问："芸哥呢？"众人回说不知道。巧姐屋内人人瞪眼，一无方法。王夫人也难和邢夫人争论，只有大家抱头大哭。

有个婆子进来回说："后门上的人说，那个刘姥姥又来了。"王夫人道："咱们家遭着这样事，那有工夫接待人。不拘怎么，回了他去罢。"平儿道："太太该叫他进来，他是姐儿的干妈，也得告诉告诉他。"王夫人不言语，那婆子便带了刘姥姥进来。各人见了问好。

<small>刘姥姥来得正好！王夫人却没有想到刘姥姥的用处。</small>

刘姥姥见众人的眼圈儿都是红的，也摸不着头脑，迟了一会子，便问道："怎么了？太太、姑娘们必是想二姑奶奶了。"巧姐儿听见提起他母亲，越发大哭起来。平儿道："姥姥别说闲话，你既是姑娘的干妈，也该知道的。"便一五一十的告诉了。把个刘姥姥也唬怔了，等了半天，忽然笑道："你这样一个伶俐姑娘，没听见过鼓儿词么？这上头的方法多着呢。这有什么难的！"

<small>刘姥姥急中生智。</small>

平儿赶忙问道："姥姥，你有什么法儿，快说罢。"刘姥姥道："这有什么难的呢？一个人也不叫他们知道，扔崩一走，就完了事了。"平儿道："这可是混说了。我们这样人家的人，走到那里去？"刘姥姥道："只怕你们不走。你们要走，就到我屯里去。我就把姑娘藏起来，即刻叫我女婿弄了人，叫姑娘亲笔写个字儿，

赶到姑老爷那里,少不得他就来了。可不好么?"

平儿道:"大太太知道呢?"刘姥姥道:"我来,他们知道么?"平儿道:"大太太住在后头,他待人刻薄,有什么信没有送给他的。你若前门走来,就知道了。如今是后门来的,不妨事。"刘姥姥道:"咱们说定了几时,我叫女婿打了车来接了去。"平儿道:"这还等得几时呢?你坐着罢。"急忙进去,将刘姥姥的话避了旁人告诉了。王夫人想了半天不妥当。

> 王夫人毫无决断。

平儿道:"只有这样。为的是太太才敢说明,太太就装不知道,回来倒问大太太。我们那里就有人去,想二爷回来也快。"王夫人不言语,叹了一口气。巧姐儿听见,便和王夫人道:"只求太太救我,横竖父亲回来只有感激的。"平儿道:"不用说了,太太回

> 平儿有主意。

去罢。回来只要太太派人看屋子。"王夫人道:"掩密些。你们两个人的衣服、铺盖是要的。"平儿道:"要快走了才中用呢。若是他们定了,回来就有了饥荒了。"一句话提醒了王夫人,便道:"是了,你们快办去罢,有我呢。"

> 最紧急的时候却去说闲话。岂知闲话却是要紧话也,王夫人难得能如此。

于是王夫人回去,倒过去找邢夫人说闲话儿,把邢夫人先绊住了。平儿这里便遣人料理去了,嘱咐道:"倒别避人,有人进来看见,就说是大太太盼咐的,要一辆车子送刘姥姥去。"这里又买嘱了看后门的人雇了车来。平儿便将巧姐装做青儿模样,急急的去了。

第一百十九回　中乡魁宝玉却尘缘　沐皇恩贾家延世泽

后来平儿只当送人，眼错不见，也跨上车去了。

原来近日贾府后门虽开，只有一两个人看着，余外虽有几个家下人，因房大人少，空落落的，谁能照应？且邢夫人又是个不怜下人的，众人明知此事不好，又都感念平儿的好处，所以通同一气放走了巧姐。邢夫人还自和王夫人说话，那里理会。

> 连下人都知此事不好，可见邢夫人糊涂到何等地步。

只有王夫人甚不放心，说了一回话，悄悄的走到宝钗那里坐下，心里还是惦记着。宝钗见王夫人神色恍惚，便问："太太的心里有什么事？"王夫人将这事背地里和宝钗说了。宝钗道："险得很！如今得快快儿的叫芸哥儿止住那里才妥当。"王夫人道："我找不着环儿呢。"宝钗道："太太总要装作不知，等我想个人，去叫大太太知道才好。"王夫人点头，一任宝钗想人。暂且不言。

> 宝钗又来帮忙出主意。

且说外藩原是要买几个使唤的女人，据媒人一面之辞，所以派人相看。相看的人回去禀明了藩王。藩王问起人家，众人不敢隐瞒，只得实说。那外藩听了，知是世代勋戚，便说："了不得！这是有干例禁的，几乎误了大事！况我朝觐已过，便要择日起程，倘有人来再说，快快打发出去。"

这日，恰好贾芸、王仁等递送年庚，只见府门里头的人便说："奉王爷的命，再敢拿贾府的人来冒充民女者，要拿住究治的。如今太平时候，谁敢这样大

> 又幸亏外藩知道了真情，不敢干犯例禁，遂使此事无成。外藩王府干脆将事情说破，要拿住究治，这使贾芸、王仁只得罢手。

胆!"这一嚷,唬得王仁等抱头鼠窜的出来,埋怨那说事的人,大家扫兴而散。

贾环在家候信,又闻王夫人传唤,急得烦躁起来。见贾芸一人回来,赶着问道:"定了么?"贾芸慌忙跺足道:"了不得,了不得!不知谁露了风了。"还把吃亏的话说了一遍。贾环气得发怔说:"我早起在大太太跟前说的这样好,如今怎么样处呢?这都是你们众人坑了我了。"正没主意,听见里头乱嚷,叫着贾环等的名字说:"大太太、二太太叫呢。"两个人只得蹭进去。

只见王夫人怒容满面,说:"你们干的好事!如今逼死了巧姐和平儿了,快快的给我找还尸首来完事!"两个人跪下。贾环不敢言语,贾芸低头说道:"孙子不敢干什么,为的是邢舅太爷和王舅爷说给巧妹妹作媒,我们才回太太们的。大太太愿意,才叫孙子写帖儿去的。人家还不要呢。怎么我们逼死了妹妹呢?"王夫人道:"环儿在大太太那里说的,三日内便要抬了走。说亲作媒,有这样的么?我也不问你们,快把巧姐儿还了我们,等老爷回来再说。"邢夫人如今也是一句话儿说不出了,只有落泪。王夫人便骂贾环说:"赵姨娘这样混账的东西,留的种子也是这混账的!"说着,叫丫头扶了,回到自己房中。

那贾环、贾芸、邢夫人三个人互相埋怨,说道:"如

> 岂能找还尸首来就完事。

第一百十九回　中乡魁宝玉却尘缘　沐皇恩贾家延世泽

今且不用埋怨，想来死是不死的，必是平儿带了他，到那什么亲戚家躲着去了。"邢夫人叫了前后的门人来骂着，问巧姐儿和平儿知道那里去了。岂知下人一口同音说是："大太太不必问我们，问当家的爷们就知道了。在大太太也不用闹，等我们太太问起来，我们有话说。要打大家打，要罚大家都罚。自从琏二爷出了门，外头闹的还了得！我们的月钱、月米是不给了，赌钱、喝酒、闹小旦，还接了外头的媳妇儿到宅里来。这不是爷吗？"说得贾芸等顿口无言。王夫人那边又打发人来催说："叫爷们快找来。"那贾环等急得恨无地缝可钻，又不敢盘问巧姐那边的人。明知众人深恨，是必藏起来了。但是这句话怎敢在王夫人面前说？只得各处亲戚家打听，毫无踪迹。里头一个邢夫人，外头环儿等，这几天闹的昼夜不宁。

一场阴谋彻底失败，反而弄得自身难保。

看看到了出场日期，王夫人只盼着宝玉、贾兰回来。等到晌午，不见回来，王夫人、李纨、宝钗着忙，打发人去到下处打听。去了一起，又无消息，连去的人也不来了。回来又打发一起人去，又不见回来。三个人心里如热油熬煎。

等到傍晚，有人进来，见是贾兰。众人喜欢问道："宝二叔呢？"贾兰也不及请安，便哭道："二叔丢了。"王夫人听了这话，便怔了，半天也不言语，便直挺挺

宝玉已却尘缘。

2175

的躺倒床上。亏得彩云等在后面扶着,下死的叫醒转来哭着。见宝钗也是白瞪两眼,袭人等已哭得泪人一般。只有哭着骂贾兰道:"糊涂东西!你同二叔在一处,怎么他就丢了?"

贾兰道:"我和二叔在下处,是一处吃,一处睡。进了场,相离也不远,刻刻在一处的。今儿一早,二叔的卷子早完了,还等我呢。我们两个人一起去交了卷子,一同出来,在龙门口一挤,回头就不见了。我们家接场的人都问我,李贵还说看见的,相离不过数步,怎么一挤就不见了?现叫李贵等分头的找去。我也带了人,各处号里都找遍了,没有。我所以这时候才回来。"

<small>宝玉不见得奇怪。</small>

王夫人是哭的一句话也说不出来,宝钗心里已知八九,袭人痛哭不已。贾蔷等不等吩咐,也是分头而去。可怜荣府的人个个死多活少,空备了接场的酒饭。贾兰也忘却了辛苦,还要自己找去。倒是王夫人拦住,道:"我的儿,你叔叔丢了,还禁得再丢了你么。好孩子,你歇歇去罢。"贾兰那里肯走,尤氏等苦劝不止。

<small>宝钗心里已知八九者,是知宝玉非丢失而是却尘缘也。</small>

众人中,只有惜春心里却明白了,只不好说出来,便问宝钗道:"二哥哥带了玉去了没有?"宝钗道:"这是随身的东西,怎么不带?"惜春听了,便不言语。袭人想起那日抢玉的事来,也是料着那和尚作怪,柔肠几断,珠泪交流,呜呜咽咽哭个不住。追想当年宝

<small>惜春最为明白,因惜春是个中人也。</small>

第一百十九回　中乡魁宝玉却尘缘　沐皇恩贾家延世泽

玉相待的情分，有时怄他，他便恼了，也有一种令人回心的好处，那温存体贴是不用说了。若怄急了他，便赌誓说做和尚。那知道今日却应了这句话！

看看那天，已觉是四更天气，并没有个信儿。李纨又怕王夫人苦坏了，极力的劝着回房。众人都跟着伺候，只有邢夫人回去。贾环躲着不敢出来。王夫人叫贾兰去了，一夜无眠。

次日天明，虽有家人回来，都说没有一处不寻到，实在没有影儿。于是薛姨妈、薛蝌、史湘云、宝琴、李婶等，接二连三的过来请安问信。如此一连数日，王夫人哭得饮食不进，命在垂危。

忽有家人回道："海疆来了一个人，口称统制大人那里来的，说我们家的三姑奶奶明日到京了。"王夫人听说探春回京，虽不能解宝玉之愁，那个心略放了些。到了明日，果然探春回来。众人远远接着，见探春出挑得比先前更好了，服采鲜明。见了王夫人形容枯槁，众人眼肿腮红，便也大哭起来，哭了一会，然后行礼。看见惜春道姑打扮，心里很不舒服。又听见宝玉心迷走失，家中多少不顺的事，大家又哭起来。还亏得探春能言，见解亦高，把话来慢慢儿的劝解了好些时，王夫人等略觉好些。再明儿，三姑爷也来了。知有这样的事，探春住下劝解。跟探春的丫头、老婆也与众姐妹们相聚，各诉别后的事。从此上上下下的

　　　　　　　　　　　　　　　　　　　探春回来。

人，竟是无昼无夜专等宝玉的信。

那一夜，五更多天，外头几个家人进来，到二门口报喜。几个小丫头乱跑进来，也不及告诉大丫头了，进了屋子便说："太太、奶奶们大喜。"王夫人打谅宝玉找着了，便喜欢的站起身来，说："在那里找着的？快叫他进来。"那人道："中了第七名举人。"王夫人道："宝玉呢？"家人不言语，王夫人仍旧坐下。探春便问："第七名中的是谁？"家人回说："是宝二爷。"

宝玉中第七名举人。

正说着，外头又嚷道："兰哥儿中了！"那家人赶忙出去，接了报单回禀，见贾兰中了一百三十名。李纨心下喜欢，因王夫人不见了宝玉，不敢喜形于色。王夫人见贾兰中了，心下也是喜欢，只想，"若是宝玉一回来，咱们这些人不知怎样乐呢！"独有宝钗心下悲苦，又不好掉泪。众人道喜，说是："宝玉既有中的命，自然再不会丢的。况天下那有迷失了的举人？"王夫人等想来不错，略有笑容。众人便趁势劝王夫人等多进了些饮食。

贾兰亦得中。

只见三门外头焙茗乱嚷说："我们二爷中了举人，是丢不了的了！"众人问道："怎见得呢？"焙茗道："'一举成名天下闻。'如今二爷走到那里，那里就知道的。谁敢不送来？"里头的众人都说："这小子虽是没规矩，这句话是不错的。"

焙茗久已不见。

惜春道："这样大人了，那里有走失的？只怕他勘破世情，入了空门，这就难找着他了。"这句话又招得王夫人等又大哭起来。李纨道："古来成佛作祖成神仙的，果然把爵位富贵都抛了，也多得很。"王夫人哭道："他若抛了父母，这就是不孝，怎能成佛作祖。"探春道："大凡一个人不可有奇处。二哥哥生来带块玉来，都道是好事。这么说起来，都是有了这块玉的不好。若是再有几天不见，我不是叫太太生气，就有些原故了，只好譬如没有生这位哥哥罢了。果然有来头成了正果，也是太太几辈子的修积。"

> 惜春又一语道破。

宝钗听了不言语。袭人那里忍得住，心里一疼，头上一晕，便栽倒了。王夫人见了可怜，命人扶他回去。

贾环见哥哥、侄儿中了，又为巧姐的事大不好意思，只抱怨蔷、芸两个。知道探春回来，此事不肯干休，又不敢躲开，这几天竟是如在荆棘之中。

明日贾兰只得先去谢恩，知道甄宝玉也中了，大家序了同年。提起贾宝玉心迷走失，甄宝玉叹息劝慰。知贡举的将考中的卷子奏闻。皇上一一的披阅，看取中的文章俱是平正通达的。见第七名贾宝玉是金陵籍贯，第一百三十名又是金陵贾兰，皇上传旨询问，两个姓贾的是金陵人氏，是否贾妃一族。大臣领命出来，传贾宝玉、贾兰问话。贾兰将宝玉场后迷失的话，并将三代陈明，大臣代为转奏。皇上最是圣明仁德，想起贾氏功勋，命大臣查覆，大臣便细细的奏明。皇上甚是悯恤，命有司将贾赦犯罪情由查案呈奏。皇上又看到海疆靖寇班师善后事宜一本，奏的是海宴河清，万民乐业的事。皇上圣心大悦，命九卿叙功议赏，并大赦天下。

贾兰等朝臣散后拜了座师，并听见朝内有大赦的信，便回了王夫人等。合家略有喜色，只盼宝玉回来。薛姨妈更加喜欢，便要打算赎罪。

一日，人报甄老爷同三姑爷来道喜，王夫人便命贾兰出去接待。不多一回，贾兰进来，笑嘻嘻的回王夫人道："太太们大喜了。甄老伯在朝内听见有旨意，说是大老爷的罪名免了，珍大爷不但免了罪，仍袭了宁国三等世职，荣国世职仍是老爷袭了，俟丁忧服满，仍升工部郎中。所抄家产，全行赏还。二叔的文章，皇上看了甚喜，问知元妃兄弟，北静王还奏说人品亦好，皇上传旨召见。众大臣奏称，据伊侄贾兰回称出场时迷失，现在各处寻访。皇上降旨，着五营各衙门用心寻访。这旨意一下，请太太们放心，皇上这样圣恩，再没有找不着了。"王夫人等这才大家称贺，喜欢起来。只有贾环等心下着急，四处找寻巧姐。

那知巧姐随了刘姥姥，带着平儿出了城，到了庄上。刘姥姥也不敢轻亵巧姐，便打扫上房，让给巧姐、平儿住下。每日供给虽是乡村风味，倒也洁净。又有青儿陪着，暂且宽心。那庄上也有几家富户，知道刘

_{贾赦免罪，贾珍复袭爵位。贾政袭荣国世职，一时俱皆复旧。}

第一百十九回　中乡魁宝玉却尘缘　沐皇恩贾家延世泽

姥姥家来了贾府姑娘，谁不来瞧，都道是天上神仙。也有送菜果的，也有送野味的，倒也热闹。

内中有个极富的人家，姓周，家财巨万，良田千顷。只有一子，生得文雅清秀，年纪十四岁，他父母延师读书，新近科试，中了秀才。那日，他母亲看见了巧姐，心里羡慕，自想："我是庄家人家，那能配得起这样世家小姐。"呆呆的想着。刘姥姥知他心事，拉着他说："你的心事，我知道了。我给你们做个媒罢。"周妈妈笑道："你别哄我。他们什么人家，肯给我们庄家人么？"刘姥姥道："说着瞧罢。"于是两人各自走开。

刘姥姥惦记着贾府，叫板儿进城打听。那日，恰好到宁荣街，只见有好些车轿在那里。板儿便在邻近打听，说是："宁、荣两府复了官，赏还抄的家产。如今府里又要起来了。只是他们的宝玉中了官，不知走到那里去了。"板儿心里喜欢，便要回去。又见好几匹马到来，在门前下马。只见门上打千儿请安说："二爷回来了，大喜！大老爷身上安了么？"那位爷笑着道："好了。又遇恩旨，就要回来了。"还问："那些人做什么的？"门上回说："是皇上派官在这里下旨意，叫人领家产。"那位爷便喜欢进去。板儿便知是贾琏了。也不用打听，赶忙回去告诉了他外祖母。刘姥姥听说，喜的眉开眼笑，去和巧姐儿贺喜，将板儿的话说了一遍。平儿笑说道："可不是，亏得姥姥

才遭破败，忽又喜气盈门。

这样一办,不然姑娘也摸不着那好时候。"巧姐更自欢喜。

正说着,那送贾琏信的人也回来了,说是:"姑老爷感激得很,叫我一到家快把姑娘送回去。又赏了我好几两银子。"刘姥姥听了得意,便叫人赶了两辆车,请巧姐、平儿上车。巧姐等在刘姥姥家住熟了,反是依依不舍。更有青儿哭着,恨不能留下。刘姥姥知他不忍相别,便叫青儿跟了进城,一径直奔荣府而来。

且说贾琏先前知道贾赦病重,赶到配所,父子相见,痛哭了一场,渐渐的好起来。贾琏接着家书,知道家中的事,禀明贾赦回来,走到中途,听得大赦,又赶了两天,今日到家,恰遇颁赏恩旨。里面邢夫人等正愁无人接旨,虽有贾兰,终是年轻。人报琏二爷回来,大家相见,悲喜交集。此时也不及叙话,即到前厅叩见了钦命大人。问了他父亲好,说明日到内府领赏,宁国府第发交居住。众人起身辞别。贾琏送出门去。见有几辆屯车,家人们不许停歇,正在吵闹。贾琏早知道是巧姐来的车,便骂家人道:"你们这班糊涂忘八崽子,我不在家,就欺心害主,将巧姐儿都逼走了。如今人家送来,还要拦阻,必是你们和我有什么仇么?"众家人原怕贾琏回来不依,想来少时才破,岂知贾琏说得更明,心下不懂,只得站着回道:"二爷出门,奴才们有病的,有告假的,都是三爷、蔷大爷、

<small>巧姐亦回来了。</small>

第一百十九回　中乡魁宝玉却尘缘　沐皇恩贾家延世泽

芸大爷作主，不与奴才们相干。"贾琏道："什么混账东西！我完了事，再和你们说，快把车赶进来！"

贾琏进去见邢夫人，也不言语；转身到了王夫人那里，跪下磕了个头，回道："姐儿回来了，全亏太太。环兄弟，太太也不用说他了。只是芸儿这东西，他上回看家就闹乱儿，如今我去了几个月，便闹到这样。回太太的话，这种人撵了他，不往来也使得。"王夫人道："你大舅子为什么也是这样？"贾琏道："太太不用说，我自有道理。"

正说着，彩云等回道："巧姐儿进来了。"见了王夫人，虽然别不多时，想起这样逃难的景况，不免落下泪来。巧姐儿也便大哭。贾琏谢了刘姥姥。王夫人便拉他坐下，说起那日的话来。贾琏见平儿，外面不好说别的，心里感激，眼中流泪。自此贾琏心里愈敬平儿，打算等贾赦等回来，要扶平儿为正。此是后话，暂且不提。

邢夫人正恐贾琏不见了巧姐，必有一番的周折，又听见贾琏在王夫人那里，心下更是着急，便叫丫头去打听。回来说是巧姐儿同着刘姥姥在那里说话，邢夫人才如梦初觉，知他们的鬼，还抱怨着王夫人："调唆我母子不和，到底是那个送信给平儿的？"

正问着，只见巧姐同着刘姥姥带了平儿，王夫人在后头跟着进来，先把头里的话都说在贾芸、王仁身上，说："大太太原是听见人说，为的是好事，那里知道外头的鬼。"邢夫人听了，自觉羞惭。想起王夫人主意不差，心里也服。于是邢、王夫人彼此心下相安。

平儿回了王夫人，带了巧姐到宝钗那里来请安，各自提各自的苦处。又说到："皇上隆恩，咱们家该兴旺起来了。想来宝二爷必回来的。"正说到这话，只见秋纹忽忙来说："袭人不好了！"不知何事，且听下回分解。

第一百十九回　中乡魁宝玉却尘缘　沐皇恩贾家延世泽

【回后评】

宝玉中乡魁而后却尘缘，尽管王夫人、宝钗、袭人等哭得要死，但从思想上来说，是一种调和的观点，"中乡魁"，当然就不是反科举反传统了，所以他与前八十回的宝玉已经判然有别了。"却尘缘"，则仍是一种弃世、遁世的行为，仍与贾政、王夫人、薛宝钗等对他的期望大相径庭，然从反传统的角度看，"出家"并不是真正的"反传统"。儒、佛、道的思想是可以兼容的。所以出家只是对入世传统的疏离而不是反叛。因此续书对宝玉的最后处理是一种调和，或者说是调和式的决绝。然而,庚辰本第二十五回末畸笏丁亥夏眉批云："叹不能得见宝玉悬崖撒手文字为恨。"又庚辰本第二十一回在正文"便权当他们死了，毫无牵挂，反能怡然自悦"下双行小字批云："……宝玉有情极之毒。亦世人莫忍为者，看至后半部，则洞明矣。此是宝玉（第）三大病也。宝玉看（有）此世人莫忍为之毒，故后文方能悬崖撒手一回。若他人得宝钗之妻，麝月之婢，岂能弃而而（为）僧哉。玉一生偏僻处。"根据以上几段脂批，可见雪芹原稿或原计划写的宝玉的最后结局，也是"悬崖撒手""弃而为僧"。何况《红楼梦》正文中宝玉亦曾多次说："你（指黛玉）死了，我做和尚。"可见雪芹原计划写的宝玉最后的结局确是做和尚。我们再仔细想想，雪芹生活在雍、乾之世，他的思想最先进，又能先进到何种程度呢？与他同时或较早些的先进思想家又提出过什么样的更先进的社会思想来呢？顾炎武、王夫之、黄宗羲、颜元、唐甄、戴震诸人，是当时思想界的精英，他们对皇权思想的批判，对程、朱理学的批判等，是够激烈的，但他们的社会思想究竟还只是初期的启蒙思想，还不能说就是资产阶级民主思想,虽然人们称黄宗羲的《明夷待访录》是十七世纪中国的民权宣言,但这也只是一种充分的赞扬和比喻,而不是说它就是代表资产阶级的民主思想。由此可知,当时思想界还只有初期的启蒙思想,还没有出现更先进、更鲜明的资产阶级民主革命思想。因此曹雪芹笔下贾宝玉的"悬崖撒手""弃而为僧"也就是非常决绝的一种态度了,也已经是"世人莫忍为之毒"了!雪芹在《红楼梦》里所写的人生道路、自由婚姻、妇女问题、人与人的平等关系等,已经足够先进的了,但这毕竟还只是一些具体问题,还不是整个的社会理想。所以后四十回在宝玉出家的结局上,是与前八十回一致的,尽管他让人感到有调和的色彩,但他对旧社会终究是决绝的,这是符合历史真实的。因为这一时期的中国还不可能有资产阶级民主革命,还正在走着思想启蒙的崎岖路程,还只是走着中国的古老文明汇入世界历史的第一步。中国的资产阶级革命,还要等一个半世纪以后才会出现。此时的中国,就连大规模的农民起义也没有。所以在他的面前,还只能是一片茫茫白地!

既然说前八十回中预写宝玉的结局与后四十回是一致的,那么怎么能说"与前八十回的宝玉已经判然有别了"呢?关键就在宝玉的应试中乡魁!雪芹原计划中的宝玉"悬崖撒手",并未显示有应试中乡魁的信息。所以我认为后四十回宝玉不反科举,反而去应试中乡魁这一点是续作者的思想,与雪芹原来的构思是不合的。这应举中乡魁的思想绝不是前八十回雪芹原有的思想,这是十分重要的关键性的区别。至于后四十回宝玉出家的具体描写,当然是后四十回作者的设想,雪芹原构思是否如此,因为没有资料可凭,所以不好说是与不是。但最后结局宝玉是出家为僧,这一点脂批的预示是十

第一百十九回　中乡魁宝玉却尘缘　沐皇恩贾家延世泽

分明确的，我说的前八十回预示的宝玉的结局后四十回与之一致，也只是指"出家"这一点，而不是指后四十回关于宝玉出家的所有描写。

巧姐的遇难和遇救，续作者是一次精心的设计。平儿、刘姥姥的作用最大，也处理得极合情理。王夫人最后能理解平儿而予以支持，也算差堪交代。邢夫人则始终是个尴尬人，而在巧姐的事件上，可说是她毕生最尴尬的事。

一场大灾大难以后，忽然又来一场意外的大喜大庆。前面贾家被抄家败落，已经显得太突然、太匆促，已经是不合事理的发展，哪有因为"交通外官"（没有具体的实际罪名）之类的空洞的罪名而被抄家的。且"交通外官"，一般是指内庭太监勾结朝内大臣图谋不轨之类的事，贾赦不过是世职，并无实职，且更不是"内监"，何来"交通外官"？故败也败得没有道理，太草率，而现在突如其来的全面复兴，更是令人感到如同儿戏。

总之，续作者不愿这个象征封建的世家大族彻底毁灭，如曲词里所说的"落了片白茫茫大地真干净"，而要让他起死回生，重见荣华，其实这只是续作者的一种简单化的政治表态而已。

第一百二十回　　甄士隐详说太虚情
　　　　　　　　贾雨村归结红楼梦

话说宝钗听秋纹说袭人不好，连忙进去瞧看。巧姐儿同平儿也随着走到袭人炕前。只见袭人心痛难禁，一时气厥。宝钗等用开水灌了过来，仍旧扶他睡下，一面传请大夫。巧姐儿问宝钗道："袭人姐姐怎么病到这个样？"宝钗道："大前儿晚上哭伤了心了，一时发晕栽倒了。太太叫人扶他回来，他就睡倒了。因外头有事，没有请大夫瞧他，所以致此。"说着，大夫来了，宝钗等略避。大夫看了脉，说是急怒所致，开了方子去了。

原来袭人模糊听见说，宝玉若不回来，便要打发屋里的人都出去，一急越发不好了。到大夫瞧后，秋纹给他煎药，他各自一人躺着，神魂未定，好像宝玉在他面前，恍惚又像是见个和尚，手里拿着一本册子揭着看，还说道："你别错了主意，我是不认得你们的了。"袭人似要和他说话，秋纹走来，说："药好了，

第一百二十回　甄士隐详说太虚情　贾雨村归结红楼梦

姐姐吃罢。"

袭人睁眼一瞧，知是个梦，也不告诉人。吃了药，便自己细细的想："宝玉必是跟了和尚去。上回他要拿玉出去，便是要脱身的样子，被我揪住，看他竟不像往常，把我混推混搡的，一点情意都没有。后来待二奶奶更生厌烦。在别的姊妹跟前，也是没有一点情意。这就是悟道的样子。但是你悟了道，抛了二奶奶怎么好？我是太太派我服侍你，虽是月钱照着那样的分例，其实我究竟没有在老爷、太太跟前回明就算了你的屋里人。若是老爷、太太打发我出去，我若死守着，又叫人笑话；若是我出去，心想宝玉待我的情分，实在不忍。"左思右想，实在难处。想到刚才的梦，好像和我无缘的话，"倒不如死了干净"。岂知吃药以后，心痛减了好些，也难躺着，只好勉强支持。过了几日，起来服侍宝钗。宝钗想念宝玉，暗中垂泪，自叹命苦。又知他母亲打算给哥哥赎罪，很费张罗，不能不帮着打算。暂且不表。

> 为自己解脱，找出路的理由。已提出"若死守着，又叫人笑话"，可见不能叫人"笑话"。

且说贾政扶贾母灵柩，贾蓉送了秦氏、凤姐、鸳鸯的棺木，到了金陵，先安了葬。贾蓉自送黛玉的灵也去安葬。贾政料理坟基的事。一日，接到家书，一行一行的看到宝玉、贾兰得中，心里自是喜欢。后来看到宝玉走失，复又烦恼，只得赶忙回来。在道儿上又闻得有恩赦的旨意，又接家书，果然赦罪复职，更是喜欢，便日夜趱行。

一日，行到毗陵驿地方。那天乍寒下雪，泊在一个清净去处。贾政打发众人上岸投帖辞谢朋友，总说即刻开船，都不敢劳动。船中只留一个小厮伺候，自己在船中写家书，先要打发人起早到家。写到宝玉的事，便停笔。抬头忽见船头上微微的雪影里面一个人，光着头，赤着脚，身上披着一领大红猩猩毡的斗篷，向贾政倒身下拜。贾政尚未认清，急忙出船，欲待扶住问他是谁。那人已拜了四拜，站起来，打了个问讯。贾政才要还揖，迎面一看，不是别人，却是宝玉。〔宝玉最后一次却尘缘。〕

贾政吃一大惊。忙问道："可是宝玉么？"那人只不言语，似喜似悲。贾政又问道："你若是宝玉，如何这样打扮，跑到这里？"宝玉未及回言，只见船头上来了两人，一僧一道，夹住宝玉说道："俗缘已毕，还不快走！"说着，三个人飘然登岸而去。贾政不顾地滑，疾忙来赶。见那三人在前，那里赶得上。只听得他们三人口中，不知是那个作歌曰：〔如此处理，空灵飘缈。宝玉不着一言，因已决然而去，更无话说也。然则于调和（不是造反）之中，也已够决绝的了！〕

  我所居兮，青埂之峰。我所游兮，鸿蒙太空。谁与我游兮，吾谁与从。渺渺茫茫兮，归彼大荒。

贾政一面听着，一面赶去，转过一小坡，倏然不见。贾政已赶得心虚气喘，惊疑不定，回过头来，见自己

第一百二十回　甄士隐详说太虚情　贾雨村归结红楼梦

的小厮也是随后赶来。贾政问道："你看见方才那三个人么？"小厮道："看见的。奴才为老爷追赶，故也赶来。后来只见老爷，不见那三个人了。"贾政还欲前走，只见白茫茫一片旷野，并无一人。贾政知是古怪，只得回来。

众家人回船，见贾政不在舱中，问了船夫，说是"老爷上岸追赶两个和尚、一个道士去了"。众人也从雪地里寻踪迎去，远远见贾政来了，迎上去接着，一同回船。

贾政坐下，喘息方定，将见宝玉的话说了一遍。众人回禀，便要在这地方寻觅。贾政叹道："你们不知道，这是我亲眼见的，并非鬼怪。况听得歌声大有玄妙。那宝玉生下时，衔了玉来，便也古怪，我早知不祥之兆，为的是老太太疼爱，所以养育到今。便是那和尚、道士，我也见了三次。头一次是那僧道来说玉的好处。第二次便是宝玉病重，他来了将那玉持诵了一番，宝玉便好了。第三次送那玉来，坐在前厅，我一转眼就不见了。我心里便有些诧异，只道宝玉果真有造化，高僧、仙道来护佑他的。岂知宝玉是下凡历劫的，竟哄了老太太十九年！如今叫我才明白。"说到那里，掉下泪来。

众人道："宝二爷果然是下凡的和尚，就不该中举人了。怎么中了才去？"贾政道："你们那里知道，大凡天上星宿，山中老僧，洞里的精灵，他自具一种性情。你看宝玉何尝肯念书？他若略一经心，无有不能的。他那一种脾气，也是各别另样。"说着，又叹了几声。众人便拿"兰哥得中，家道复兴"的话解了一番。

贾政仍旧写家书，便把这事写上，劝谕合家不必想念了。写完封好，即着家人回去。贾政随后赶回。暂且不提。

且说薛姨妈得了赦罪的信，便命薛蝌去各处借贷，并自己凑齐了赎罪银两。刑部准了，收兑了银子，一角文书将薛蟠放出。他们母子、姊妹、弟兄见面，不必细述，自然是悲喜交集了。薛蟠自己立誓说道："若是再犯前病，必定犯杀犯剐！"

> 连薛蟠都得释了。

薛姨妈见他这样，便要握他嘴，说："只要自己拿定主意，必定还要妄口巴舌血淋淋的起这样恶誓么？只香菱跟了你，受了多少的苦处，你媳妇已经自己治死自己了，如今虽说穷了，这碗饭还有得吃。据我的主意，我便算他是媳妇了。你心里怎么样？"薛蟠点头愿意。宝钗等也说："很该这样。"倒把香菱急得脸胀通红，说是："服侍大爷一样的，何必如此？"众人便称起大奶奶来，无人不服。

> 香菱情节，与前不接。

薛蟠便要去拜谢贾家，薛姨妈、宝钗也都过来。

第一百二十回　甄士隐详说太虚情　贾雨村归结红楼梦

见了众人，彼此聚首，又说了一番的话。

正说着，恰好那日贾政的家人回家，呈上书子，说："老爷不日到了。"王夫人叫贾兰将书子念给听。贾兰念到贾政亲见宝玉的一段，众人听了都痛哭起来，王夫人、宝钗、袭人等更甚。

大家又将贾政书内叫家内"不必悲伤，原是借胎"的话解说了一番："与其作了官，倘或命运不好，犯了事，坏家败产，那时倒不好了。宁可咱们家出一位佛爷，倒是老爷、太太的积德，所以才投到咱们家来。不是说句不顾前后的话，当初东府里太爷倒是修炼了十几年，也没有成了仙。这佛是更难成的。太太这么一想，心里便开豁了。"

找出一个好词"借胎"，自己安慰自己。

王夫人哭着和薛姨妈道："宝玉抛了我，我还恨他呢。我叹的是媳妇的命苦，才成了一二年的亲，怎么他就硬着肠子都撂下了走了呢？"薛姨妈听了，也甚伤心。宝钗哭得人事不知。

宝钗确实是一场空。

所有爷们都在外头。王夫人便说道："我为他担了一辈子的惊，刚刚儿的娶了亲，中了举人，又知道媳妇作了胎，我才喜欢些，不想弄到这样结局！早知这样，就不该娶亲害了人家的姑娘！"薛姨妈道："这是自己一定的。咱们这样人家，还有什么别的说的吗？幸喜有了胎，将来生个外孙子必定是有成立的，后来就有了结果了。你看大奶奶，如今兰哥儿中了举人，

"幸喜有了胎"，再交代一笔。如此则和尚亦有后矣。

明年成了进士，可不是就做了官了么？他头里的苦也算吃尽的了，如今的甜来，也是他为人的好处。我们姑娘的心肠儿，姊姊是知道的，并不是刻薄轻佻的人，姊姊倒不必耽忧。"

王夫人被薛姨妈一番言语说得极有理，心想："宝钗小时候更是廉静寡欲，极爱素淡的，他所以才有这个事，想人生在世真有一定数的。看着宝钗虽是痛哭，他端庄样儿一点不走，却倒来劝我，这是真真难得的。不想宝玉这样一个人，红尘中福分竟没有一点儿。"想了一回，也觉解了好些。又想到袭人身上："若说别的丫头呢，没有什么难处的，大的配了出去，小的服侍二奶奶就是了。独有袭人可怎么处呢？"此时人多，也不好说，且等晚上和薛姨妈商量。

那日，薛姨妈并未回家，因恐宝钗痛哭，所以在宝钗房中解劝。那宝钗却是极明理，思前想后："宝玉原是一种奇异的人。夙世前因，自有一定，原无可怨天尤人。"更将大道理的话告诉他母亲了。薛姨妈心里反倒安了，便到王夫人那里，先把宝钗的话说了。王夫人点头叹道："若说我无德，不该有这样好媳妇了。"说着，更又伤心起来。

薛姨妈倒又劝了一会子，因又提起袭人来，说："我见袭人近来瘦的了不得，他是一心想着宝哥儿。但是正配呢理应守的，屋里人愿守也是有的。惟有这

第一百二十回　甄士隐详说太虚情　贾雨村归结红楼梦

袭人，虽说是算个屋里人，到底他和宝哥儿并没有过明路儿的。"王夫人道："我才刚想着，正要等妹妹商量商量。若说放他出去，恐怕他不愿意，又要寻死觅活的；若要留着他也罢，又恐老爷不依。所以难处。"

薛姨妈道："我看姨老爷是再不肯叫守着的。再者姨老爷并不知道袭人的事，想来不过是个丫头，那有留的理呢。只要姊姊叫他本家的人来，狠狠的吩咐他，叫他配一门正经亲事，再多多的陪送他些东西。那孩子心肠儿也好，年纪儿又轻，也不枉跟了姐姐会子，也算姐姐待他不薄了。袭人那里，还得我细细劝他。就是叫他家的人来，也不用告诉他，只等他家里果然说定了好人家儿，我们还打听打听，若果然足衣足食，女婿长的像个人儿，然后叫他出去。"王夫人听了，道："这个主意很是。不然，叫老爷冒冒失失的一办，我可不是又害了一个人了么！"薛姨妈听了，点头道："可不是么。"又说了几句，便辞了王夫人，仍到宝钗房中去了。

看见袭人泪痕满面，薛姨妈便劝解譬喻了一会。袭人本来老实，不是伶牙利齿的人，薛姨妈说一句，他应一句，回来说道："我是做下人的人，姨太太瞧得起我，才和我说这些话。我是从不敢违拗太太的。"薛姨妈听他的话，"好一个柔顺的孩子！"心里更加喜欢。宝钗又将大义的话说了一遍，大家各自相安。

> 袭人是能听劝的。

过了几日，贾政回家，众人迎接。贾政见贾赦、贾珍已都回家，弟兄、叔侄相见，大家历叙别来的景况。然后内眷们见了，不免想起宝玉来，又大家伤了一会子心。贾政喝住道："这是一定的道理。如今只要我们在外把持家事，你们在内相助，断不可仍是从前这样的散慢。别房的事，各有各家料理，也不用承总。我们本房的事，里头全归于你，都要按理而行。"王夫人便将宝钗有孕的话也告诉了，将来丫头们都放出去。贾政听了，点头无语。

次日，贾政进内，请示大臣们，说是："蒙恩感激，但未服阙，应该怎么谢恩之处，望乞大人们指教。"众朝臣说是代奏请旨。于是圣恩浩荡，即命陛见。贾政进内，谢了恩。圣上又降了好些旨意，又问起宝玉的事来。贾政据实回奏。圣上称奇，旨意说，宝玉的文章固是清奇，想他必是过来人，所以如此。若在朝中，可以进用。他既不敢受圣朝的爵位，便赏了一个"文妙真人"的道号。贾政又叩头谢恩而出。

> 圣恩浩荡，续作者的态度。

回到家中，贾琏、贾珍接着。贾政将朝内的话述了一遍，众人喜欢。贾珍便回说："宁国府第收拾齐全，回明了要搬过去。栊翠庵圈在园内，给四妹妹静养。"贾政并不言语，隔了半日，却吩咐了一番仰报天恩的话。

贾琏也趁便回说："巧姐亲事，父亲、太太都愿意给周家为媳。"贾政昨晚也知巧姐的始末，便说："大

第一百二十回　甄士隐详说太虚情　贾雨村归结红楼梦

老爷、大太太作主就是了。莫说村居不好，只要人家清白，孩子肯念书，能够上进。朝里那些官儿，难道都是城里的人么？"

贾琏答应了"是"，又说："父亲有了年纪，况且又有痰症的根子，静养几年，诸事原仗二老爷为主。"贾政道："提起村居养静，甚合我意。只是我受恩深重，尚未酬报耳。"贾政说毕进内。

贾琏打发请了刘姥姥来，应了这件事。刘姥姥见了王夫人等，便说些将来怎样升官，怎样起家，怎样子孙昌盛。

正说着，丫头回道："花自芳的女人进来请安。"王夫人问几句话，花自芳的女人将亲戚作媒，说的是城南蒋家的，现在有房有地，又有铺面，姑爷年纪略大几岁，并没有娶过的，况且人物儿长的是百里挑一的。王夫人听了愿意，说道："你去应了，隔几日进来再接你妹子罢。"王夫人又命人打听，都说是好。

王夫人便告诉了宝钗，仍请了薛姨妈细细的告诉了袭人。袭人悲伤不已，又不敢违命的，心里想起宝玉那年到他家去，回来说的死也不回去的话，"如今太太硬作主张。若说我守着，又叫人说我不害臊；若是去了，实不是我的心愿！"便哭得咽哽难言，又被薛姨妈、宝钗等苦劝，回过念头想道："我若是死在这里，倒把太太的好心弄坏了。我该死在家里才是。"

> 不敢违命，这是冠冕堂皇的大道理。

> 总是想得周到，此处死不得，回家又岂可死得？

于是，袭人含悲叩辞了众人。那姐妹分手时自然更有一番不忍说。袭人怀着必死的心肠上车回去，见了哥哥、嫂子，也是哭泣，但只说不出来。那花自芳悉把蒋家的聘礼送给他看，又把自己所办妆奁一一指给他瞧，说那是太太赏的，那是置办的。袭人此时更难开口，住了两天，细想起来："哥哥办事不错。若是死在哥哥家里，岂不又害了哥哥呢。"千思万想，左右为难，真是一缕柔肠，几乎牵断，只得忍住。

_{死在哥哥家更是不可。}

那日，已是迎娶吉期，袭人本不是那一种泼辣的人，委委屈屈的上轿而去，心里另想到那里再作打算。岂知过了门，见那蒋家办事极其认真，全都按着正配的规矩。一进了门，丫头、仆妇都称奶奶。袭人此时欲要死在这里，又恐害了人家，辜负了一番好意。那夜原是哭着不肯俯就的，那姑爷却极柔情曲意的承顺。

_{死在蒋家，更是害了别人。}

到了第二天开箱，这姑爷看见一条猩红汗巾，方知是宝玉的丫头。原来当初只知是贾母的侍儿，亦想不到是袭人。此时蒋玉菡念着宝玉待他的旧情，倒觉满心惶愧，更加周旋，又故意将宝玉所换那条松花绿的汗巾拿出来。袭人看了，方知这姓蒋的原来就是蒋玉菡，始信姻缘前定。袭人才将心事说出，蒋玉菡也深为叹息敬服，不敢勉强，并越发温柔体贴，弄得个袭人真无死所了。

_{原来有汗巾牵线，更是天意，岂可违反天意，何况蒋玉菡"越发温柔体贴"，到底不能死。}

看官听说：虽然事有前定，无可奈何，但孽子孤

臣，义夫节妇，这"不得已"三字也不是一概推委得的。此袭人所以在又副册也。正是前人过那桃花庙的诗上说道：

千古艰难惟一死，伤心岂独息夫人！

不言袭人从此又是一番天地。且说那贾雨村犯了婪索的案件，审明定罪，今遇大赦，褫籍为民。雨村因叫家眷先行，自己带了一个小厮，一车行李，来到急流津觉迷渡口。只见一个道者从那渡头草棚里出来，执手相迎。雨村认得是甄士隐，也连忙打躬。士隐道："贾老先生别来无恙？"雨村道："老仙长到底是甄老先生。何前次相逢觌面不认？后知火焚草亭，下鄙深为惶恐。今日幸得相逢，益叹老仙翁道德高深。奈鄙人下愚不移，致有今日。"甄士隐道："前者老大人高官显爵，贫道怎敢相认？原因故交，敢赠片言，不意老大人相弃之深。然而富贵穷通，亦非偶然。今日复得相逢，也是一桩奇事。这里离草庵不远，暂请膝谈，未知可否？"

雨村欣然领命，两人携手而行，小厮驱车随后，到了一座茅庵。士隐让进雨村坐下，小童献上茶来。雨村便请教仙长超尘的始末。士隐笑道："一念之间，尘凡顿易。老先生从繁华境中来，岂不知温柔富贵乡中有一宝玉乎？"雨村道："怎么不知！近闻纷纷传述，

> 贾雨村褫籍为民，又重遇甄士隐。

说他也遁入空门。下愚当时也曾与他往来过数次，再不想此人竟有如是之决绝。"

士隐道："非也。这一段奇缘，我先知之。昔年我与先生在仁清巷旧宅门口叙话之前，我已会过他一面。"雨村惊讶道："京城离贵乡甚远，何以能见？"士隐道："神交久矣。"雨村道："既然如此，现今宝玉的下落，仙长定能知之。"士隐道："宝玉，即宝玉也。那年荣、宁查抄之前，钗、黛分离之日，此玉早已离世。一为避祸，二为撮合，从此夙缘一了，形质归一。又复稍示神灵，高魁贵子，方显得此玉乃天奇地灵煅炼之宝，非凡间可比。前经茫茫大士、渺渺真人携带下凡，如今尘缘已满，仍是此二人携归本处，这便是宝玉的下落。"

雨村听了，虽不能全然明白，却也十知四五，便点头叹道："原来如此，下愚不知。但那宝玉既有如此的来历，又何以情迷至此，复又豁悟如此？还要请教。"士隐笑道："此事说来，老先生未必尽解。太虚幻境即是真如福地。一番阅册，原始要终之道，历历生平，如何不悟？仙草归真，焉有通灵不复原之理呢？"

雨村听着，却不明白了，知仙机也不便更问，因又说道："宝玉之事，既得闻命。但是敝族闺秀如此之多，何元妃以下算来结局俱属平常呢？"士隐叹息道："老先生莫怪拙言！贵族之女俱属从情天孽海而

第一百二十回　甄士隐详说太虚情　贾雨村归结红楼梦

来。大凡古今女子，那'淫'字固不可犯，只这'情'字也是沾染不得的！所以崔莺、苏小无非仙子尘心，宋玉、相如大是文人口孽。凡是情思缠绵，那结局就不可问了！"

雨村听到这里，不觉拈须长叹，因又问道："请教老仙翁，那荣宁两府，尚可如前否？"士隐道："福善祸淫，古今定理。现今荣宁两府，善者修缘，恶者悔祸，将来兰桂齐芳，家道复初，也是自然的道理。"

> 兰桂齐芳，家道复初，高魁贵子，又入大团圆的结局。

雨村低了半日头，忽然笑道："是了，是了！现在他府中有一个名兰的已中乡榜，恰好应着'兰'字。适间老仙翁说'兰桂齐芳'，又道宝玉'高魁子贵'，莫非他有遗腹之子，可以飞黄腾达的么？"士隐微微笑道："此系后事，未便预说。"雨村还要再问，士隐不答，便命人设俱盘飧，邀雨村共食。

食毕，雨村还要问自己的终身，士隐便道："老先生草庵暂歇，我还有一段俗缘未了，正当今日完结。"雨村惊讶道："仙长纯修若此，不知尚有何俗缘？"士隐道："也不过是儿女私情罢了。"雨村听了，益发惊异："请问仙长，何出此言？"士隐道："老先生有所不知，小女英莲幼遭尘劫，老先生初任之时曾经判断。今归薛姓，产难完劫，遗一子于薛家以承宗祧。此时正是尘缘脱尽之时，只好接引接引。"士隐说着拂袖而起。雨村心中恍恍惚惚，就在这急流津觉迷渡

> 英莲难产而终，与判词不合。八十回说香菱"血分中有病，是以并无胎孕⋯⋯竟酿成干血之症"。则是明叙香菱已不能产也，可见前后情节抵牾。

2203

口草庵中睡着了。

这士隐自去度脱了香菱,送到太虚幻境,交那警幻仙子对册。刚过牌坊,见那一僧一道,缥缈而来。士隐接着说道:"大士、真人,恭喜,贺喜!情缘完结,都交割清楚了么?"那僧道说:"情缘尚未全结,倒是那蠢物已经回来了。还得把他送还原所,将他的后事叙明,不枉他下世一回。"士隐听了,便拱手而别。

那僧道仍携了玉到青埂峰下,将宝玉安放在女娲炼石补天之处,各自云游而去。从此后:

天外书传天外事,两番人作一番人。

这一日,空空道人又从青埂峰前经过,见那补天未用之石仍在那里,上面字迹依然如旧,又从头的细细看了一遍,见后面偈文后又历叙了多少收缘结果的话头,便点头叹道:"我从前见石兄这段奇文,原说可以问世传奇,所以曾经抄录,但未见返本还原。不知何时复有此一佳话。方知石兄下凡一次,磨出光明,修成圆觉,也可谓无复遗憾了。只怕年深日久,字迹模糊,反有舛错,不如我再抄录一番,寻个世上清闲无事的人,托他传遍,知道奇而不奇,俗而不俗,真而不真,假而不假。或者尘梦劳人,聊倩鸟呼归去;山灵好客,更从石化飞来,亦未可知。"想毕,便又抄了,仍袖至那繁华昌盛的地方,遍寻了一番,不是建功立

第一百二十回　甄士隐详说太虚情　贾雨村归结红楼梦

业之人，即系糊口谋衣之辈，那有闲情更去和石头饶舌。直寻到急流津觉迷渡口，草庵中睡着一个人，因想他必是闲人，便要将这抄录的《石头记》给他看看。那知那人再叫不醒。空空道人复又使劲拉他，才慢慢的开眼坐起，便接来草草一看，仍旧掷下道："这事我已亲见尽知，你这抄录的尚无舛错。我只指与你一个人，托他传去，便可归结这一新鲜公案了。"空空道人忙问何人。那人道："你须待某年某月某日某时，到一个悼红轩中，有个曹雪芹先生，只说贾雨村言，托他如此如此。"说毕，仍旧睡下了。

那空空道人牢牢记着此言，又不知过了几世几劫，果然有个悼红轩，见那曹雪芹先生正在那里翻阅历来的古史。空空道人便将贾雨村言了，方把这《石头记》示看。那雪芹先生笑道："果然是'贾雨村言'了！"空空道人便问："先生何以认得此人，便肯替他传述？"那雪芹先生笑道："说你空空，原来你肚里果然空空！既是'假语村言'，但无鲁鱼亥豕以及背谬矛盾之处，乐得与二三同志，酒余饭饱，雨夕灯窗之下，同消寂寞，又不必大人先生品题传世。似你这样寻根究底，便是'刻舟求剑，胶柱鼓瑟'了！"

那空空道人听了，仰天大笑，掷下抄本，飘然而去。一面走着，口中说道："果然是敷衍荒唐！不但作者不知，抄者不知，并阅者也不知。不过游戏笔墨，

归结到曹雪芹。

陶情适性而已！"后人见了这本奇传，亦曾题过四句为作者缘起之言更转一竿头云：

　　说到辛酸处，荒唐愈可悲。

　　由来同一梦，休笑世人痴。

第一百二十回　甄士隐详说太虚情　贾雨村归结红楼梦

【回后评】

　　宝玉入考场时，已与家中人一一告别。唯贾政不在，故在贾政归途经毗陵驿时宝玉于岸上拜别贾政，如此宝玉之尘事全了。然此亦是执中之途。观前八十回甄士隐出家，"一声去罢"，掉首即走，何等洒脱。柳湘莲出家时"掣出那股雄剑，将万根烦恼丝一挥而尽，便随那道士，不知往那里去了"。此才是大彻大悟，无丝毫黏皮带骨。续书写宝玉出家，总是拖泥带水，似了又未了，故与前八十回之写"出家"判然有别。至于雪芹原来的构思，宝玉最后似也是出家。从雪芹所处的时代来说，他虽然已经具有自生的（非受外来影响的）初步觉醒的人文主义思想了，但更先进的完整的社会思想在中国的历史上还未出现，雪芹曾发出"何处有香丘"的感叹，可见他没有解决理想社会的问题。因此他只能坚决与旧社会决绝，并写出自己具体的人生愿望。至于人生的道路何在，社会的道路何在，他走的还是一片白茫茫雪地。宝玉的出家，是否也含有更深的意义呢？殊令人深思。

　　袭人为贯穿全书之重要人物，她始终未离宝玉，其外表是谨厚木讷，孤言少语，而其内心却是藏着十二分心机。她的最大特点是以退为进，以拙藏巧，以忠厚善良藏奸诈阴险，她貌似忠实于宝玉，实际却是代王夫人监视宝玉、限制宝玉。特别是思想的监视和感情的监视。她最早与宝玉发生关系，却始终以绝对贞洁之身的身份在监视着别人；她最早向宝玉表示忠心不贰，但在宝玉出家后，却首先想到自己身份未明，不好自处。继而又想到死在贾府不妥，不如死在家里，到家后又觉得死在家里不如先到蒋家后再说，到了蒋家后，又觉得死在蒋家有点对不起蒋家，于是就安于现状了。并不是说袭人死了就好,不死就不好,而是说她常常口不应心,每事总能先为自己找到安全地带,同时又时时暗中偷袭别人,晴雯就是受其偷袭致死者。续书中的袭人大体保持着前八十回的性格。

最后之结束,是以甄士隐、贾雨村之对话归结《红楼梦》,于人物情节作若干交代,又归到贾家复兴,兰桂齐芳,一切兴败死生,都是命里注定等,实际上是作一歌功颂德大团圆的结束,又回到明清以来小说戏曲的俗套上来。尽管这个最后的复兴和团圆实际上已是满目凄惨、了无欢意,倒反成为讽刺了。然而对于续作者来说,这却是他的重要表态。这也正是他与雪芹原作根本不同之处。雪芹的原本创意是"落了片白茫茫大地真干净"。这是震古烁今的思想,这是续作者永远不可企及的!

后 序

——我对《红楼梦》的解悟

我现在才认识到要解悟《红楼梦》实在不易,我直到评批完这部书,才对《红楼梦》有更进一步的理解。我认为《红楼梦》是一部政治性很强的书,对康、雍、乾时代的重大政治问题和社会问题,作者都有极为尖锐的抨击。但《红楼梦》又不是一部政治书,而是文学作品,是一部文学性、艺术性极高极强的长篇小说,其成就之高,可列于世界文学之冠。

因为它创造了一系列不朽的典型形象,因为它的悲剧性的故事情节催人泪下,令人不忍卒读而又不能释手,因为它的语言的蕴含量太深而又极为尖新,极富缓慢转型期的时代特征和人物个性特征,因为它的典型形象既有代表旧的世俗的人们习以为常的并且认为正常的理所当然的形象,又有代表时代的最尖新、思想最超越、行动最出俗的形象。而这两类形象,其第一类是多类型的,第二类是极少数的,只有贾宝玉和林黛玉两人。然而这两种类型的典型形象，各自有其深厚的社会思想基础、道德美学基础，因而也就永远成为社会上爱憎各自分明的人群的争论的焦点。而这种争论，恰好就是社会的道德美学思想和艺术美学思想的分界、分歧，所以这种争论我认为将是永恒的。因为这种分歧是历史的永久性的，社会历史永远也做不到舆论一律、道德一律和美学趣味一律。

我认为《红楼梦》里有很多情节隐含着作者的家史——显赫辉煌而痛苦受冤的家史，但《红楼梦》绝不仅仅是曹家的家史，更不是曹雪芹的自传。就是曹家家史，也只是小说的一部分内容，而不是全部，虽然是极重要的内容。

我认为《红楼梦》的内容，更全面准确地说，是康、雍、乾时代社会矛盾：政治的、经济的、思想的、人生道路的、官制的、封建司法的、妇女问题的、社会习俗的等方面的矛盾集中的突出的反映。但它是非常高超卓越的文学艺术而不是干巴巴的政治。它的崭新的先进思想是用卓越的艺术形象、动人的故事情节和精美含蕴的个性化的语言表达出来的。因而它更是文学艺术而不是单纯的思想政治。世界上是没有没有思想的文学艺术的。《红楼梦》的思想性最强，但它却是包蕴在艺术深处的。把《红楼梦》看作是无思想的纯感情的艺术，显然是误解。

《红楼梦》作者的根本思想，以上诸多方面问题的总根源，是作者对于人生的理想、对于人应该走怎样的道路的理想，是人的爱情应该是怎样心灵契合、晶莹澄澈的理想，是人与人之间平等友爱关系的理想，是对于人生的感叹和沉痛的反思，是对于知音毁灭的悲悼和永恒的心灵契合的追念。

作者怀着对人类最美好的理想，作者充满着对人的爱心、对爱情的纯洁心、对女性命运的关切心、对人与人的平等友爱心和对一切恶的极端憎恨心等。虽然，《红楼梦》里宝黛爱情的悲剧是震撼人的灵魂的悲剧，是唤醒人们自我意识的悲剧，是中国古典文学史上处于巅峰的爱情悲剧，是古典爱情最高最新升华的悲剧，是具有近现代生活意义的悲剧，是对社会后世影响无比深远的悲剧，但它并不是《红楼梦》的唯一的思想内容。所以如果把《红楼梦》仅仅看作是宝黛爱情悲剧的小说，那是浅化了、简化了《红楼梦》。所以，《红楼梦》作者所说的"谁解其中味"的"味"，是多重性的，而绝不是单一性的，是整个社会的世味，而不是单一天真的"爱情"味！

总而言之，作者悟透了人生，尝够了人生的真味：苦的和甜的，酸的和辣的……而且也怀着对人生的远见预见和美好的真诚的理想，所以无论是从思想还是艺术来说，作者都是超前的。他所创造的典型，远在世界现实主义文学典型之前列，更早于马克思、恩格斯典型理论整整一个世纪。所以，说作者是一个时代的超前者并不是虚夸，而是历史事实。

作者在《红楼梦》里所反映的思想是属于资本主义萌芽性质的民主思想，而不是所谓的"封建民主思想"。正因为《红楼梦》里贾宝玉、林黛玉的思想的社会性质是属于资本主义萌芽的性质，所以它与旧的封建势力处于矛盾对立的地位，所以它的思想才具有社会先进的内涵，也因此，他是处在幼弱的孤立无援的地位，他对未来的理想也只能是朦胧的。这种思想状况，与它所处的从封建社会到产生资本主义萌芽的缓慢转型历史时期是相一致的，它恰好是中国封建社会内部经济结构产生缓慢变化的一面镜子。不能承认和理解这一历史特征，就无法解读《红楼梦》。

对《红楼梦》的研究、理解，是需要多方面的修养和长时间的努力的，更需要真实不虚的态度、真诚的虔心。那种华而不实、哗众取宠的作风是无补于实际的，非但无补于实际而且是有害的，但是这种学风也是历史性的，也可以说是无世无之。只要读读杜甫的"尔曹身与名俱灭，不废江河万古流"的诗句，读读黄山谷的"人言九事八为律，倘有江船吾欲东"的诗句，即可见历史是极为相似的。唯一的办法，就是"自律"两个字。而历史是既会过滤又会沉淀的，一切虚假的东西终是过不了历史沉淀和过滤的关的,所以不必过分害怕谎言的诱惑力、持久力,要坚信谎言的生命不过是秋蝉蟋蛄之属而已。

二〇〇四年九月二十五日夜一时,

宽堂于瓜饭楼

后 记

一九八六年八月,我写过一篇长文,题目叫《重议评点派》。我在文章的末尾,曾提出希望有哪一位红学家来重新评点《红楼梦》,也希望有人用这种方法来评点当代的文学作品。此后不久,我就读到了王蒙同志评批的《红楼梦》,后来又读到了陈美林同志评批的《儒林外史》。这就是说,评点这种文学批评的方式,还是有生命力的。

我当时的这篇长文,是为我正在编订的《八家评批〈红楼梦〉》写的,不久此书即由文化艺术出版社出版,前几年,经我重校后又由江西教育出版社重出。

我所以做以上这些工作,目的就是为了想由我自己来尝试做《红楼梦》的评批工作。之后我就先作正文的校订,我仍是以庚辰本为底本,然后以现存各脂本作为参校本。有人对庚辰本看得并不十分珍贵,甚至还怀疑它与己卯本的血缘关系,庚辰本究竟是否从己卯本直接抄的,如系直抄,则何以又有许多异文?

如系同一祖本，则庚辰本与己卯本这么多的相同之处，连五十六回末尾己卯本上多写的"此下紧接慧紫鹃试忙玉"，庚辰本上也完全照抄无误，难道这句多余的话，也是己、庚两本的祖本上的吗？什么是己、庚两本的祖本？我认为就是雪芹的原稿本。那么，雪芹原稿本用得着避"祥""晓"两字的讳吗？何况庚辰本上还残留一个避讳的"祥"字，写作"祥"（见七十八回）。这更是具有实证性的一个字。这个字如果不是从己卯本来，则究竟是从何而来？所以，这个字至今仍放射着历史的光芒，令人注目，以其只能从己卯本来也。昔荆山之民抱璧而哭，献之楚王，王以其欺君而刖其足，此典意在痛世人之不识真宝也。今不识己、庚两古本之珍，不至有刖足之祸，然其不识真宝，以真为假，遂使真宝蒙尘，此亦当世之所痛也，亦雪芹写真假宝玉之所痛也。何况己、庚两本相同之证甚多，更不能漠然视之，必须进一步求证，不能以想当然之词了之，吾愿世之求真诸君子于此能三致意焉！今《红楼梦》早期抄本已无多，未经后人整理的本子更少，所以我们必须对每一个早期抄本多加珍惜保护，多作过细的研究，不抱任何先入之见，珍惜每一个早期抄本上特有的珍贵文字，哪怕只是一句两句，如列藏本第三回写林黛玉之眉目："两湾似蹙非蹙冒烟眉，一双似泣非泣含露目。"各本皆误，此本独存其真，则其珍贵

后 记

自无可比量矣。只有如此，庶能免却当面失宝之过。

《红楼梦》的评批工作，从我起意和做准备工作算起，已经十七八年了，从我正式开始评批至今，也已五年有余。从评批中我深感《红楼梦》的艰深，深感《红楼梦》文字之奥妙和多义，更深感一般地阅读《红楼梦》和要准备对《红楼梦》作评批的阅读《红楼梦》，真是大不一样。我在评批过程中，总要逐字、逐句、逐段地推敲，以至整回地反复品味，唯恐误解和失察，但要完全避免这两点是实在不容易的。我的评批，也只能算我个人的一点肤浅体悟而已。

在五年多的评批过程中，对我帮助很大的是高海英同志，她原是请到我家来帮忙工作的，因为她特别喜欢学习，我家里的书又比较多，她可以随意阅读。六七年来，她已初学了《论语》《孟子》《庄子》《楚辞》，唐宋诗词选本，以及《三国演义》《水浒传》《东周列国志》《前汉演义》《后汉演义》等，对《红楼梦》则更是反复阅读，常不离手。而她又特别喜欢学电脑，为此我专门买了电脑，正好我评完一回《红楼梦》，她就帮我打出一回《红楼梦》。她通过自学，完全学会了繁体字，学会了使用几种常用的工具书，甚至还学会了制作奇难字。更难得的是她的记忆力好，我只要想起一个细节，一时记不清在哪一回，只要问她，她就很快能回答。这无形中减轻了我不少困难，她自己也学到了不少实际的知识，开始懂得如何读书，也更体会到读书的兴趣了。不少来我家的人，看到了她打出的稿子和处理的版面，都非常称赞。这也算我在评红中的一段佳话罢。但愿她从此能更求深造，造就自己。我一向认为人才是自我造就的，我也相信她定能自我造就自己。

我还要特别感谢的是画家谭凤嬛。她完全是从河北穷僻的山村里出来的，我认识她已十多年了。最初她创作烙画《红楼梦》，完全是自己创造，从构图到人物的造型、线条，都极其精妙。我将她的作品带到国外，很快就被国外的收藏家收藏了。之后她又放弃了烙画，专攻工笔仕女，先临唐人簪花仕女图、游春图，后又多遍临八十七神仙卷，皆能得其神韵。我请她为我的重校评批《红楼梦》作插图，她为我精心创作了三十幅，都是重新构图，有新意，且都是严谨的工笔设色彩图，为本书增加了不少光彩。她又为我的线装书另画了三十幅白描人物画，纯粹是传统的线描人物画，无论是人物的造型开相、撕发、服饰衣带都极其精妙，实可以继武前贤，这也使我的线装本顿增古雅的意味。她的艺术正在与日俱进的阶段，我预祝她将来有更辉煌的成就。

我于一九四三年在无锡《大锡报》上发表《闲话蟋蟀》一文，同时期还连续发表《菩萨蛮》词二首，我学写诗也是从这时开始的，以后也续有诗文发表，至一九四七年，又在《大锡报》上发表《澄江八日记》，这是我作历史调查的开始。所以我的写作活动，从一九四三年至今，已整整六十一年。我自一九五四年至今，一直是在北京。我与夫人夏菉涓结婚是一九五五年，至今恰好是五十年。所以也可以说我的学术工作，五十年来一直是在夫人的支持帮助下进行的。我习惯于集中精力读书和思考问题，我喜欢孤独、冷清和安静，从不参与社会上的娱乐性的活动。我的夫人也跟着我甘守冷清和寂寞。我在运动中挨批挨整，特别是"文革"中，我最早被打倒时，她却一直保护着我。我的学术研究和艺术方面的探索和追求，她也一直支持着，连我去大西部调查七次，她也一起去了三次。她曾与我一起到过南疆库车，到过伊宁、昭苏，看过格登山记功碑。还一起去过北疆阿尔泰，直到最北端的哈巴河、布尔津河和友谊峰下的边界山村。我们还一起到过甘肃的河西走廊、张掖、武威，嘉峪关、敦煌，直到祁连山深处的马蹄寺。一九九八年八月，还曾乘汽车一天行八百公里，从酒泉经金塔到肩水金关，直到内蒙的额济纳旗，然后到古居延海，探黑水城。我们曾在额济纳旗过中秋节，还有一次是在吐鲁番过的中秋节。所以我的学术工作，无论是红学的研究和西部的调查，都是在她的全力支持下进行的。因此，我的这些成果，总是与她的支持不可分的。

尽管成果不大，但无论大小，都有她默默的支持和奉献在。

近几年来，也差不多是从我开始评红以来，我常常生病。我原本就有冠心病，近年又患两次肺炎，后来又是严重的糖尿病，去冬又是严重的带状疱疹，种种病痛的折磨，差不多尝够了。特别是因为糖尿病，视力大大减退，常常是雾里看花，看书更加困难。杜甫说"老年花似雾中看"。我岂止是雾里看花，有时简直是一片模糊，此中甘苦，只有自己才能体会。

现在总算是已经走完了这评红的艰难长途了，我昔年曾两次登上帕米尔高原的喀拉昆仑山顶，一次进入塔克拉玛干大沙漠，四次翻越天山，一次进入古居延海、古黑水城，一次深入祁连山三千公尺高处探求北魏金塔寺，虽然路途艰险，我却并不感到疲劳和困难，而且兴味无穷。然而这前后五年多的评批《红楼梦》，却使我感到其难度高过以上诸险，使我真正感到比登峰还难。这个难，就是曹雪芹的思想高度和文字深度，这个难并不是光靠鼓干劲，靠不怕困难能够解决的。这个难，需要更高的思想、更高的识力和更丰富的学识。于此，我自觉深深的不足，也就无怪我会感到漫漫长途，举步维艰了。

现在，我虽然终于走完了这段漫漫长途，但自知不是健步如飞从头越过的，而是拖着沉重的步子，慢慢地摸索、挣扎过来的。唯其如此，希望世之读者有以教我，我真诚地引领以待。

我要感谢玄奘法师的取经精神，是他的伟大壮举给我以无穷力量和信心，去克服种种困难。无论是我在西行途中遇到险阻，也无论是在批红中遇到种种疑义奥区，我都是用玄奘追求真经的意志和毅力去鞭策自己的。我坚持不妄语，不妄信，唯真是从。我感到《红楼梦》在某种意义上也似一部古经，其奥义须要真积力久，才能逐渐解悟。我自知钝根，积力太薄，所以所悟也浅，唯愿以后诸君子能完此业。

我研究《红楼梦》，至今已经整整三十年，在这三十年中，红学有了很大的进展，这都是集体的研究成果，也包括海外红学家的努力。我从中学到很多东西，因此我也特别怀念红学界的老朋友，如美国的周策纵、赵冈、余英时、唐德刚、夏志清、王靖宇诸先生，加拿大的叶嘉莹，英国的霍克斯，法国的陈庆浩，日本的松枝茂夫、伊藤漱平，澳洲的柳存仁，中国香港的宋淇，中国台湾的潘重规先生等。国内则最念俞平伯、何其芳、吴恩裕、吴世昌、吴组缃、张毕来、端木蕻良、王利器诸先生。回忆我与吴恩裕先生一起发现己卯本是怡亲王府的抄本，后来又找到了《怡府书目》原件，上有怡亲王的多方图章，书目上同样避"祥"字"晓"字讳等。当时我们两人面对着这些令人耀眼的历史资料，真正是其乐无穷！我也怀念一九八〇年在美国威斯康辛开国际红学会的时候，有一天晚上，与会的不少红学家聚集在周策纵教授家里，仔细检读甲戌本，验看甲戌本上不避讳的"玄"字。就是在那次会上，潘重规先生还送我几种新出版的敦煌图籍，后来我到台湾又去拜访了潘老先生。我也念着今年春天，我趁张庆善同志到澳大利亚之便，请他代我去拜访柳存仁先生，他们在一个朦胧的黄昏终于找到柳老的住处，和柳老见面了，真是意外之喜。特别是当我发表了《曹雪芹家世史料的新发现》后，日本的松枝茂夫、伊藤漱平先生还来专函。回忆着以上种种往事，常常使我思绪万千，仿佛又回到了那个年代，仿佛又与以上诸先生謦欬相接。可是现在有不少往日的前辈和朋友都已去世了，有不少朋友已经年老体弱不便远行了，我自己也已过了八十，为种种疾病纠缠，不再如往日的登山临水、关山健越了。然而我兀坐斗室，却思接万里，怀念着远在天边的朋友，也怀念着同住京城、同在国内的许多仍然"笔挟风云""气吞万里如虎"的好友。我深感红学是无尽的，而由红学结成的友谊更是金石朋真，永不凋谢的。我仰望着蓝天白云，思念着云山万叠之外的旧友，不觉悠然神往！我祝愿他们健康，祝愿他们为红学多作贡献！

冯其庸
二〇〇四年三月十一日夜十一时初稿，
五月二十五日夜改定

再 记

我喜欢金石，历年来偶尔也收到一些旧印章，本书中所用"卍（万）莲室印"是一方明印或清初印，边款行书双刀写刻"卍莲室印，丁未仲夏醴泉居士作"。"种玉堂"是清代杨龙石刻，龙石名澥。此印有隶书长款，文曰："戊戌七月廿又六日作于吴门寓斋，眉叔仁兄属刻，吴江龙石。"另有吴嶟长跋曰："拙道人昔喜填词，自谓玉田裔孙，故以种玉名其堂。吴江杨叟镌佳石为赠，洵非草草。今道人已忏除绮语。虽堂名犹是而蒲团梵夹，不异僧庐。独叟之铁笔精奇，流播□林，永堪辉耀于印史耳。丙午春仲，吴嶟观并识。"

"太平不易之元""谁解其中味""瓜饭楼校红印记"三印，是上海王运天兄刻。"太平不易之元"是《红楼梦》里贾宝玉写晴雯诔词的话。运天兄为我刻过数十方图章，我都很喜欢。

"解蔽轩""双芝草堂""梅翁"三印是上海蔡毅强先生所刻。"解蔽"是用曹雪芹同时代的思想家戴震的话，戴震说："学者当不以人蔽己，不以己自蔽。"这话说得十分深刻，所以我请蔡先生刻了一章。"双芝草堂"是因为我家园中老梅树上长了两棵灵芝，所以用以为纪念。"梅翁"是因为我园中有几本百年以上的老梅树，其中有朱砂梅，有绿萼梅，故请蔡先生刻此印。这三方印章也是我最喜欢的。

"瓜饭楼家藏稿""瓜饭楼重校评批红楼梦""宽堂八十后作"三印是沈阳孙熙春君刻。熙春为我刻过数十方图章，都很见功力。

卷首"瓜饭楼"一巨印，是已故老艺术家张正宇先生所作。张老不刻图章，这是他去世前偶然与我闲聊，他慨叹说："瘦铁死后，就无人为我刻图章了。"我说："那你就自己刻罢。"他说："行吗？"我说："不妨试试。"他顿时兴来就刻了这方图章，后来还给我刻过多方，都很有味，可惜他不久即去世了。

我写这段文字，一则是把这几方图章的来历和用意说明一下，二则是谢谢为我刻图章的诸位先生，也让大家来欣赏他们的艺术。

宽堂

二〇〇四年五月十九日，

旧历甲申年四月初一日于双芝草堂

再版后记

本书初版于二〇〇四年，初版后就连续重印了三次，这部评批本《红楼梦》会受到社会上如此热烈的欢迎，这是我意想不到的。

最近，我对此书又作了一次全面的修订。

大家都认识到曹雪芹是一位伟大的语言巨匠。他在《红楼梦》里的语言，精练，精致，精确，精美，都是无与伦比的。但他除了这种文学性的精美语言外，还有大量的通俗语言，其中有不少是各地的方言，最主要的是南京地区和北京地区的。但语言是相对地具有流动性的，所以南京地区又容纳了与之相邻的各地区的语言，还有由于商业和移民等因素，从别的地区带来的语言。特别是北京地区，语言的容纳量更大。一是它有历史悠久的老北京话；二是它有从明末到清初从关外带来的老满洲话，而这两种语言经过长期的融合，几乎都成为老北京话；三是它有从全国各地带来的各地的方言。所以呈现在《红楼梦》里的语言，是一个极为复杂的现象,而这种状况,当然是甲戌、己卯、庚辰等三个底本最早期的抄本保存得最好,另外俄藏本和杨继振藏本也很有特色。所以要琢磨《红楼梦》的语言,这些早期的较原始的抄本是十分珍贵的。要悟解这些原始抄本的语言,其中包括经过音转了的语言,是要下功夫的,是要花时日的,所以读《红楼梦》的人,尤其是直接读原始抄本的人,常常会碰到原先不悟而后来解悟的情况,或者是因读别的书而联想到《红楼梦》里同样的语言而获得参悟。

古人说校书如扫落叶,扫了一批看看干净了,转眼又掉下来一批,这话很生动,也确是经验之谈。正是因为这个原因,我不断读《红楼梦》的早期抄本,也读别的朋友的校注本,使我续有所悟。如五十九回末庚辰本上的"搅过"一词(别本作"缴过"或"交过")。故事是说春燕的娘要打春燕,小丫头报告了平儿。平儿说:"且撵他出去,告诉了林大娘在角门外打他四十板子就是了。"春燕的娘急了,又央告袭人说:"好容易我进来了,况且我是寡妇,家里没人,正好一心无挂的在里头服侍姑娘们。姑娘们也便宜,我家里又省些搅过。"过去我读到这里,只是笼统地知道"搅过"是指日用开销,对这句话的来源并未深究。这次我又读到这里,却从脑子里突然冒出来"嚼裹"两字,而且记得是从什么书上读到过的,只是一时想不起是哪一本书了，但"搅过"分明是"嚼裹"的音转。于是我就请李经国兄去访问王世襄等老北京人。李经国一连访问了三位老人，其中王世襄先生更是我的熟人，都一致告诉我说，这个词的书面语言是"嚼裹"，是一个"儿"化的词，"裹"字轻读，意思是指吃穿等日用开销，现在他们一辈的老北京人还用这个词。这一下这个原乾隆抄本上的词，我又从今天的现实生活中，从北京老人的口上找到了根据。不仅如此，他们还告诉我，这原是一句老满洲话。这又激发了我一贯寻根究底的兴趣。恰好碰到任晓辉同志来，他是东北人，老家还在吉林。我试问他这个词，他马上就说他在老家常听说这个词。过了一天他来告诉我，他又请教了他大学里的语言学老师，又问了东北的老人，都说这原是一句满洲话，现在东北老家人们还常在嘴上说，在东北的书面语言是"嚼咕"，"咕"字轻音，意思已偏重在指吃的方面。例如东北人串门，问有什么吃的，就说有什么"嚼咕"。这一下，把"搅过"这个词的词源、书面写法、音转和意思的变化等问题基本弄清楚了。再回过来看庚辰本上这个词，原抄是"较过"，"较"字点去旁改为"搅"，从语音上来看，可能当时当地的读音，"搅"字更靠近"嚼"字的音。也可以证明，在乾隆时期，这句话已音转为"搅过"了。有人不分析这个词的来龙去脉和它的历史变迁，硬说

"搅"字是"妄改",是"谬",是"随意妄改之迹甚明"。说把"搅过"解释为"义同'嚼用',即日常吃穿用度",是"强为之解"。按他的意思是"'缴过'或'交过',才真正含有交纳支付日用开支之意,都比另笔旁改之'搅过'更为恰切,也更近作者原文"。我国有句成语,叫"失之毫厘,差以千里"。"嚼裹"或"搅过"这个词的原义只是吃穿("嚼"指吃,"裹"指穿),引申为日用开销,后来在东北地区又重偏义,单指"吃"。哪里来的"交纳支付"这层意思?这"交纳支付"分明是望文生义,从"缴""交"两字来的,还说是"更近作者原文",不知他从哪里去看到了"作者原文"?

再如五十三回"宁国府除夕祭宗祠",庚辰本原文说:"青衣乐奏,三献爵,拜兴毕,焚帛奠酒,礼毕,乐止,退出。"这里的"拜兴"一词,杨藏、列藏、戚序、蒙府、甲辰等本皆作"兴拜",其余未举各本都缺,也就是现存此回的各本除庚辰本外都作"兴拜",这在校勘上又出来了一个难题。究竟是依庚辰本作"拜兴"呢,还是少数服从多数作"兴拜"呢?我看到最近出版的一个庚辰本的校本采取少数服从多数的办法作"兴拜",而且十分肯定地说:

> 原误之"拜兴",乃此本抄手笔误或妄改。
> 新校本(指人民文学出版社本)径依底本不作校改,非是。"兴拜"者,在礼乐声中拜

祭祖宗神位也。《礼记·乐记》:"降兴上下之神。"孔颖达疏:"谓降上而兴下也。"即云礼乐有降上神兴下神以供祭拜之意。故此处写礼乐声中拜祭祖宗亡灵,谓之"兴拜","兴"者,以奏乐请出地下祖宗亡灵也。后文"礼毕乐止"可证。若曰"拜兴",则不知所云。

看样子作者引经据典,振振有词,似乎不得不信,似乎庚辰本的"拜兴"真是错了。但是只要认真读一读《礼记·乐记》的这段原文和郑注孔疏,就会恍然大悟,这位作者根本没有读懂这段文字,真正是望文生义,曲为解释,牵强附会,令人啼笑皆非。

我们先看《礼记·乐记》的这段原文:

> 礼乐偩天地之情,达神明之德,降兴上下之神,而凝是精粗之体,领父子君臣之节。

这段文字,郑注说:"偩,犹依象也。降,下也。兴,犹出也。凝,成也。精粗,谓万物大小也。领,犹理治也。"看了这段郑注,大体可以明白了。但孔颖达的疏还要说得具体清楚,下面再引孔疏并逐段加以疏解:

> 《正义》曰:"此一节更广明礼乐之义,言父子君臣之节。

按:这段是说,礼乐的作用,是用来协调君臣父子之间的关系的。

　　　　礼乐侦天地之情者，侦犹依象也。礼出
　　于地，尊卑有序，是负依地之情也。乐出于天，
　　远近和合，是负依天之情也。

按：这段是说礼乐是代表天地的意思的，礼是出于地而代表地的尊卑有序的秩序的，乐是出于天而代表天的远近和谐之情的。

　　　　达神明之德者，礼乐出于人心，与神明
　　和会，故云达神明之德。

按：这段是说，礼乐又是出于人心的，因此它又能使人与天地沟通，而达到天、地、人三者和谐会通的。

　　　　降兴上下之神者，兴犹出也，礼乐既与
　　天地相合，用之以祭，故能降出上下之神，
　　谓降上而出下也。

按：这段是说，礼乐既能代表人与天地相和合，所以用礼乐来祭天地，故天上的神和地上的神都能会合。

　　　　而凝是精粗之体者，凝，犹成也。是谓
　　正也。精粗，谓万物大小也。言礼乐之能成
　　就正其万物大小之形体也。

按：这段是说地上凝成的大小万物（如山岳河流等），都是有序的，也是符合礼乐所定的君臣父子、尊卑长幼、有序有节之义的。

　　　　领父子君臣之节者，领，犹理治也。言
　　礼乐理治父子君臣之限节，而乐主于和，听

> 之则上下相亲。又宫为君，商为臣，是乐能领父子君臣也。礼定贵贱长幼，是礼能领父子君臣也。（一）

按：这段是说，礼乐是用来调节理治父子君臣、贵贱长幼的等级秩序，使之上下相亲的。

其实这话的意思，在孔疏所引《正义》的第一句话里就已经说明白了，这就是"礼乐之义，言父子君臣之节"。下面孔疏的五段文字，概括起来就是说，礼乐是寄托着天地之情的，乐出于天，使远近和谐，礼出于地，使尊卑有序。而礼与乐又都是出于人心，所以能与天地的神明和会。礼乐既与天地相合，所以用之以祭天地，故能降出上下之神。降是指上面的神（即代表天的神）下来，出是指下面的（即代表地的）神出来。凝，是指成，即地上凝成的大小万物（也即是指山岳江河树木等等）。礼乐又能使地上的大小万物正其形体（正其名而序其形体），使它尊卑有秩，排列有序。礼和乐的另一作用是理治父子君臣之限节，所谓"限节"，即限制和调节。父子君臣多有自己的分限和节度，各自都尊其分限和节度，社会便能和谐，就能上下相亲。礼还有一个作用是定贵贱长幼的等级，也即是让贵贱长幼各安于自己的等级，使封建等级制的社会得到安定。

以上整个这一段话，是指用礼乐来沟通天、地、人三者的关系，使之协调和谐，各安其位，各尊其序。而祭是沟通天、地、人三者的一种形式，这里丝毫也没有涉及"兴拜"与祭祖的问题，所以根本不能用它来证实《红楼梦》里该用"兴拜"还是"拜兴"的问题。

那么，究竟有没有"拜兴"这回事呢？其实只要查一查辞书就能明白了。辞书上说："唐常衮《贺册皇太后表》：候金册以拜兴，承瑞宝以俯受。"《儒林外史》第三十七回："虞博士走上香案前，迟均赞道：'跪，升香，灌地。拜，兴；拜，兴；拜，兴。复位。'"这与《红楼梦》五十三回的描写多么一致，不能忘记《儒林外史》与《红楼梦》是同时代的作品，都是创作于乾隆初年，这不正好用来互相印证吗？还有比这更早的《二刻拍案惊奇》卷二五，也写到了"拜兴"，这就不再一一加以罗列了。

那么，前举几种清代抄本都作"兴拜"又当如何看呢？前面我已说过，校勘古书的文字异同，不能采取少数服从多数的办法。这样的例子很多，例如《红楼梦》第五十回："芦雪广争联即景诗"，这个"广"（读燕，指山边小屋），各本或作"庵"，或作"亭"，或作"庭"等，各不相同，作"广"的只有庚辰本，但是经过考订，还是庚辰本的"广"字准确，现在大家都采用这个字了。再如林黛玉的眉毛，各本描写俱各不同。无法统一，及至俄藏本出来，这下句"一双似泣非泣含露目"才算有了大家认为准确的定本,但这个句子也只有俄藏本独有。所以校定古书文字,一要多读古书,二是更要靠校者的学问识力,三还要谨慎虚心。因为学问再大,也不可能穷尽天下,只有虚心才能补不足。至于其余各本都作"兴拜"的问题,我仍然认为不能少数服从多数。首先,我要指出,无论是"拜兴"或"兴拜"这两个词,在《仪礼·士昏礼》里都有。当新妇过门后,先要"祭先",就是祭拜祖先。原文说:"坐祭,卒爵,拜,皆答拜,兴。"意思是说,新妇祭拜祖先,皆答拜,然后是"兴",即起来。这里的"拜兴",即指跪拜和起立,与我们通常用的意思相同。但下文新妇拜见姑(婆婆)时,原文却是:"北面拜,奠于席。姑坐,举以兴,拜。"这里用的是"兴拜",是指从座位上起来,然后再行拜礼。"兴"是从座位上起来,所以称"兴拜"。可见"拜兴"和"兴拜"两词的词义在《仪礼》里就分得清清楚楚。各有各的内涵,不相混淆。再如《春秋经传集解》《昭公元年》说:"穆叔、子皮及曹大夫兴拜。"句下注云:"古宴礼皆坐席,兴,起也,起而后拜。"这与《仪礼》里新妇见姑的拜礼完全一样,是从座位上起来,再行拜礼。再如《韩昌黎文集》中的《送郑尚书序》说:"乃敢改服,以宾主见;适位执爵皆兴拜。"这里的"兴拜",也是指从座位上起来行拜礼。所以"兴拜"与"拜兴"

的内涵是不同的。"兴拜"是从座位上起来行礼,"拜兴"是跪拜,是大礼。宁国府除夕祭宗祠,是祭祖大典,当然行跪拜之礼,所以应该是"拜兴"而不是"兴拜"。其余各本皆作"兴拜",这只能说是其余各本都错了。这是又一次证明了庚辰本这个古本的可贵。(二)

至于《乐记》里的词,只有"降兴上下之神","降"字是不能当"拜"字的,"兴"训出,训起,但并不是从地下出来,而是指地上的山川神灵出来。所以《礼记·乐记》里的这段话,根本与"兴拜"无关。

做校勘工作,尤其要重视对原抄本的阅读,例如三十回写宝玉到王夫人上房,看到金钏"乜斜着眼"在为王夫人捶腿,"宝玉轻轻的走到跟前,把他耳上带的坠子一摘"。这一段话里,有两个吴语词,一是"乜斜"(吴音读"咪趋"),是眼睛困倦半开不开状态,这个词至今仍在嘴上,另一个是"摘"。它的本字应该作"挏"或"扚",读"滴",状用两个手指头的指甲轻轻一掐。这个词的内涵的伸缩性很大,两个指头轻扚,是亲昵的动作,如果使劲扚,那就不是亲昵而是相反了。宝玉这里当然是亲昵的表示。庚辰本上的"摘"是通假字。这个"摘"字在吴地,读音也是"扚",所以庚辰本会写作"摘"。这个词我小时在家乡时常用,现在老家的人也仍用这个词,但我到北京五十多年,对这个词已经淡忘了,幸亏老友陈熙中兄提醒(上面"拜兴"几例,也是陈兄提示的),才恢复了对这个词的记忆。因为"摘"这个字用北京的读音和语义,都不适合贾宝玉的这个动作,只有吴语而且是轻动作,才贴切这个生活场景。又如五十回"一语未了,只见宝玉笑欷欷勮了一枝红梅进来"。这个"勮"字,也是地道的吴语,读"虔",指用肩扛物,如不是用肩扛物,就不能叫"勮"。我幼年在家劳动,常常要"勮"东西。至今家乡也仍用这个词。值得注意的是这些特定地区的方言的声和情,带有特殊的生活味道,如果是当地人读了,他对这句话所含的生活内涵会觉得更加亲切。如果把这些词换成一般通用的字,那它就失去了它所特有的生活气氛和生活味道了,所以在作古书的校勘时,应该注意到尽可能地保持它原有的语言特色。保持它原有的语言特色,也就是保持它原有的历史生活气氛。

这次修订的正文有一百八十余条,同时在书眉上又加了若干条带有注释性的批语,还增加了插图。此外,分段和标点也作了调整,标点是由长沙的唐友忠先生帮我修订的,特此表示谢意。

我深深感到《红楼梦》的校订是一项艰难而长期的工作。宋人的词里说:"离恨恰如春草,更行更远还生。"这句话用来说《红楼梦》的解读和校订,倒是颇为生动形象的。校订后隔的时间愈长,愈会感到新的问题不断冒出来。然而,这真是使学问走向深化,使校订的书逐渐走向完善的一个正常的轨迹。我相信此书再经几次修订,有可能会更接近理想。

丁亥六月十七日,公元二〇〇七年七月三十日,
宽堂八十又五重订于瓜饭楼

注(一):《礼记正义》第六册一六三八页,中华书局十三经注疏本。

注(二):有关"拜兴"这个词。除上举这些外,《大戴礼记》里也有多处用到。如《诸侯迁庙第七十三》云:"君升,祝奉币从在左,北面再拜,兴。祝声三曰:'孝嗣侯某,敢以嘉币告于皇考某侯,成庙将徙,敢告。'君及祝再拜,兴。"同篇还有多处,不再引。见《大戴礼记解诂》二〇〇页,王聘珍撰,中华书局一九八三年版。

新版后记

本书在二〇〇五年发行后,受到社会热烈的反映,辽宁人民出版社就连续印了三次,并获得了首届中国出版政府奖(图书奖提名奖)。

综合三年来的社会实践,我又对此书作了全面的修订,计修订正文一百八十余条,增加眉评百十条,全文又请唐友忠先生重新标点,并增加了插图。所以这个修订本,与二〇〇五年的初印本有了明显的差别,可以称为新一版。

《红楼梦》所蕴含的学术内涵是深不可测的,而我的年龄已渐近望九了,庄子说知也无涯而生也有涯,确实我的有涯之生是不可能穷《红楼梦》的无涯之知的,这一次的修订,也可以说是已尽我之所知了。当然只要我健康,我是会继续向红学深处迈进的,红学是我的学术兴趣所在,我永远不会止步,就像我关心西域一样,只要健康许可,我仍会向帕米尔的高峰迈进,仍会向大沙漠深处探索。我坚信人的生命的意义,就在不断地寻求新知，不断地更新自我，不断地感知自我的不足，所以我在完成了这次的全面修订后，仍希望此后能获得新知以报答读者。

我在二〇〇七年完成此次的修订后，又前后用了三年的时间，完成了对甲戌、己卯、庚辰三种《石头记》古钞本的评批，这是用朱、蓝两色毛笔评写在影印本上的，重点是揭示这三种古本的各自的特点，尤其是存在于己卯、庚辰两本之间的鲜为人知的两者的自然血统秘密信息，还有甲戌本上珍贵的作者家世史料以及此钞本晚钞并被改编过的痕迹，凡此种种，我将它一一揭示以便读者阅读。

我这次对评本的修订和对三种古钞本的评批，是一个统一的工程，目的是想让读者从《石头记》最古老的本子开始，就有一个最可靠的最基本的了解，一开始就能进入红学的大道，不为邪说所蔽。

红学之途可谓多矣，但最可靠最踏实的只有一途，就是根据历史事实，家世的、抄本的、时代的真实历史、真实史料来揭示历史的真实面貌。

以往的一切都是历史，历史是不可以胡说的、不可以伪装的，历史永远会放射出自己的真实光芒！

在此几种本子的修订和评批刚完成的时候，幸得老友阎晓宏先生之推介得由青岛出版社孟董事长来承担出版，何幸如之，因纪琐屑如上，并志感谢！

此次重订，对初版所用的印章图片也有所调正，特此说明。

二〇一〇年一月十二日夜，
冯其庸八十又七记于瓜饭楼，
时大雪盈窗，严寒至零下十多度

图书在版编目（CIP）数据

冯其庸评点红楼梦 / 冯其庸评点 . — 青岛 : 青岛出版社 , 2021.9
ISBN 978-7-5552-9217-3

Ⅰ . ①冯… Ⅱ . ①冯… Ⅲ . ①《红楼梦》研究 Ⅳ . ① I207.411

中国版本图书馆 CIP 数据核字（2020）第 094501 号

FENGQIYONG PINGDIAN HONGLOUMENG

书　　名	冯其庸评点《红楼梦》
评　　点	冯其庸
插图绘制	谭凤嬛
出版发行	青岛出版社（青岛市崂山区海尔路 182 号，266061）
本社网址	http://www.qdpub.com
邮购电话	0532- 68068091
顾　　问	柴剑虹
策　　划	刘　咏
责任编辑	刘　坤　刘芳明　秦　玥
特约编辑	董建国　高海英
装帧设计	戊戌同文
照　　排	青岛双星华信印刷有限公司
印　　刷	青岛国彩印刷股份有限公司
出版日期	2021 年 9 月第 1 版　2021 年 9 月第 1 次印刷
开　　本	16 开（710mm × 1000mm）
印　　张	145.5
字　　数	1500 千
书　　号	ISBN 978-7-5552-9217-3
定　　价	360.00 元

编校印装质量、盗版监督服务电话　4006532017　0532-68068050
建议陈列类别：**古典小说 · 畅销**